## DU MÊME AUTEUR

(* titres épuisés)

*N° 1 S.A.S. A ISTANBUL
N° 2 S.A.S. CONTRE C.I.A.
*N° 3 S.A.S. OPÉRATION APOCALYPSE
N° 4 SAMBA POUR S.A.S.
*N° 5 S.A.S. RENDEZ-VOUS A SAN FRANCISCO
*N° 6 S.A.S. DOSSIER KENNEDY
N° 7 S.A.S. BROIE DU NOIR
*N° 8 S.A.S. AUX CARAÏBES
*N° 9 S.A.S. A L'OUEST DE JÉRUSALEM
*N° 10 S.A.S. L'OR DE LA RIVIÈRE KWAÏ
*N° 11 S.A.S. MAGIE NOIRE A NEW YORK
N° 12 S.A.S. LES TR OIS VEUVES DE HONG KONG
*N° 13 S.A.S. L'ABOMINABLE SIRÈNE
N° 14 S.A.S. LES PENDUS DE BAGDAD
N° 15 S.A.S. LA PANTHÈRE D'HOLLYWOOD
N° 16 S.A.S. ESCALE A PAGO-PAGO
N° 17 S.A.S. AMOK A BALI
N° 18 S.A.S. QUE VIVA GUEVARA
N° 19 S.A.S. CYCLONE A L'ONU
N° 20 S.A.S. MISSION A SAIGON
N° 21 S.A.S. LE BAL DE LA COMTESSE ADLER
N° 22 S.A.S. LES PARIAS DE CEYLAN
N° 23 S.A.S. MASSACRE A AMMAN
N° 24 S.A.S. REQUIEM POUR TONTONS MACOUTES
N° 25 S.A.S. L'HOMME DE KABUL
N° 26 S.A.S. MORT A BEYROUTH
N° 27 S.A.S. SAFARI A LA PAZ
N° 28 S.A.S. L'HÉROÏNE DE VIENTIANE
N° 29 S.A.S. BERLIN CHECK POINT CHARLIE
N° 30 S.A.S. MOURIR POUR ZANZIBAR
N° 31 S.A.S. L'ANGE DE MONTEVIDEO
*N° 32 S.A.S. MURDER INC. LAS VEGAS
N° 33 S.A.S, RENDEZ-VOUS A BORIS GLEB
N° 34 S.A.S. KILL HENRY KISSINGER !
N° 35 S.A.S. ROULETTE CAMBODGIENNE
N° 36 S.A.S. FURIE A BELFAST
N° 37 S.A.S. GUÊPIER EN ANGOLA
N° 38 S.A.S. LES OTAGES DE TOKYO
N° 39 S.A.S. L'ORDRE RÈGNE A SANTIAGO
N° 40 S.A.S. LES SORCIERS DU TAGE
N° 41 S.A.S. EMBARGO
N° 42 S.A.S. LE DISPARU DE SINGAPOUR
N° 43 S.A.S. COMPTE A REBOURS EN RHODÉSIE
N° 44 S.A.S. MEURTRE A ATHÈNES
N° 45 S.A.S. LE TRÉSOR DU NÉGUS
N° 46 S.A.S. PROTECTION POUR TEDDY BEAR
N° 47 S.A.S. MISSION IMPOSSIBLE EN SOMALIE
N° 48 S.A.S. MARATHON A SPANISH HARLEM
*N° 49 S.A.S. NAUFRAGE AUX SEYCHELLES
N° 50 S.A.S. LE PRINTEMPS DE VARSOVIE
N° 51 S.A.S. LE GARDIEN D'ISRAËL
N° 52 S.A.S. PANIQUE AU ZAÏRE
N° 53 S.A.S. CROISADE A MANAGUA
N° 54 S.A.S. VOIR MALTE ET MOURIR
N° 55 S.A.S. SHANGHAÏ EXPRESS
*N° 56 S.A.S. OPÉRATION MATADOR
N° 57 S.A.S. DUEL A BARRANQUILLA
N° 58 S.A.S. PIÈGE A BUDAPEST
N° 59 S.A.S. CARNAGE A ABU DHABI
N° 60 S.A.S. TERREUR AU SAN SALVADOR
*N° 61 S.A.S. LE COMPLOT DU CAIRE
N° 62 S.A.S. VENGEANCE ROMAINE
N° 63 S.A.S. DES ARMES POUR KHARTOUM
N° 64 S.A.S. TORNADE SUR MANILLE
N° 65 S.A.S. LE FUGITIF DE HAMBOURG
*N° 66 S.A.S. OBJECTIF REAGAN
N° 67 S.A.S. ROUGE GRENADE
*N° 68 S.A.S. COMMANDO SUR TUNIS
N° 69 S.A.S. LE TUEUR DE MIAMI
*N° 70 S.A.S. LA FILIÈRE BULGARE
*N° 71 S.A.S. AVENTURE AU SURINAM
N° 72 S.A.S. EMBUSCADE A LA KHYBER PASS
N° 73 S.A.S. LE VOL 007 NE RÉPOND PLUS
N° 74 S.A.S. LES FOUS DE BAALBEK
N° 75 S.A.S. LES ENRAGÉS D'AMSTERDAM
N° 76 S.A.S. PUTSCH A OUAGADOUGOU
N° 77 S.A.S. LA BLONDE DE PRÉTORIA

N° 78 S.A.S. LA VEUVE DE L'AYATOLLAH
N° 79 S.A.S. CHASSE A L'HOMME AU PÉROU
N° 80 S.A.S. L'AFFAIRE KIRSANOV
N° 81 S.A.S. MORT A GANDHI
N° 82 S.A.S. DANSE MACABRE A BELGRADE
*N° 83 S.A.S. COUP D'ÉTAT AU YEMEN
*N° 84 S.A.S. LE PLAN NASSER
*N° 85 S.A.S. EMBROUILLES A PANAMA
*N° 86 S.A.S. LA MADONE DE STOCKHOLM
*N° 87 S.A.S. L'OTAGE D'OMAN
N° 88 S.A.S. ESCALE A GIBRALTAR
N° 89 S.A.S. AVENTURE EN SIERRA LEONE
N° 90 S.A.S. LA TAUPE DE LANGLEY
N° 91 S.A.S. LES AMAZONES DE PYONGYANG
N° 92 S.A.S. LES TUEURS DE BRUXELLES
N° 93 S.A.S. VISA POUR CUBA
*N° 94 S.A.S. ARNAQUE A BRUNEI
*N° 95 S.A.S. LOI MARTIALE A KABOUL
*N° 96 S.A.S. L'INCONNU DE LENINGRAD
N° 97 S.A.S. CAUCHEMAR EN COLOMBIE
N° 98 S.A.S. CROISADE EN BIRMANIE
N° 99 S.A.S. MISSION A MOSCOU
N° 100 S.A.S. LES CANONS DE BAGDAD
*N° 101 S.A.S. LA PISTE DE BRAZZAVILLE
*N° 102 S.A.S. LA SOLUTION ROUGE
N° 103 S.A.S. LA VENGEANCE DE SADDAM HUSSEIN
N° 104 S.A.S. MANIP A ZAGREB
N° 105 S.A.S. KGB CONTRE KGB
N° 106 S.A.S. LE DISPARU DES CANARIES
N° 107 S.A.S. ALERTE AU PLUTONIUM
N° 108 S.A.S. COUP D'ÉTAT A TRIPOLI
N° 109 S.A.S. MISSION SARAJEVO
N° 110 S.A.S. TUEZ RIGOBERTA MENCHU
N° 111 S.A.S. AU NOM D'ALLAH
*N° 112 S.A.S. VENGEANCE A BEYROUTH
*N° 113 S.A.S. LES TROMPETTES DE JÉRICHO
N° 114 S.A.S. L'OR DE MOSCOU
N° 115 S.A.S. LES CROISÉS DE L'APARTHEID
N° 116 S.A.S. LA TRAQUE CARLOS
N° 117 S.A.S. TUERIE A MARRAKECH
*N° 118 S.A.S. L'OTAGE DU TRIANGLE D'OR
N° 119 S.A.S. LE CARTEL DE SÉBASTOPOL
N° 120 S.A.S. RAMENEZ-MOI LA TÊTE D'EL COYOTE
*N° 121 S.A.S. LA RÉSOLUTION 687
N° 122 S.A.S. OPÉRATION LUCIFER
N° 123 S.A.S. VENGEANCE TCHÉTCHÈNE
N° 124 S.A.S. TU TUERAS TON PROCHAIN
N° 125 S.A.S. VENGEZ LE VOL 800
*N° 126 S.A.S. UNE LETTRE POUR LA MAISON-BLANCHE
N° 127 S.A.S. HONG KONG EXPRESS
N° 128 S.A.S. ZAÏRE ADIEU

**AUX ÉDITIONS GÉRARD DE VILLIERS**

N° 129 S.A.S. LA MANIPULATION YGGDRASIL
*N° 130 S.A.S. MORTELLE JAMAÏQUE
N° 131 S.A.S. LA PESTE NOIRE DE BAGDAD
*N° 132 S.A.S. L'ESPION DU VATICAN
N° 133 S.A.S. ALBANIE MISSION IMPOSSIBLE
N° 134 S.A.S. LA SOURCE YAHALOM
N° 135 S.A.S. CONTRE P.K.K.
*N° 136 S.A.S. BOMBES SUR BELGRADE
N° 137 S.A.S. LA PISTE DU KREMlIN
N° 138 S.A.S. L'AMOUR FOU DU COLONEL CHANG
*N° 139 S.A.S. DJIHAD
N° 140 S.A.S. ENQUÊTE SUR UN GÉNOCIDE
*N° 141 S.A.S. L'OTAGE DE JOLO
N° 142 S.A.S. TUEZ LE PAPE
*N° 143 S.A.S. ARMAGEDDON
N° 144 S.A.S. LI SHA-TIN DOIT MOURIR
*N° 145 S.A.S. LE ROI FOU DU NÉPAL
N° 146 S.A.S. LE SABRE DE BIN LADEN
*N° 147 S.A.S. LA MANIP DU « KARIN A »
N° 148 S.A.S. BIN LADEN : LA TRAQUE
N° 149 S.A.S. LE PARRAIN DU « 17-NOVEMBRE »
N° 150 S.A.S. BAGDAD EXPRESS
*N° 151 S.A.S. L'OR D'AL-QUAIDA
N° 152 S.A.S. PACTE AVEC LE DIABLE
N° 153 S.A.S. RAMENEZ-LES VIVANTS
N° 154 S.A.S. LE RÉSEAU ISTANBUL
*N° 155 S.A.S. LE JOUR DE LA TCHÉKA
*N° 156 S.A.S. LA CONNEXION SAOUDIENNE
N° 157 S.A.S. OTAGE EN IRAK
*N° 158 S.A.S. TUEZ IOUCHTCHENKO
*N° 159 S.A.S. MISSION : CUBA
*N° 160 S.A.S. AURORE NOIRE
*N° 161 S.A.S. LE PROGRAMME 111
*N° 162 S.A.S. QUE LA BÊTE MEURE
*N° 163 S.A.S. LE TRÉSOR DE SADDAM Tome I
N° 164 S.A.S. LE TRÉSOR DE SADDAM Tome II
N° 165 S.A.S. LE DOSSIER K.
N° 166 S.A.S. ROUGE LIBAN
N° 167 POLONIUM 210
N° 168 LE DÉFECTEUR DE PYONGYANG Tome. I
N° 169 LE DÉFECTEUR DE PYONGYANG Tome. II
N° 170 OTAGE DES TALIBAN
N° 171 L'AGENDA KOSOVO
N° 172 RETOUR À SHANGRI-LA
N° 173 S.A.S. AL QAIDA ATTAQUE Tome I
N° 174 S.A.S. AL QAIDA ATTAQUE Tome II
N° 175 TUEZ LE DALAÏ-LAMA
N° 176 LE PRINTEMPS DE TBILISSI
N° 177 PIRATES !

**COMPILATIONS DE 5 SAS**

LA GUERRE FROIDE Tome 1 (20 €)
*LA GUERRE FROIDE Tome 2 (20 €)
LE CONFLIT ISRAËLO-PALESTINIEN (20 €)
LA TERREUR ISLAMISTE (20 €)
*GUERRE EN YOUGOSLAVIE (20 €)
GUERRES TRIBALES EN AFRIQUE (20 €)
L'ASIE EN FEU (20 €)
LA GUERRE FROIDE Tome 3 (20 €)
LES GUERRES SECRÈTES DE PÉKIN (20 €)
RÉVOLUTIONNAIRES LATINOS (20 €)
RUSSIE ET CIA (20 €)
LA GUERRE FROIDE Tome 4 (20 €)
TUMULTUEUSE AFRIQUE (20 €)
LA GUERRE FROIDE Tome 5 (20 €)
CONFLITS LATINOS (20 €)
VIOLENCES AU MOYEN-ORIENT (20 €)

GÉRARD DE VILLIERS

SAS

# EMBROUILLES À PANAMA

Éditions Gérard de Villiers

ISBN 978-2-84267-933-0

# CHAPITRE PREMIER

Le minibus affichant « Frontera-David » à l'avant ralentit brutalement pour ne pas écraser un *campesino* à bicyclette croulant sous un chargement de bambous longs de plusieurs mètres.

Julio Chavarria, arraché à sa somnolence, jeta un coup d'œil à l'extérieur, mais ne vit que les murailles de jungle d'un vert éblouissant entre lesquelles la route sinuait paresseusement.

Depuis le poste-frontière de Paso Canoa, marquant la limite entre le Costa Rica et le Panama, c'était le même paysage. Il essaya de reprendre son somme en dépit de la radio du minibus, ouverte à fond, qui vomissait les éternelles salsas tropicales, entrecoupées de publicités hurlées par des voix agressives.

Il regardait défiler la végétation, la main droite crispée sur la poignée de la petite serviette de cuir usé posée sur ses genoux. Se disant que les communications laissaient vraiment à désirer dans son pays. Il avait pris un taxi de San José, la capitale du Costa Rica, jusqu'à la frontière, et ce petit bus était le moyen le plus rapide pour gagner David, gros bourg de la province de Chiriqui où il attraperait le « Twin-Otter » de La Perla Airline jusqu'à Panama-City.

Quelques gouttes de pluie commençaient à tomber, obscurcissant le pare-brise. Il régnait dans le bus une chaleur accablante, poisseuse, malgré les glaces ouvertes. Julio Chavarria tira un mouchoir à carreaux de sa poche et s'essuya la nuque. Il mourait de soif, mais ce n'était pas seulement la chaleur. Machinalement, il vérifia la fermeture de sa serviette de cuir. Les papiers qu'elle renfermait étaient de la dynamite. Il avait mis des mois à les réunir, au prix de ruses et de risques insensés. Son voyage à Costa Rica lui avait apporté les derniers éléments les plus importants. Grâce à un homme qui se terrait à San José, sa tête étant mise à prix au Panama.

Le minibus accéléra dans une descente, puis freina de nouveau. Julio Chavarria aperçut sur le bord de la route une Land-Rover de la Guardia Civil avec deux soldats en tenue verdâtre, armés de M 16. L'un d'eux, debout au milieu de la chaussée, faisait signe au bus de stopper. Le chauffeur obéit. Un des soldats ouvrit la portière et lança d'une voix rogue :

– *Cedulas*[1] !

Vérification de routine. Au Costa Rica, le taux de chômage était de quarante pour cent, à Panama, vingt pour cent seulement... Alors les clandestins affluaient. Julio Chavarria tendit sa carte d'identité comme les autres voyageurs. Le contrôle se termina rapidement et le bus repartit.

Vingt minutes plus tard, ils s'arrêtaient à l'entrée

1. Papiers !

de Concepción, premier village panaméen. Le chauffeur descendit après avoir lancé :

– Dix minutes d'arrêt !

Julio Chavarria quitta le bus à son tour. Celui-ci avait stoppé juste en face d'une baraque en bois et en tôle ondulée baptisée pompeusement « Cafe Los Mellos ». Quelques passagers continuaient à somnoler sur leur siège. Julio Chavarria s'avança vers l'ombre d'une minuscule terrasse au toit de bambou.

– Un Perrier ! cria-t-il.

– *Como no !*

Le tenancier lui apporta sa consommation et regagna aussitôt son ventilateur. Julio Chavarria eut à peine le temps d'avaler ses premières bulles qu'un homme surgit de derrière la baraque. Vêtu de jeans usés, d'un T-shirt noir, les yeux dissimulés derrière des Ray-ban très sombres. Il s'assit sans un mot sur une chaise en fer, en face de Julio Chavarria qui ne remarqua d'abord que ses lèvres minces. Celles-ci s'écartèrent sur des dents en or et l'inconnu demanda poliment :

– Señor Julio Chavarria ?

Julio Chavarria sentit une boule naître et grandir dans sa gorge. Qui le connaissait dans ce trou perdu ?

– *Si*, fit-il, sur ses gardes.

Son vis-à-vis prit une carte dans sa poche revolver et la montra rapidement.

– *Fuerza Especial G2*.

La boule grossit encore.

Le G2 était la section politique de la Guardia Civil...

– Qu'est-ce que vous voulez ?

Julio Chavarria avait du mal à maîtriser sa voix.

Le policier eut un sourire et un geste apaisants.

– Rien de grave, Señor... Je veux seulement bavarder avec vous de votre voyage au Costa Rica...

– Mais le bus va repartir ! protesta Julio Chavarria. J'ai un avion à prendre à David.

– Ce ne sera pas long, quelques minutes seulement, assura le policier. Pouvez-vous me suivre jusqu'à ma voiture ? Nous serons plus tranquilles...

Il s'était déjà levé. Une voix intérieure disait à Julio Chavarria de se sauver, mais il était cloué sur place par la panique. Il regarda autour de lui, cherchant du secours sur la place déserte écrasée de soleil. S'il refusait de le suivre, le policier pouvait l'y forcer et alors, il raterait à coup sûr son avion. Ce serait des complications à n'en plus finir. À Panama, la Guardia Civil était toute-puissante. Il se leva à son tour et appela.

– *Oiga !*

Le tenancier s'arracha à son ventilateur. Chavarria lui tendit un billet.

– Tiens, fit-il. *Ce caballero* appartient au G2. Il veut s'entretenir avec moi. Demande au bus de ne pas repartir sans moi.

Le policier attendait, un peu à l'écart, en plein soleil, pas dupe de cette comédie. Le tenancier bredouilla quelques mots indistincts et les deux hommes contournèrent la baraque en bois. Julio Chavarria balançait à bout de bras sa serviette en cuir, la gorge nouée.

Suivant son « guide », il traversa un chemin de terre longeant l'arrière de la gargote et pénétra dans une cour fermée de murs en terre battue. Une Land-Rover de la Guardia était garée sous un manguier, gardée par deux soldats. Dès que Julio Chavarria eut fait quelques pas à l'intérieur de la cour, l'un d'eux se posta en travers de l'entrée, impassible, sa face plate de métis écrasée par le casque.

– Monte ! ordonna l'agent du G2 à Julio Chavarria, désignant la Land-Rover.

Celui-ci s'immobilisa, l'estomac plein de plomb, la sueur coulant le long de sa nuque.

– Où voulez-vous m'emmener ?

– Monte ! répéta le policier.

Sa voix était sèche, indifférente, chargée de mépris. Julio Chavarria pivota sur lui-même, puis bondit vers le chemin. Il se heurta au soldat, les jambes écartées, qui braquait sur lui son M 16. Derrière lui, la voix ironique du policier du G2 lui lança :

– Fais-moi la faveur de lever les mains, *hombre !*

Lentement, Julio Chavarria s'exécuta, sans lâcher sa serviette. Aussitôt le policier s'approcha de lui par-derrière et le tâta rapidement, s'assurant qu'il ne portait pas d'arme. Julio était fasciné par les plis impeccables de la chemise du soldat. Ses doigts étaient crispés sur la poignée de sa serviette, mais le policier ne chercha pas à s'en emparer. Quand il eut terminé sa fouille, il donna une légère tape dans le dos de Julio Chavarria.

– Ça va, tu peux baisser les bras. Viens maintenant.

Chavarria fut rassuré à la fois par le ton de sa voix et le fait qu'il n'ait pas tenté de lui prendre son bien.

– Où allons-nous ?

– Pas loin, dit l'autre. Rencontrer quelqu'un.

– Et mon avion ?

– Si le bus est reparti, on te conduira jusqu'à David.

Il s'assit à l'arrière sur le métal brûlant, le policier

à côté de lui, les soldats montèrent à l'avant et la Land-Rover sortit de la cour, empruntant un chemin qui s'enfonçait dans la jungle.

La Land-Rover cahota dans l'humus, contournant un énorme tronc d'arbre renversé en travers de la piste. Julio Chavarria respirait avidement l'odeur inimitable de la forêt tropicale : un mélange de pourriture, de sève, de chlorophylle.

Le véhicule repartit, tanguant dans des ornières boueuses, suivant un étroit sentier. Des branches fouettaient sans cesse le pare-brise. Les dernières cahutes de Concepción avaient disparu depuis longtemps et le seul signe de civilisation était un champ de maïs apparaissant parfois au milieu de la végétation.

Ils avaient dû déjà parcourir une dizaine de kilomètres, dans un silence absolu, troublé parfois par le bruit métallique des armes heurtant la carrosserie. Le flic regardait devant lui, sans se préoccuper de son passager. Julio Chavarria jeta un coup d'œil à sa montre et se dit qu'il avait raté son bus. Ce rappel à la réalité dissipa brutalement sa torpeur.

– Où allons-nous ? demanda-t-il à nouveau d'une voix étranglée.

La peur commençait à l'envahir vraiment et il se raccrochait au côté officiel de ses ravisseurs : les uniformes de la Guardia et la carte du G2.

Le policier se tourna vers lui, affable et découvrit ses dents en or :

– Tu n'aimes pas la forêt ?

– Je veux savoir où nous allons, insista Julio Chavarria d'un ton pressant. Il n'y a pas de *cuartel*[1] par ici.

Les petits yeux noirs du policier brillèrent d'un éclat bref et ironique.

– Un peu de patience, *amigo*.

Il semblait si détendu que Julio Chavarria sentit sa panique diminuer un peu. Certes, le Panama n'était pas le Salvador. Les Panaméens étaient plutôt pacifiques et sa dictature militaire n'était pas sanglante. Il posa les deux mains sur sa serviette de cuir, presque timidement, cherchant à calmer les battements de son cœur.

La jungle s'éclaircissait, avec de brusques trous dans la végétation. Il essaya de deviner où ils pouvaient aller. Soudain, la Land-Rover déboucha dans une clairière et s'arrêta. Julio Chavarria aperçut une Datsun beige, une voiture de ville incongrue dans cet environnement. Deux hommes étaient assis à l'avant.

– *Vamos !* dit le policier.

Donnant l'exemple, il sauta à terre, puis attendit que son passager descende. Les soldats restèrent sur leur siège. Julio nota que l'un d'eux tenait son M 16 en travers des genoux, chargeur engagé et le canon dépassait du véhicule, braqué dans sa direction. Avertissement muet au cas où il aurait tenté de prendre ses jambes à son cou. Seul signe vraiment inquiétant. Le chauffeur alluma une cigarette et chassa un essaim d'insectes qui disparut en vrombissant.

Julio Chavarria fut pourtant submergé par une brusque panique. Au lieu de descendre, il se recroquevilla sur son siège.

1. Caserne.

– Qui sont ces hommes ? demanda-t-il.

– Ils vont te conduire à celui qui veut te rencontrer, expliqua le policier.

– Qui ?

– El Viejo, fit l'autre d'un air mystérieux.

Julio Chavarria eut l'impression que son sang se glaçait dans ses veines. El Viejo était le surnom du général Emiliano Coiba, l'homme fort du pays, le chef de la Guardia, celui contre qui il avait réuni des preuves accablantes. Que pouvait faire l'homme le plus puissant du Panama au fond de cette jungle ? Sa peur grandit encore.

– Vous mentez ! cria-t-il. C'est un kidnapping ! Ramenez-moi en ville à votre *cuartel*.

Le policier du G2 s'approcha avec un sourire rassurant.

– *Bueno, hombre*, je ne mens pas. Sur la tête de ma mère, que Dieu ait sa sainte âme, El Viejo a demandé à te voir... Il t'attend pas loin d'ici. Ces *caballeros* sont ses gardes du corps.

– Pourquoi veut-il me rencontrer ?

L'homme du G2 eut un geste évasif.

– Il te le dira lui-même.

– Pourquoi ici ?

– Il est venu en hélicoptère de David. Il tient à ce que votre rencontre soit secrète. *Bueno, vamos !*

Le silence retomba, troublé uniquement par le bruissement des insectes. Les deux hommes se contemplaient en chiens de faïence. Puis le policier du G2 lança d'une voix plus coupante :

– Décide-toi ! El Viejo n'aime pas attendre.

Joignant le geste à la parole, il saisit Julio Chavarria par le poignet et le tira hors de la Land-Rover, mais sans brutalité. Celui-ci referma sa main gauche sur sa serviette et se laissa faire. Le sol était si humide qu'il eut l'impression d'atterrir sur une éponge. L'humus formait un tapis mou qui étouffait les bruits. Un large sourire éclaira le visage du policier qui se tourna vers la Datsun.

– *He, Guapo! Vien aqui*[1].

Un des deux passagers émergea de la Datsun et s'approcha. Un colosse à la crinière abondante rejetée en arrière, le visage barré d'une petite moustache séparée en deux, style danseur mondain des années 30. Il tendit une main énorme à Julio Chavarria.

– *Con mucho gusto, Señor...*

Chavarria prit la main tendue. Soudain en éveil. Il avait reconnu l'accent colombien. Il n'aimait pas les Colombiens. Le policier fit claquer ses doigts.

– *Bueno*, fit-il. *Adios*. Nos amis te ramèneront à David.

Il sauta dans la Land-Rover. Le chauffeur jeta sa cigarette et lança son moteur. Julio Chavarria n'eut pas le temps de protester. Le véhicule s'éloignait déjà dans le sentier par lequel il était venu.

Le Colombien l'observait, les yeux plissés. Dès que la Land-Rover eut disparu dans la jungle, il dit d'une voix calme mais pressante :

– *Vamos, Señor.*

– *Donde ?*

Le Colombien laissa tomber d'une voix fatiguée :

– On vous l'a dit, *Señor...*

Il posa son énorme patte sur son épaule et le poussa vers la Datsun. Julio Chavarria monta à

1. Beau mec, viens ici !

côté du chauffeur et le géant s'installa à l'arrière. La petite voiture eut du mal à s'arracher à l'humus.

Le chauffeur mit aussitôt sa radio à tue-tête. Assez corpulent, il avait le visage mal rasé, ne portait pas de cravate et sa main gauche était tatouée de signes cabalistiques bleus. Étranges envoyés spéciaux pour l'homme le plus puissant du pays. Julio Chavarria recommença à paniquer. Il serrait contre sa poitrine sa petite serviette de cuir que personne n'avait cherché à lui prendre. Au début, c'est ce qu'il avait craint.

Tandis que la Datsun cahotait au milieu de la jungle, il se dit pour se rassurer qu'il avait déjà été victime de manœuvres d'intimidation similaires. Même si on lui confisquait ses documents, il parlerait... Il chassa de son esprit une pensée insidieuse qui commençait à le glacer et se tourna vers le chauffeur :

– C'est encore loin ?

– Non, fit derrière son dos celui qu'on avait appelé El Guapo.

Aussitôt, il lui donna une grande tape sur l'épaule.

– Tu es pressé de rencontrer El Viejo, hein !

Son sourire était plein de bonne humeur.

Le paysage changeait, les grands arbres se faisaient rares. La Datsun pénétra dans une zone déboisée, et Julio Chavarria se dit qu'on approchait. Le général Coiba se déplaçait fréquemment en hélicoptère et ces machines se posaient partout. L'idéal pour un rendez-vous clandestin. Évidemment, le général ne voulait pas être vu avec lui, Julio Chavarria, son adversaire déclaré...

Qu'allait-il lui offrir ?

De l'argent ? Ou des menaces ?

La Datsun s'arrêta. Julio regarda autour de lui. Ils

se trouvaient à la lisière de la jungle épaisse, sur un chemin coincé entre un champ de maïs et une sorte de fosse où s'amoncelaient des billes de bois fraîchement coupées.

Un endroit beaucoup trop accidenté même pour un hélicoptère... Le conducteur de la Datsun coupa son moteur et sortit de la voiture. Julio Chavarria, de nouveau une boule dans la gorge, se retourna vers El Guapo.

– Où est El Viejo ?

Le Colombien émergea à son tour du véhicule.

– Il va arriver, fit-il d'un ton bonhomme.

Il ouvrit la portière de Julio Chavarria. Celui-ci sentit ses jambes se dérober sous lui en apercevant la longue machette à la lame brillante pendant au bout du bras du Colombien.

Julio Chavarria fut secoué d'une violente nausée qui lui amena un goût amer dans la bouche. Pendant quelques instants, il fut incapable de bouger, le corps secoué de tremblements incoercibles... Cette fois, ce n'était plus de l'intimidation... Sa tardive intuition ne l'avait pas trompé. Puis, avec un couinement de chiot écrasé, il bondit hors de la Datsun du côté opposé, serrant dans sa main sa serviette de cuir, fonçant vers le champ de maïs.

El Guapo contourna la voiture pour lui couper la route. Il fit tournoyer sa machette au jugé et la pointe entama profondément le dessus de la main droite du fugitif. Sous le coup de la douleur, Julio Chavarria lâcha sa précieuse serviette et perdit l'équilibre. Il se releva aussitôt. À ce moment, il avait encore une chance de s'échapper. La lisière du champ de mais n'était qu'à une dizaine de mètres et il aurait pu se dissimuler au milieu des hautes pousses.

Mais, au lieu de repartir immédiatement, il se retourna, cherchant des yeux sa serviette de cuir, ne se résolvant pas à l'abandonner. Il la découvrit, tombée dans l'herbe, hésita, puis fonça de nouveau. C'était trop tard. Jetant son corps massif en avant, le Colombien parvint à lui faire un croche-pied et Julio Chavarria s'étala de tout son long. Il se redressait péniblement quand un coup de pied dans la tempe le rejeta au sol, assommé.

Impassible, le Colombien le prit par le poignet gauche et commença à le tirer vers la fosse bordant le sentier. Le chauffeur de la Datsun inspectait les environs, un Colt 45 glissé dans la ceinture de son jeans.

Arrivé au bord de la fosse, El Guapo y sauta lourdement, lâchant le poignet du prisonnier. Puis, il se retourna et l'attira de nouveau, le faisant basculer dans la boue. Sous le choc, Julio Chavarria reprit conscience et gémit. Posant sa machette, El Guapo le saisit sous les aisselles et le souleva, le jetant en travers d'une grosse souche.

Son complice se laissa tomber à son tour dans la fosse, tirant son Colt de sa ceinture. Le Colombien l'arrêta d'un geste sec.

– *Silencio!* grommela-t-il.

Il ramassa sa machette et s'approcha de leur prisonnier. Il saisit le col de sa chemise et tira violemment en arrière, la déchirant et dégageant la nuque. L'homme au Colt retint son souffle, fasciné, quand El Guapo posa sa main gauche à plat sur le dos de Julio Chavarria afin de le maintenir immobile.

Ce dernier parvint à tourner la tête, vit la machette et voulut fuir, affolé, rampant en arrière comme un animal. Aussitôt, par réflexe, le Colombien lui planta son arme dans le dos. Julio Chavarria tomba dans la boue. Il hurlait, le sang dégoulinait de son dos. Comme un fou, El Guapo se mit à frapper, s'acharnant sur le blessé qui poussait des cris de porc qu'on égorge, les yeux hors de la tête, enfonçant et retirant la lame, les dents serrées. Le dos inondé de sang, Julio Chavarria criait encore, se tordait sous les coups. Enfin, le Colombien abattit sa lame sur la nuque, de toutes ses forces et l'ultime hurlement de sa victime s'arrêta net, coupé en même temps que la moelle épinière.

El Guapo se redressa, calmé d'un coup et le silence retomba. Le corps du supplicié fut secoué d'un violent sursaut, comme s'il tentait d'échapper à la mort. Ses jambes s'agitèrent brièvement dans une espèce de danse macabre. El Guapo s'écarta, laissant sa machette coincée entre deux vertèbres. Son compagnon, le Colt au bout du bras, avait reculé, livide.

Posément, le Colombien arracha la machette, la planta dans le sol, et se tourna vers son complice.

– Aide-moi, on va le remettre où il était.

Ils ramassèrent le corps dans la boue et le replacèrent sur le tronc. El Guapo semblait parfaitement calme, son accès de folie évaporé. Tenant la tête de Julio Chavarria par les cheveux de la main gauche, il entreprit, à petits coups de machette précis et violents, de la séparer du corps, se servant du tronc comme d'un billot. Élargissant la plaie, découpant les ligaments, martelant les vertèbres.

Son complice avait beau se dire que l'autre était mort, il en avait le cœur sur les lèvres.

El Guapo vint enfin à bout des cartilages et de la colonne vertébrale. La tête ne tenait plus que par la trachée artère et des lambeaux de chair. Les carotides rosâtres ressemblaient à deux tuyaux crevés. D'un seul coup de machette, le Colombien trancha ce dernier lien de chair. Ses doigts glissèrent dans les cheveux poisseux de sang et la tête de Julio Chavarria lui échappa, tombant sur son pied, tachant de rouge le bas de son pantalon.

El Guapo s'écarta brusquement, de nouveau l'œil fou, et gronda :

– *Carajo*[1] !

D'un violent coup de pied, il expédia la tête à l'autre bout de la fosse, comme un ballon de football. Puis se calma, essuyant sa machette à des fougères géantes. Son ami ne pouvait détacher ses yeux du corps décapité et de la hideuse blessure où scintillaient les fils blancs des nerfs. Le Colombien surprit son regard et souleva un lambeau rougeâtre de chair de la pointe de sa machette.

– *Bueno !* On dirait une bite après une nuit de baise ! Quand on est presque à vif d'avoir trop limé.

– *Si, si*, approuva servilement l'autre avec un sourire de commande.

Il se retenait de toutes ses forces pour ne pas vomir. El Guapo lui jeta :

– Va chercher le sac !

L'autre s'empressa de remonter le talus. Il courut jusqu'à la Datsun et mit plusieurs minutes à retrouver

1. Salope.

le sac en plastique caché dans la boîte à gants, tant ses mains tremblaient. Lorsqu'il revint, El Guapo fumait une cigarette à côté du corps décapité. Paisible.

Dans sa jeunesse, il avait participé à la « violencia » en Colombie, hachant à la machette des dizaines de *campesinos*, hommes, femmes et enfants. D'un seul revers, il avait appris à trancher la tête d'un bébé. Alors ce qu'il venait de faire n'était pas grand-chose. Il ne ressentait strictement rien, qu'une soif violente et une légère douleur dans le coude.

– Dépêche-toi, fit-il, prends la tête de ce *lagarto*[1] et filons.

Son complice alla au bout de la fosse, là où le coup de pied du Colombien avait expédié la tête et entreprit de la glisser dans le sac de plastique bleu. Il osait à peine la toucher et dut faire un effort gigantesque sur lui-même pour lui saisir les cheveux et parvenir à ses fins.

El Guapo le contemplait avec un regard méprisant, étonné que cette chose morte puisse encore l'effrayer.

– Allez, dépêche-toi ! Il ne va pas te mordre...

L'autre eut une grimace ressemblant vaguement à un sourire et referma le sac. Les deux hommes se hissèrent hors de la fosse. Du chemin, le corps était invisible. Il fallait s'approcher du bord pour l'apercevoir.

Au passage, El Guapo ramassa la serviette en cuir de Julio Chavarria qu'il jeta dans la Datsun. Puis il posa la tête sur le plancher à ses pieds et se tourna vers son complice en riant.

– On ne lui avait pas raconté de conneries ! Il va bien voir El Viejo

1. Lézard (en argot : traître, vendu).

## CHAPITRE II

Malko regarda à travers le hublot du Learjet les navires à l'ancre dans la baie de Panama, jouets minuscules sur l'océan Pacifique d'un gris sale, attendant leur tour de pénétrer dans le canal de Panama. Dans le sens Pacifique-Atlantique, les passages commençaient à une heure de l'après-midi. Un gros porte-containers japonais défilait déjà sous le pont des Amériques majestueux ouvrage d'art de mille cinq cents mètres qui enjambait le canal séparant l'Amérique centrale et l'Amérique du Sud.

Il regretta fugitivement de ne pas avoir pris à Paris le « 747 » d'Air France qui filait sur Tahiti, avec une unique escale technique à Los Angeles, supprimant les attentes interminables dues aux correspondances en retard. Le Pacifique Sud était nettement plus attrayant que cet océan grisâtre.

Au-delà des collines couvertes de jungle, il aperçut sur sa droite des tours ultramodernes alignées le long de la baie donnant à Panama-City l'apparence d'un petit Miami.

Puis, le Learjet du MAC[1] s'inclina et il ne vit plus que le drapeau américain flottant au sommet de Quarry Hights, signalant le siège du Southland Command et les bâtiments bien rangés de l'ancienne zone du canal. L'appareil plongeait vers Howard Air Force Base, un des points d'appui des vingt mille Américains surveillant le canal. Au même moment un gros hélicoptère Chinook en décollait avec lenteur en direction des écluses de Miraflores.

L'état de Panama avait récupéré le canal et sa zone en 1979, mais les Américains en assureraient la protection jusqu'en 1999.

Le Learjet prit brutalement contact avec la piste et roula jusqu'à un hangar.

Un homme en chemisette blanche accueillit Malko à sa descente de la passerelle, ses yeux invisibles derrière des Ray-Ban. Un badge accroché à la poche de sa chemise indiquait « Lt Martinez ». Il se mit au garde-à-vous, tendit la main à Malko et annonça :

– *Good morning*, *Sir*. Un hélicoptère va vous conduire à la résidence du général Mc Auliffe qui dirige le Southland Command. L'hélicoptère nous attend.

Le ciel était couvert avec une chaleur humide et oppressante. Le tarmac brûlant et le temps de gagner le Bell dont le rotor tournait déjà, Malko était en nage.

Le lieutenant Martinez installa sa Vuitton dans l'hélico, le salua, le pilote adressa un signe amical à son passager, s'assura qu'il avait bouclé sa ceinture et le Bell s'éleva dans un nuage de poussière. Laissant le canal à leur gauche, ils piquèrent au-dessus de

1. Military Air Command.

la baie, vers un terrain semé de baraquements militaires : l'ancienne zone interdite où se trouvait encore tout le commandement américain. Malko aperçut au-delà les maisons lépreuses du vieux Panama, le long d'une lagune à sec hérissée de carcasses de bateaux. Il étouffa un bâillement discret. Le jetlag. Il avait emprunté le nouveau vol Air France Paris-Miami direct. Tandis que ses compagnons de vol s'égaillaient vers leurs correspondances immédiates sur Kingston, La Havane, Maracaibo, San José ou San Domingue, lui avait profité d'un Learjet militaire partant à vide qui devait ramener de Panama une délégation au Pentagone.

Ici, la CIA était chez elle...

De l'autre côté du canal, près de Colon se trouvait l'École des Amériques qui avait entraîné à la guérilla des milliers d'hommes des Forces spéciales. Il vit des bâtiments bien alignés, des uniformes et l'hélico se posa avec délicatesse sur une pelouse digne d'un manoir anglais, ornée, de surcroît, d'un kiosque à musique ! Pas un brin d'herbe ne dépassait. Sous les tropiques, c'était plutôt rare.

La porte du Bell s'ouvrit sur un lieutenant de Marines qui semblait sorti d'un film de propagande tant il était plus vrai que nature : le regard bleu et vide, les plis de l'uniforme en relief, la nuque rasée. Il salua et lança d'une voix de stentor :

– Bienvenue au Southland Command, *Sir* !

Il avait hurlé le « sir ».

Malko regarda autour de lui. La zone était théoriquement ouverte aux non-Américains, mais on ne voyait pas grand-monde, la police militaire US décourageant les Panaméens par des contrôles tâtillons. Le site était superbe. Des cocotiers fins et interminables s'inclinaient sur des pelouses somptueuses semées d'élégants petits bungalows où logeaient les officiers de la zone du canal. Un peu plus loin, une bande de terre avançait comme un doigt au milieu du Pacifique, terminée par des collines hérissées d'antennes. Ici, tout était soigneusement entretenu et même la mer semblait propre.

Malko emboîta le pas au lieutenant qui se dirigeait vers une grosse villa de style colonial, entourée d'une large véranda, en bordure de la pelouse. Ils grimpèrent un escalier de bois en haut duquel un homme corpulent, au visage empâté, avec des yeux pétillants d'intelligence, accueillit Malko.

– Je suis Herbert Lawn, annonça-t-il. Je pense qu'une Margarita Royale vous ferait du bien. Il fait chaud, n'est-ce pas ?

Le lieutenant posa la valise, claqua des talons et redescendit.

Le chef de station de la CIA à Panama ressemblait à un bon père de famille un peu négligé, avec son pantalon de toile informe et sa chemise blanche froissée.

Malko suivit l'Américain sous la véranda et prit place en face de lui dans un fauteuil d'osier, style *Autant en emporte le vent*. De grands ventilateurs brassaient l'air tiède et humide, apportant une fraîcheur relative. Un soldat apparut, portant un plateau avec deux énormes verres pleins d'un mélange doré. L'Américain prit le sien et le leva.

– Voilà : tequila, Cointreau et glace ! *Welcome* à Panama.

Malko trempa les lèvres dans le breuvage. Exquis.

Herbert Lawn lapa son verre d'un coup. Bien dressé, le soldat en ramena aussitôt deux autres...

L'Américain eut un soupir d'aise.

– Agréable, n'est-ce pas ? Le général Mc Auliffe a eu l'amabilité de mettre sa résidence à ma disposition pour cette première rencontre... C'est plus tranquille que mon bureau à l'ambassade.

Effectivement, des Marines veillaient partout discrètement et l'on apercevait seulement de temps en temps une voiture qui glissait en silence le long de la voie bordant le Pacifique, ralentie par les innombrables « dos-d'âne » forçant à rouler à trente à l'heure.

Herbert Lawn attendit que Malko soit venu à bout de sa Margarita Royale pour lancer :

– Je suis content de vous avoir ici... Vous avez un « record » impeccable et de nos jours, c'est de plus en plus rare. David Wise était un ami. Il m'a souvent parlé de vous.

Le premier patron de Malko à la CIA... Mort d'un cancer, quatre ans plus tôt. Directeur de la division des Plans, celle des coups tordus. Un homme que Malko adorait et respectait. C'est lui qui en avait fait un contractuel de luxe auprès de la Company.

– J'ignore encore pourquoi je suis ici, dit-il.

Herbert Lawn eut un gros rire truculent et prit sur la table basse en bambou un mince dossier jaune qu'il ouvrit.

– Il s'agit d'une mission assez déplaisante, annonça-t-il.

Malko en resta muet de surprise. D'habitude, la CIA lui promettait toujours des lits roses et des malentendus sans importance censés se dénouer dans la bonne humeur générale et qui se terminaient régulièrement dans des bains de sang... Pour qu'on lui annonce quelque chose de « déplaisant », il fallait vraiment que ce soit à la limite extrême de l'horreur.

– Qu'entendez-vous par déplaisant ?

Herbert Lawn leva sur lui un regard d'où toute gaieté avait disparu.

– Une action à terminer avec un extrême préjudice pour l'intéressé.

Autrement dit, une liquidation physique... guère dans les habitudes de la Company... Et il ne s'agissait sûrement pas d'un traître obscur, sinon, on n'aurait pas fait appel à Malko, un peu étonné car il n'avait pas la réputation d'un tueur à la CIA. Bien au contraire, il abhorrait la violence et tentait de conserver son éthique contre vents et marées.

– Qui est l'intéressé ? demanda-t-il, le visage caressé par la brise du ventilateur.

– Avez-vous entendu parler du général Emiliano Coiba ?

– Vaguement, dit Malko. C'est l'homme fort du pays, non ?

– Exact, le président n'est qu'une potiche.

– C'est de lui qu'il s'agit ?

– Absolument.

– Pourquoi ?

Une lueur d'humour froid pétilla dans les gros yeux marron de l'Américain.

– Demandez-moi plutôt pourquoi on ne l'a pas fait plus tôt... En 1972, on avait déjà proposé cette solution. Le général Coiba est impliqué dans le trafic de drogue jusqu'au cou, du transport de la cocaïne au lavage de l'argent ; il nous trahit à l'occasion au profit des Cubains en leur vendant des renseignements militaires et de la technologie, il contrôle des réseaux de prostitution et de trafic de passeports, il est actif également dans les ventes d'armes à destination du M19[1] colombien et des sandinistes, et il a, bien entendu, truqué les dernières élections.

Malko ne broncha pas : c'était le portrait standard d'un militaire de haut rang sud-américain. Il n'y avait pas de quoi fouetter un chat dans cette partie du monde. En plus, un souvenir lui revint opportunément.

– Je crois que ce général a été reçu il n'y a pas si longtemps au Pentagone avec tous les honneurs dus à son rang, remarqua-t-il. Il me semble aussi qu'il était assez lié à la Company... Que s'est-il passé ?

Herbert Lawn prit dans son dossier une photo qu'il tendit à Malko.

– Ceci.

La photo en noir et blanc représentait le cadavre d'un homme entièrement nu, allongé sur une table avec un écriteau portant le numéro 85100. La tête manquait. Il reposa le document.

– Qui est-ce ?

– La première véritable erreur du général Coiba, laissa tomber l'Américain.

– C'est-à-dire ?

– Cet homme s'appelait Julio Chavarria. Un politicien panaméen soutenu par une poignée de sénateurs démocrates de chez nous. En plus, informateur pour la Company et la DEA[2]. On lui avait donné un job précis : rassembler des preuves contre le général

1. Mouvement rebelle pro-castriste.
2. Drug Enforcement Administration.

Coiba, sur ses implications avec les *narcotraficantes* entre autres. Afin de pouvoir faire pression sur lui, le cas échéant.

« Il y a deux semaines, il nous a prévenu du Costa Rica qu'il avait tout ce qu'il fallait et même plus. Qu'il revenait à Panama avec ces documents.

– Et il n'est jamais arrivé ?

– On a retrouvé son corps décapité, pas loin de la frontière du Costa Rica. Il a, semble-t-il, été enlevé par un policier du G2 en civil. Bien entendu, ses documents ont disparu...

– Mais pourquoi est-il décapité ? demanda Malko. Pour rendre son identification impossible...

L'Américain eut une grimace de dégoût.

– Non, mais il paraît que Coiba est entré dans une rage folle quand il a appris que Chavarria voulait le balancer. Et qu'il a demandé qu'on lui apporte sa tête... Ses copains l'ont pris au mot...

Belle nature.

– Et ensuite ?

Le chef de station avala une gorgée de Margarita et laissa tomber :

– Cet excès de zèle va coûter cher à Coiba. Un meurtre « ordinaire » serait peut-être passé, mais nos sénateurs démocrates se sont mis à grimper au plafond. C'est allé jusqu'à la Maison Blanche. Et ensuite, redescendu chez nous.

Pendant ce temps-là, les média, *New York Times* et télé en tête, ont commencé à taper sur Coiba à bras raccourcis...

Encore un ami gênant. Avec le shah, Marcos, Somoza et Baby Doc, cela faisait beaucoup. Herbert Lawn eut un hochement de tête résigné.

– Coiba n'avait déjà plus la cote. Ce meurtre sauvage a été la goutte qui a fait déborder le vase. Le DG a été mis au courant, j'ai été convoqué à Langley et on a décidé de mettre un terme à la carrière d'Emiliano Coiba.

– Qui « on » ? demanda Malko.

– Le National Security Council.

Les ventilateurs tournaient toujours lentement, silencieusement, un oiseau piaillait sur la pelouse et le Pacifique prenait lentement une teinte plombée annonçant un orage. Malko fit craquer son fauteuil d'osier, mal à l'aise.

– Vous comptez sur moi pour expédier le général Coiba *ad patres ?* demanda-t-il. Vous savez que ce n'est pas ma spécialité...

Herbert Lawn eut une grimace amusée qui lui tordit le visage. Il se pencha en avant, soufflant comme un phoque et sortit de son dossier une grande photo qu'il tendit à Malko. Ce dernier éprouva un choc agréable, après l'horreur du document précédent.

C'était une fille brune – sûrement une métisse – à la beauté sauvage, debout sur un escalier, moulée dans un maillot une pièce très échancré en fausse panthère qui accentuait le contraste entre une poitrine absolument somptueuse et une taille incroyablement fine. Elle avait le type latino-américain, avec des cheveux noirs bouclés, un visage sensuel, une grosse bouche de salope et d'immenses yeux sombres en amande.

– Qui est-ce ? demanda Malko.

– Miranda Ochoa, annonça le chef de station de la CIA. Miss Panama 1984. Votre cible.

# CHAPITRE III

Malko reposa la photo de la sublime créature, perplexe.

– Vous voulez la liquider aussi ?

– Non, expliqua Herbert Lawn, après avoir vidé la dernière goutte de sa troisième Margarita Royale. Nous avons besoin d'elle pour l'opération « Tigre », la mise hors circuit définitive du général Coiba, dont elle est la maîtresse.

– J'avoue que je ne vois pas, fit Malko. En quoi puis-je intervenir ?

– Vous devez la séduire. Devenir son amant, avoir accès à ses petits secrets.

– Vous venez de m'apprendre qu'elle était la maîtresse de Coiba...

– Bien sûr, mais je n'ai pas dit qu'elle était amoureuse de lui... D'après nos informations, elle le trompe. En secret, bien entendu, et toujours avec des hommes pour lesquels elle a un coup de cœur. Particulièrement de type européen. Il semble qu'elle ait une indigestion de moustachus olivâtres...

Malko reprit la photo, incrédule.

– Vous voulez dire que vous m'avez fait traverser l'Atlantique uniquement pour faire la cour à cette somptueuse salope tropicale... Vous n'aviez personne de plus proche ?

Herbert Lawn acheva les pistaches d'une seule bouchée et sourit à Malko, comptant sur ses doigts :

– Un, il nous fallait un homme capable de séduire cette fille par son charme. Deux, qu'il soit absolument sûr. Trois qu'il ne soit pas américain. Quatre, qu'il n'ait pas froid aux yeux. Sans même parler des risques inhérents à la mission, le général Coiba, en bon *macho latino*, n'est pas du genre tolérant. Il aurait plutôt tendance à couper les couilles de ses rivaux qu'à partager avec eux.

« Vous comprenez mieux maintenant ?

Malko écoutait, perplexe. Étonné que la CIA n'ait pas dans ses tiroirs un gentleman capable de faire cette conquête. Il devait y avoir un loup...

– Admettons que je me retrouve dans le lit de cette Miranda, dit-il. En quoi cela va-t-il aider votre projet ? Vous n'allez quand même pas déguiser ça en crime passionnel ?

Herbert Lawn esquissa un sourire, vite effacé.

– Non. Mais j'ai absolument besoin de Miranda Ochoa pour mener mon opération à bien. Depuis que j'ai le feu vert de Langley, j'ai commencé à constituer un dossier d'objectif sur Coiba. Je me suis rendu compte très vite qu'il était pratiquement invulnérable.

– Pourquoi ?

– Parce qu'il est paranoïaque... Il a fait assassiner son prédécesseur.

– Dans le Tiers Monde, fit remarquer Malko, c'est la règle normale de succession...

– Souvent, admit l'Américain. Mais Coiba n'a pas envie de subir le même sort. Il se méfie énormément. Il n'a pratiquement pas de vie privée, il ne sort jamais, n'accepte que peu d'invitations et seulement chez des gens très sûrs. Donc, il va de sa villa sur le golfe à la caserne de la Guardia, jamais par le même itinéraire, parfois en hélicoptère parfois en voiture et jamais non plus à la même heure. Les gardes du corps qui l'entourent sont grassement payés et se surveillent les uns les autres. Nous avons tâté le terrain de ce côté-là : impossible. Sa résidence est un blockhaus, avec des caméras de télévision partout, des glaces blindées et des portes de coffre-fort.

« En appuyant sur un bouton il peut faire arriver cinquante types en quelques instants.

– Et le reste du temps ?

– À la Guardia, il est intouchable, ou alors, il faudrait y aller avec des chars.

– Ses voyages ?

– Il se déplace très peu, que ce soit à Panama ou à l'étranger. Sauf chez nous et ce serait délicat de se le payer à Washington. Il ne reste que la partie secrète de sa vie privée.

– Miranda Ochoa ?

– Exactement. C'est sa maîtresse attitrée depuis presque deux ans. Il va la voir chez elle. Le seul moment où sa garde personnelle est allégée et permet un coup de main. Seulement, il faut connaître ce moment... J'ai besoin de vous pour apprendre avec quelques heures d'avance où se trouve Coiba.

– Il n'a pas d'habitudes régulières ?

– Non. D'après ce que nous savons, il débarque à

l'improviste, passe quelques heures avec elle et rentre chez lui. Il est marié et a quatre enfants.

– Et vous ne pouvez pas exercer une surveillance sur le domicile de sa maîtresse ?

– Il faudrait que ce soit vingt-quatre heures sur vingt-quatre et nous aurions toutes les chances de nous faire repérer. Ce quartier est très protégé par le G2. C'est bourré de mouchards. Et il faudrait des gens sûrs, non américains, que nous n'avons pas.

– Rien ne dit que cette Miranda Ochoa accepte de collaborer à la perte de son amant, fit remarquer Malko.

Herbert Lawn lui jeta un coup d'œil ironique.

– Ne faites pas l'idiot. Il faut évidemment la manipuler, mais je pense que c'est faisable. Elle n'a jamais été folle d'amour pour Coiba. Lui est tombé raide dingue en la voyant à son élection de Miss Panama.

« Alors, elle s'est laissé faire une douce violence et il l'a installée dans un somptueux appartement. Il l'entretient sur un grand pied, en l'empêchant pratiquement de mener une vie normale.

« Ce que je vous demande est extrêmement périlleux... Si Coiba se doute de nos projets, il risque de devenir fou furieux. Dès la minute où vous aborderez Miranda Ochoa, votre vie sera en danger... Je tenais à vous prévenir.

Malko écoutait. Il n'avait pas emporté son pistolet extra-plat, mais à Panama cela ne devait pas poser de problèmes. Le danger, il y était accoutumé. Pour l'instant, c'était encore quelque chose d'abstrait. Sauf le cadavre décapité.

– Vous avez une photo du général Coiba ? demanda-t-il.

– Bien sûr, fit l'Américain.

Il prit le document dans son dossier et le tendit à Malko.

Sous la casquette type SS avec un énorme écusson au-dessus de la visière, il découvrit un visage respirant la brutalité, plat comme celui des Indiens, avec un nez épaté, de petits yeux noirs enfoncés et la belle couleur olivâtre courante du Rio Grande à la Terre de Feu. Une bonne tête d'assassin.

– Le général Coiba a reçu la formation de l'Académie militaire de Santiago au Pérou, commenta Herbert Lawn, mais ses débuts n'ont pas été faciles. Une famille très pauvre dans le quartier de Chorrillo, sept enfants. Leur seule viande était du rat. Et encore pas tous les jours... Puis, il a aidé l'ancien président à se débarrasser de son prédécesseur et a grimpé au sein de la Guardia... C'est un homme intelligent, avide et rusé, avec des réactions de colère qui confinent à la psychopathie.

Un ange décapité traversa la véranda et s'enfuit vers les brumes du Pacifique. Les militaires sud-américains étaient rarement des philanthropes. Le général Coiba ne déparait pas le lot.

– Vous êtes certain que le directeur général ne changera pas d'avis ? demanda Malko.

Il connaissait la répugnance de la Company à utiliser ce genre de méthodes. Il fallait que le général Coiba ait vraiment dépassé la mesure...

– Impossible, affirma Herbert Lawn. Un budget a été approuvé pour l'opération Tigre et la Maison Blanche a donné son feu vert.

– Parfait, dit Malko. Mais par qui allez-vous le remplacer ? Parce que je suppose que cela fait partie de l'opération Tigre. Vous n'allez pas reprendre le Panama en administration directe. Cela ferait désordre...

L'Américain eut un sourire un peu constipé.

– Évidemment ! Mais nous avons un homme. Bien entendu, cela doit rester strictement entre vous et moi.

– Cela va de soi, approuva Malko.

– Il s'agit du numéro deux de la Guardia, expliqua le chef de poste de la CIA. Le colonel Ignacio Santo Domingo. Nous le suivons depuis un bon moment. Un officier brillant qui a une bonne image de marque au sein de la Guardia et qui nous est absolument fidèle.

– Vous le tenez ?

Herbert Lawn eut un geste évasif.

– Oh, des petites choses. Un peu d'argent, une voiture, les études de sa fille à l'Université de Stanford. Mais c'est un type bien, motivé et farouchement anticommuniste...

– Il n'a pas pu empêcher le meurtre de Julio Chavarria ?

Herbert Lawn alluma une cigarette qui semblait minuscule dans ses gros doigts.

– Non. C'est le domaine réservé du général Coiba. Santo Domingo, d'après ce qu'il m'a dit, a tenté de dissuader son chef, mais sans résultat...

– Au fond, Coiba vous a rendu service, remarqua Malko. Il vous apporte sur un plateau d'argent une occasion de se débarrasser de lui.

L'Américain fixa quelques instants le ventilateur en train de tourner lentement au-dessus de leur tête avant de répondre.

– En un sens, c'est vrai, reconnut-il de sa voix rocailleuse. Mais il pensait que cela passerait comme le reste. Ces *latinos* sont tellement habitués à la corruption et à la violence qu'ils imaginent que le reste du monde est comme eux...

– Chavarria ne se méfiait pas ?

– Si, mais il était persuadé que Coiba n'oserait pas le toucher...

– Donc, votre ami le colonel Santo Domingo est prêt à remplacer son patron...

– Tout à fait, approuva en souriant Herbert Lawn. Avec lui, nous aurons moins de problèmes. C'est un nationaliste modéré qui ne nous cassera pas les pieds.

Autrement dit, il serait payé au mois par la CIA.

– Souhaitons que le pouvoir ne le corrompe pas, dit Malko. Et maintenant, comment vais-je monter à l'assaut de la pulpeuse Miranda ? Je ne peux pas l'attendre en bas de son immeuble...

– Vous allez prendre contact avec un de nos *stringers*[1], Bruce Gonzales. Un businessman panaméen dont la mère était américaine et en qui vous pouvez avoir toute confiance. Il a beaucoup de relations et je l'utilise pour la logistique de mes opérations.

– Il est au courant du projet ?

Herbert Lawn eut un rire rocailleux.

– Non, évidemment ! Il mourrait de peur. Il pense que nous voulons mettre des micros chez Miranda...

– Je vois. À propos, si je réussis à obtenir l'information dont vous avez besoin, qui va se charger de la suite de l'opération ?

– J'ai ce qu'il faut, affirma l'Américain de sa voix

1. Contractuels.

péremptoire. Des gens que j'ai fait venir du Honduras. Ils sont en stand-by à Fort-Clayton[1].

« Une voiture va maintenant vous conduire en ville. Une chambre est retenue à l'hôtel *Marriott*. Sous votre nom. Elle fait partie d'un groupe que nous louons à l'année pour le Southland Command, afin d'héberger les hôtes de passage.

– Je n'entre pas dans le pays officiellement ? demanda Malko, un peu suffoqué.

– Si, si. Nous communiquons à l'Immigration panaméenne votre nom et le numéro de votre passeport. En quelque sorte, vous êtes sous notre responsabilité.

– En qualité de quoi ?

– Journaliste autrichien, bien entendu. Vous effectuez une enquête sur le Southland Command pour le compte du *Kurier*. Et comme tous nos invités, nous vous mettons au *Marriott*. C'est le meilleur de la ville, ce qui ne va pas très loin.

L'Américain lui tendit une carte sur laquelle il écrivit deux numéros de téléphone.

– Nous aurons le moins de contacts possible. Je pense que votre mise en place va prendre quelques jours. Tenez-moi au courant par l'intermédiaire de Bruce. N'appelez chez moi ou à l'ambassade qu'en cas d'extrême urgence. Nos lignes sont sur écoutes. Ce sont les Israéliens qui ont organisé le G2 et ils connaissent la musique... Dès que vous aurez progressé, nous mettrons au point les derniers détails du dossier.

Le « dossier » consistait en un meurtre à hauts risques... Malko adorait la façon feutrée de s'exprimer des fonctionnaires.

1. Autre base US du canal.

La secrétaire coincée dans la petite entrée leva sur Malko des yeux qui semblaient énormes derrière les lunettes serties de strass.

– Le Señor Bruce Gonzales ? demanda-t-il en tendant sa carte.

Elle la prit et trottina jusqu'au bureau voisin, en ressortit aussitôt, suivie d'un homme de petite taille, le visage souriant barré d'une grosse moustache, habillé comme une gravure de mode. Il fit entrer Malko dans un minuscule bureau aux murs constellés de diplômes encadrés.

– J'ai eu du mal à vous trouver ! dit Malko.

C'était une litote. À Panama-City, les rues étaient numérotées de trois façons. La Calle 52 A sur le plan s'appelait en réalité Elvira Mendez et les plaques indiquaient Avenida Ricardo Arango... Malko avait tourné une bonne demi-heure dans sa Toyota Crown louée au *Marriott*, avant de tomber par hasard sur l'Edificio Monica...

– Ah, je sais ! C'est difficile pour les étrangers.

Il avait des yeux un peu saillants pleins de bonté et un perpétuel sourire. Avec sa pochette, il ressemblait à un danseur mondain, plutôt qu'à un *stringer* de la Company.

– Herbert Lawn m'a dit que vous pourriez m'aider, dit Malko.

– *Como no !* approuva le Panaméen avec un sourire radieux. Je vous ai déjà organisé quelque chose.

– Quoi donc ?

– Demain soir, il y a l'élection de Miss Panama 1986, à l'Atlapa, le Palais des Congrès, juste en face de votre hôtel. Miranda Ochoa y assistera, en tant qu'ancienne Miss Panama. J'ai réussi à vous obtenir une place juste à côté d'elle...

– Le général Coiba ne sera pas là ?

Bruce Gonzales eut un rire rassurant.

– Non, non, il regardera le spectacle à la télé, avec sa femme et ses enfants... Comme tout le monde. Ici, à Panama, nous adorons les concours de beauté. Il y en a tout le temps et la télé rediffuse les anciens sans arrêt.

« Divertissement inoffensif et agréable. Mais soyez quand même prudent, ajouta-t-il avec un sourire malin. Le général est très jaloux. Il ne faut pas qu'il apprenne que vous lui faites la cour, sinon...

– Sinon quoi ?

La mimique inquiétante du Panaméen fut interrompue par la porte s'ouvrant sur une jeune femme qui pénétra sans façon dans le bureau.

– Salut !

Malko détailla la nouvelle arrivante. Petite, un visage aigu aux yeux sombres, pleins de vie, un chemisier bariolé avec des rembourrages qui lui faisaient des épaules de débardeur, une jupe ultracourte et moulante plaquée sur des fesses cambrées, soulignées d'une grosse fermeture Éclair, les mains pleines de bagues et un sac plus grand qu'elle. Après l'avoir déposé sur le bureau, elle s'assit en face de Malko, croisant les jambes si haut qu'il aperçut le triangle de son slip. Une vraie petite bombe sexuelle.

– Señor Linge, je vous présente Ines de Castro, mon amie, annonça Bruce. Elle est journaliste à *La Prensa*. Elle connaît tout à Panama. (Il se tourna vers la jeune femme.) Le Señor Linge lui aussi est journaliste, en Autriche.

Ines jeta à Malko un regard aigu.

– Vous ne ressemblez pas à un journaliste, fit-elle d'un ton inquisiteur. Je vous vois plutôt dans la drogue ou dans les armes.

– Ines !

La journaliste eut un petit rire sec.

– Bon, on ne peut plus plaisanter... J'ai faim ! Invite ton ami et allons dans ton Italien de merde... Je n'ai pas beaucoup de temps.

Devant cette tornade, Bruce Gonzales semblait pétrifié. Ils sortirent du bureau et, en passant, Ines expédia un regard meurtrier à la secrétaire. À peine dehors, elle lança à son amant :

– J'espère que tu ne tripotes plus les seins de cette grosse vache de Lucia...

Sans laisser au Panaméen le temps de répondre, elle continua, s'adressant à Malko :

– Bruce adore les gros seins et il trouve que je n'ai pas assez de poitrine...

L'arrivée au restaurant interrompit le combat. Il était sombre, glacial et vide. Ines prit place entre les deux hommes, alluma une cigarette puis commanda un *ceviche* [1] et un Cointreau avec beaucoup de glaçons.

Juste après l'addition, Bruce Gonzales consulta sa montre et dit :

– Mon Dieu, j'ai rendez-vous à la Guardia !

Ines de Castro, en train de sucer ses derniers glaçons imbibés de Cointreau eut un ricanement méprisant :

1. Poisson cru mariné dans du citron.

– C'est ça, va voir tes bidasses ! Je prendrai un taxi.

– Je vais vous accompagner, proposa Malko, attiré par cette jeune bombe.

Elle n'avait pas arrêté de fumer de tout le déjeuner, émaillant la conversation de piques ; électrique, charmeuse et bourrée de magnétisme sexuel. Son petit corps nerveux paraissait fait pour l'amour. Ils se séparèrent dans la chaleur moite de la Calle Elvira Mendez et elle monta dans la Toyota Crown avec un soupir de soulagement.

– Enfin, de la clim ! Celle de Bruce est cassée depuis trois mois. On crève dans sa voiture. Vous savez où est *La Prensa ?*

– Vous allez me l'expliquer.

– Suivez la Via España, jusqu'à l'Avenida de 11 Octubre et vous tournez à gauche.

Il suivit le parcours, cerné de vieux bus pétaradants qui traînaient au vent des gerbes d'oriflammes accrochées aux pare-brise. Presque à chaque carrefour, des policiers hargneux et gras, boudinés dans des uniformes olivâtres, d'énormes revolvers à la ceinture. Ines s'était un peu calmée. Avant de quitter Malko, elle soupira :

– C'est agréable d'être avec vous ! Ici, tous ces machos se croient déshonorés s'ils ne vous ont pas mis la main au cul dans les trente premières secondes. Moi, je fais exprès de les exciter en m'habillant comme une pute.

Il eut l'impression qu'elle regrettait qu'il ne se soit pas conduit selon la coutume du pays... Sa mini découvrait très haut des cuisses bien galbées. Elle ajouta aussitôt, alors qu'il tournait pour s'arrêter devant le building de *La Prensa*, au bord d'une avenue escaladant une colline encore très peu construite :

– Ne croyez pas que je suis une allumeuse... Je suis restée deux ans sans baiser ! Salut ! Si vous voulez apprendre sur Panama des trucs que vous ne lirez pas dans les journaux, appelez-moi ! Je reste au canard tous les soirs très tard.

Elle claqua la portière et il suivit des yeux sa silhouette mince, nerveuse et sensuelle...

Il lui fallut faire un effort pour repenser à son futur rendez-vous avec Miranda Ochoa tandis qu'il redescendait vers le centre de la ville.

# CHAPITRE IV

Un look d'enfer.

La grosse bouche rouge vif, gonflée, affichait toute la sensualité du monde, contrastant avec les grands yeux de biche étirés vers les tempes, à l'expression presque innocente. Les seins orgueilleux, offerts sur le balconnet de la robe du soir, vous sautaient à la figure, semblant projetés vers le haut par la taille étranglée, minuscule.

L'ensemble dégageait une radioactivité sexuelle à convertir le plus farouche écologiste.

Malko avait le souffle coupé par la beauté de Miranda Ochoa. Son voisin de droite, un moustachu corpulent, n'arrivait que rarement à faire se rencontrer sa bouche et sa fourchette, les yeux rivés sur les seins de l'ancienne Miss Panama.

Elle présidait une longue table et il était assis à sa gauche. Depuis le début de la soirée, leurs yeux n'arrêtaient pas de s'accrocher. Ils n'avaient pourtant pas beaucoup parlé, à cause du brouhaha et parce que le moustachu volubile assis à sa droite l'accaparait. Plusieurs fois, alors qu'il était penché sur elle, Miranda avait à demi tourné la tête, cherchant le regard de Malko, comme pour s'excuser. Elle semblait timide, en dépit de sa radieuse beauté, avec cette bouche dans laquelle on avait envie de mordre, s'écartant sur des dents de nacre. Ses cheveux noirs bouclés découvraient des oreilles ornées d'émeraudes qu'elle n'avait sûrement pas trouvées au Prisunic. Lorsqu'elle s'était levée pour applaudir les concurrentes, Malko avait pu confirmer sa première impression. La longue robe en lamé argent étranglait encore plus sa taille que le maillot de la photo. Le général Coiba avait bon goût.

Leurs mains s'effleurèrent sur la table, et elle adressa un sourire à Malko.

– Il y a longtemps que vous êtes à Panama ? Je ne vous ai jamais rencontré.

– Je viens d'arriver, dit-il. Je suis journaliste.

Des applaudissements éclatèrent. On venait d'annoncer le résultat. Une grande brune café au lait s'avança sur la scène, ceinte de la traditionnelle écharpe, escortée de ses demoiselles d'honneur... Malko en profita pour se pencher à l'oreille de Miranda Ochoa.

– Vous êtes infiniment plus belle que cette reine-là. Vous auriez dû vous représenter...

À sa grande surprise, elle rougit jusqu'aux oreilles. Le palmarès continuait. Puis on apporta le dessert. Sournoisement, Malko approcha sa jambe sous la table, jusqu'à ce qu'il ait trouvé celle de sa voisine. La jeune femme eut un très léger sursaut, lui glissa un regard interrogateur, mais ne retira pas la sienne. Elle semblait fascinée par les yeux d'or liquide de Malko et bien que son attitude ne ressemble guère à de la provocation, il avait l'impression qu'il ne lui était pas indifférent.

Ils bavardèrent de choses et d'autres, sans cesse interrompus par l'autre voisin de la jeune femme qui ne quittait pas sa poitrine des yeux. Malko paraissait l'intéresser nettement plus... Elle lui posait des tas de questions sur l'Europe où elle n'avait jamais mis les pieds, son métier de journaliste. Peu à peu, une relative intimité s'était créée entre eux.

Le repas se terminait. Un orchestre de salsa prit la place de Miss Panama 86 et Malko se pencha sur sa voisine.

– Vous dansez ?

Elle accepta après une légère hésitation et ils se mêlèrent aux couples qui avaient envahi la piste de l'énorme salle qui devait contenir un millier de personnes. Miranda dansait très sagement, éloignée de son cavalier, un peu figée. Malko disposait de peu de temps... pour faire plus. Adieu, la stratégie oblique. Il était obligé de se conduire comme un banal dragueur.

– Il y a une discothèque agréable à Panama-City ? demanda-t-il

– Oui, dit-elle, l'*Union Club*.

– Vous n'aimeriez pas y boire un verre ?

Elle secoua la tête.

– Oh, non, je ne peux pas.

– Et ailleurs ?

– Non, dit-elle. Il faut que je rentre...

Il y avait un peu de regret dans sa voix et ses yeux souriaient à Malko. Lorsqu'il serra sa taille, elle se laissa aller contre lui, le regard flou. La musique s'arrêta brutalement. Malko retint la main de Miranda Ochoa.

– Je ne veux pas vous perdre ainsi.

Elle eut un sourire évasif.

– Nous nous retrouverons bien. Panama-City est une petite ville.

– Est-ce que je peux vous accompagner ?

– Je suis venue avec quelqu'un, dit-elle. Il m'attend, je ne peux pas l'abandonner ainsi.

Elle parlait de s'en aller, mais ne bougeait pas, les yeux rivés à ceux de Malko, et sa main dans la sienne. Il lui sembla que sa somptueuse poitrine se soulevait plus vite.

Un grand jeune homme très beau, les cheveux rejetés en arrière, l'allure d'un homosexuel, s'approcha, salua Malko d'un geste glacé avant de lancer à Miranda :

– Tu viens, *guapita*...

Miranda Ochoa adressa un sourire désolé à Malko. Ce dernier, pris de court, demanda à voix basse :

– Où puis-je vous joindre ?

– J'habite à l'Edificio Tarpeya, dit-elle. C'est dans l'annuaire. Vous me demandez au standard. *Buenas tardes*.

Malko suivit des yeux le balancement des hanches gainées de lamé. Sublime créature ! Même sans la CIA, il aurait fait n'importe quoi pour la mettre dans son lit.

Alors qu'il la regardait s'éloigner avec tristesse dans la foule, quelqu'un lui fit signe : Bruce Gonzales, en compagnie de son amie Ines. Celle-ci avait troqué sa mini contre un tailleur en moire verdâtre. Maquillée, une fleur dans les cheveux, elle faisait beaucoup plus femme.

– Je vous offre un verre, proposa le Panaméen. Comment cela s'est-il passé ?

Ines eut une mimique pleine d'ironie.

– Pas trop mal, dit Malko, acceptant un verre de Dom Pérignon.

– Vous étiez à côté de la pute de Coiba, commenta Ines de Castro, je vous ai vu. Il paraît qu'elle a les seins refaits.

– Ines ! s'exclama son amant.

La jeune femme se retourna vers lui comme un serpent.

– Tu les as touchés ? Je te dis qu'elle a les seins refaits. Tout le monde le sait à Panama... En plus, il ne faut pas être dégoûtée pour se taper Coiba. Il a l'air d'un singe...

Elle but son Dom Pérignon d'un coup, alluma une cigarette et laissa tomber :

– Décidément, les hommes n'aiment que les putes... Bon, moi, je vais travailler.

Elle se leva, embrassa distraitement son amant, adressa un sourire à Malko et s'éloigna vers le fond de la salle. Happée avant la sortie par un grand dadais.

– Vous êtes content ? demanda anxieusement Bruce Gonzales.

– C'est un début, dit Malko. J'ai pris son téléphone.

– J'avais dit à Mr Lawn que ce ne serait pas facile, fit le Panaméen. Mais je l'ai observée, je crois que vous lui plaisez. Il ne faut pas écouter Ines. Ce n'est pas vraiment une pute, elle ne pouvait pas dire non à Coiba.

Les deux hommes se dirigèrent vers la sortie. Soudain, Malko tomba en arrêt devant une vision insolite. Au milieu du brouhaha de la fête, une femme seule, à une table ronde, se tenait très droite, hiératique, le regard dans le vide. Un visage ravissant, imprégné d'une sensualité animale. Elle semblait totalement déplacée dans cette atmosphère joyeuse.

– Qui est-ce ? demanda Malko.

– La veuve de Julio Chavarria, dit Bruce Gonzales.

– Elle est superbe...

Bruce s'empressa aussitôt :

– Voulez-vous que je vous présente ? Je la connais bien.

– Avec plaisir, dit Malko.

Bruce Gonzales s'approcha de la veuve, lui baisa la main et lui dit quelques mots avant de se retourner vers Malko.

– Señor Linge...

Malko s'inclina à son tour.

– La Señora Angelina Chavarria, annonça Bruce.

Pudiquement, la veuve baissa ses beaux yeux. La table dissimulait le bas de son corps, mais le haut valait le voyage : une poitrine épanouie cachée sous plusieurs épaisseurs de mousseline noire et de dentelles, avec une croix dans la vallée des seins. Son regard se posa brièvement sur Malko, avec une expression trouble et elle détourna aussitôt les yeux pour dire :

– Je n'aurais pas dû venir. Je me sens si déplacée au milieu de toute cette joie...

Le silence retomba. D'ailleurs le vacarme rendait toute conversation difficile. Hélé par un groupe joyeux, Bruce Gonzales s'éloigna. Quelques instants plus tard, Angelina Chavarria poussa un gros soupir et dit :

– Señor, je vais vous quitter.

Elle se leva et Malko vit des hanches en amphore

moulées dans une longue jupe de faille noire resserrée sous les genoux, si étroite qu'elle pouvait à peine marcher... La cambrure de ses reins aurait donné des sueurs froides à un ayatollah.

– Voulez-vous que je vous raccompagne ? proposa Malko, intrigué par cette pulpeuse créature.

– Oh, je ne veux pas vous déranger ! soupira la veuve d'une voix mourante. Je vais prendre un taxi.

– Mais je vous en prie.

Il l'escorta jusqu'à la sortie. Ses petits pas ne l'empêchaient pas d'onduler sensuellement et les regards qui la suivaient étaient plus admiratifs qu'apitoyés...

Elle prit place avec componction dans la Toyota Crown de Malko.

– J'habite Calle Jean XXIII, dit-elle, cela donne dans la Via Italia.

Son parfum avait envahi la voiture. Elle se tenait aussi droite que dans la salle, les mains croisées sur son sac du soir en lamé argent. Un profil de reine. Dix minutes plus tard, Malko s'arrêta devant une petite maison isolée au fond d'un jardin, cernée par de grands immeubles modernes et elle lui adressa un sourire retenu.

– Merci.

– Je serais heureux de vous revoir, dit Malko. J'ai entendu parler du drame qui vous a touchée.

Elle baissa modestement les yeux.

– Señor, depuis la mort de mon mari, je ne vois plus personne. *Adios*.

Il descendit et l'accompagna jusqu'à la porte. Aussitôt, un infirme surgit de l'obscurité, se déplaçant sur une chaise roulante, un moustachu atteint de strabisme qui proposa à Malko une poignée de citrons.

– *Uno balboa, por favor, Señor!* quémanda-t-il.

Malko ne prit pas les citrons, mais lui donna un billet d'un dollar. Au Panama le dollar US s'appelait balboa, bien qu'il s'agisse tout simplement de la monnaie américaine, le Panama ne possédant pas de monnaie propre... Cas unique au monde. Pour réparer cette anomalie, les Panaméens avaient tout simplement baptisé le bon vieux dollar, balboa. Au début, cela étonne un peu...

Malko repartit, dépité. C'est la maîtresse de Coiba qu'il aurait dû raccompagner, pas la veuve de Julio Chavarria.

Malko n'arrivait pas à se coucher, contemplant à travers la fenêtre de sa chambre des volutes de fumées émises par la centrale électrique voisine du *Marriott*. Agacé, frustré et à cause du décalage horaire réveillé comme une chouette. Il revit soudain le regard sombre et aigu d'Ines de Castro. Il redescendit et gagna le parking en courant sous une brusque averse tropicale. Les rues de Panama-City étaient désertes.

À l'entrée de *La Prensa*, une standardiste lui indiqua le bureau d'Ines.

– *Segundo piso, officio cuarenta.*

C'était l'atmosphère habituelle d'un quotidien en plein bouclage avec des gens circulant dans tous les sens, des téléphones qui sonnaient, des machines qui crépitaient et une radio hurlant à tue-tête. Il frappa à la porte du bureau 40 et une voix cria d'entrer.

Ines était penchée comme une écolière sur sa copie, la veste de son tailleur sur sa chaise, le chemisier ouvert presque jusqu'au ventre, une cigarette dans la main gauche. Elle leva un regard surpris sur Malko.

– Qu'est-ce que vous faites là ?

Toujours aimable.

– Vous m'aviez dit que vous restiez tard au journal, dit Malko.

Elle posa son stylo et lui adressa une grimace ironique.

– Vous n'avez pas eu de chance ce soir. Entre la pute et la veuve... Je vous ai vu faire le paon. Décidément, vous aimez les gros seins...

C'était une obsession !

– Je n'aime pas que les gros seins, corrigea Malko un peu agacé. Les vôtres me semblent tout à fait convenables.

Elle pouffa.

– Ben voyons ! Je ne suis pas sublime, moi, je suis petite, j'ai peu de poitrine et je ne suis pas une pute.

– Bon, si vous voulez, je repars...

Elle se leva.

– Attendez, je vais porter ce papier et j'arrive.

Sa jupe moulait une croupe cambrée et nerveuse qui effaça l'image des deux créatures de rêve... Elle revint très vite, remit sa veste et prit son sac.

– J'ai soif, allons boire un verre.

Le bar du *Bistrot* était vide quand ils entrèrent. Un restaurant tout en longueur, avec un énorme bar à l'entrée. L'endroit le plus à la mode de Panama-City.

– Un passoa ! commanda Ines.

– Qu'est-ce que c'est ?

– De la liqueur de *maracuja* [1]. Prenez-en aussi.

On leur apporta deux grands verres pleins d'un liquide d'un rouge flamboyant sur de la glace pilée, qui semblait sorti tout droit de l'enfer.

Juchée sur son tabouret, Ines croisait et décroisait sans cesse les jambes. Ses seins jouaient librement sous la soie du chemisier.

Malko se demandait ce qu'elle cherchait réellement. Ils avaient parlé un peu de tout et de rien, il savait maintenant qu'elle appartenait à une famille de l'oligarchie qui vivait jadis dans le vieux Panama et qu'elle exerçait son métier par défi. Et aussi qu'elle avait eu pas mal d'amants. L'alcool atténuait son agressivité, mais son regard restait toujours aussi incisif.

– La veuve de Julio Chavarria ne le restera pas longtemps, remarqua-t-il.

– C'est une salope ! fit Ines de Castro avec une conviction profonde. Un copain l'a rencontrée par hasard à Barranquilla l'année dernière. Dans un hôtel, avec un mec qui n'était pas son mari. Elle s'est fait baiser toute la nuit et elle hurlait comme une dingue.

Elle acheva son passoa, se laissa glisser de son tabouret, exposant au passage le haut de ses bas noirs à couture.

– Vous me raccompagnez ? demanda-t-elle. Il faut que je repasse au journal.

Le hall de *La Prensa* était vide. Ils montèrent au second, désert également. Ines s'absenta quelques instants et revint, furibonde.

– Ces porcs de typos sont partis bouffer ! Je suis obligée de rester !

1. Fruit de la passion.

– Je vais vous laisser, proposa Malko.

Elle leva un visage soudain adouci par une expression enfantine vers lui.

– Oh non ! Je n'aime pas rester seule ici. Il y a toujours des types qui viennent me casser les couilles.

Physiologiquement impossible, aurait dit Malraux...

Devant l'hésitation de Malko, elle ajouta aussitôt avec sa voix cinglante :

– Évidemment, je n'ai pas les seins de la veuve...

Elle le défiait, appuyée à la table, ses yeux sombres fixés sur lui.

Il s'approcha, posa ses mains sur la moire moulant ses hanches et l'attira. Un frémissement parcourut tout le corps de la jeune femme qui ne se dégagea pas, mais lança d'un ton plein de défi :

– Vous voulez me violer ?

Malko, excédé, répliqua sèchement :

– Non, vous baiser.

Lorsqu'il l'embrassa, elle laissa d'abord sa bouche fermée, puis un bout de langue s'avança timidement. Elle continua avec une retenue pleine de sensualité et son ventre, progressivement, s'incrusta contre le sien. Lorsqu'il glissa la main par l'entrebâillement du chemisier, effleurant la pointe d'un sein, elle frémit violemment. Elle s'arracha de lui pour demander d'une voix où perçait encore une pointe d'agressivité :

– Je vous excite vraiment, après toutes ces superbes femmes ?

– Non, je fais semblant, dit Malko.

Il repoussa sa jupe vers le haut. Ses bas apparurent, puis les traits noirs des jarretelles, enfin l'ombre du ventre nu.

– Mais vous n'allez pas me baiser ici ! s'exclama-t-elle soudain d'une voix altérée.

Le désir de Malko augmenta encore quand il découvrit le sexe inondé et brûlant. Il le caressa et, presque sans le vouloir, déclencha chez Ines de Castro un violent orgasme qui la fit trembler de tout son corps et lui coupa tellement les jambes qu'elle dut s'accrocher à son cou pour ne pas tomber. Il accentua sa caresse et elle recommença à vibrer, gémissant d'une voix presque douloureuse :

– Non, arrêtez ! Ne me faites pas jouir comme ça...

Sans même s'assurer que la porte était fermée, Malko se libéra. Ines poussa un grognement ravi et se mit à le masturber avec une violence de néophyte. Malko n'y tint plus. Pesant sur ses épaules, il l'allongea sur la table à côté de la machine à écrire.

– Qu'est-ce que vous faites ? protesta-t-elle.

Elle décolla ses escarpins du sol et ses jambes se refermèrent autour des hanches de Malko, à l'horizontale.

C'est dans cette position qu'il s'enfonça dans son ventre inondé d'un brusque et long coup de reins. Ines laissa échapper un soupir rauque. Malko se mit à la pilonner, lui arrachant un cri bref à chaque fois qu'il butait au fond d'elle.

Ines se tordait sur la table, jouissant sans interruption. Elle arriva à saisir Malko par le cou, l'attira sur elle et explosa d'un ultime orgasme au moment où il se déversait en elle.

– Oui, oui, viens ! murmura-t-elle d'une voix extasiée.

Il demeura longtemps immobile dans son ventre. Lorsqu'elle reposa les pieds sur le plancher, son

Rimmel avait coulé en longues traînées noirâtres, un sein pointait par le chemisier aux boutons défaits et elle n'avait pas retrouvé son souffle.

– Vous êtes..., murmura-t-elle. Je n'avais jamais fait l'amour que dans un lit.

Elle abaissa sa jupe sur ses cuisses musclées et bien galbées, alluma une cigarette, essuya son Rimmel et planta ses yeux dans les siens.

– Pourquoi m'avez-vous baisée ?

Ça recommençait...

– Je pensais à Miranda Ochoa, dit Malko.

– Salaud !

Son visage s'était décomposé. Il comprit qu'il lui avait fait vraiment mal en voyant des larmes perler dans ses yeux. Le téléphone sonna. Elle répondit et raccrocha brutalement.

– Je vais à la maquette, dit-elle. Salut.

Elle attrapa son sac et s'enfuit, encore pleine de lui. Avant de claquer la porte, elle se retourna.

– Puisque vous avez tellement envie de la baiser, elle est tous les après-midi à la piscine de l'hôtel *El Panama*. Salut.

Entre l'extraordinaire sensualité d'Ines et son hypersensibilité, Malko était groggy. Ayant repris une allure convenable, il gagna la sortie de *La Prensa*. Se disant que les derniers mots d'Ines de Castro allaient peut-être lui faire gagner du temps.

Il redescendit l'Avenida de 11 Octubre, priant pour que son second contact avec la maîtresse du général Coiba soit fructueux. Dire que sa liquidation dépendait de son charme slave...

# CHAPITRE V

– *La Señora Ochoa por favor ?*
– *De parte de qui ?*
– *El Señor* Malko Linge.
– *Momentito*.

Quelques bruits de fond, puis la voix du standardiste qui mentait visiblement.

– *Salida*.

Ce n'était guère que la cinquième tentative de Malko depuis le matin. Il avait trouvé facilement dans l'annuaire le numéro de l'Edificio Tarpeya, mais se heurtait à un mur.

Il avait essayé de joindre Ines de Castro pour éventuellement se faire confirmer l'information qu'elle lui avait donnée. En vain. Ni elle ni Bruce n'étaient joignables.

Il ne lui restait plus qu'à la vérifier lui-même.

Au temps de sa splendeur, *El Panama* s'appelait *Hilton*. Rongé par l'humidité tropicale, peu à peu décrépit et mal entretenu, il était resté le rendez-vous favori de l'oligarchie panaméenne qui y respirait encore avec nostalgie le parfum de l'occupation américaine. Malko traversa le hall ouvert à tous les vents où d'anémiques ventilateurs brassaient un air tiède et gagna la piscine. Contrairement au *Marriott*, excentré vers le sud, *El Panama* surplombait la Via España au centre de la ville, patchwork insolite de tours hypermodernes et de vieilles maisons coloniales au bord du Pacifique, avec des tentacules qui se prolongeaient très loin, grignotant les collines couvertes d'une jungle épaisse.

Il déboucha sur la piscine, immense, rectangulaire, bordée de petits bungalows, peu engageante sous le ciel gris en dépit de la chaleur étouffante. Un barman somnolait derrière un comptoir dont les tabourets se trouvaient dans l'eau. Trois ou quatre chaises longues étaient occupées par des hommes.

Malko se fit octroyer un bungalow et s'installa face à l'entrée, avec des magazines. Il n'y avait plus qu'à espérer l'arrivée de la pulpeuse maîtresse du général Coiba.

Plus d'une heure s'écoula. Malko achevait *Time Magazine* quand deux femmes apparurent. Une petite blonde boulotte et la resplendissante Miranda Ochoa, moulée dans un débardeur et un corsaire jaune canari. Le même frémissement parcourut les rares baigneurs tandis que les deux femmes disparaissaient dans un des bungalows. Quelques instants plus tard, Miranda émergea dans un maillot mauve très échancré qui allongeait encore ses jambes et se dirigea d'une démarche ondulante jusqu'à la piscine. Ses hanches semblaient montées sur roulements à billes. Malko en avait la bouche sèche. Il attendit pourtant qu'elle se mette à l'eau et traverse le bassin pour plonger à son tour et la rejoindre au moment où elle reprenait son souffle.

– Bonjour Miranda !

La jeune femme se retourna d'un bloc. D'abord, Malko ne vit que l'étonnement dans ses grands yeux marron. Elle paraissait aussi saine et innocente qu'Angelina Chavarria semblait sulfureuse. Une lueur d'intérêt brilla dans les prunelles de Miranda Ochoa.

– Ah bonjour ! Qu'est-ce que vous faites ici ?

Elle était surprise et visiblement intriguée. Elle appuya son dos à la céramique, faisant saillir sa poitrine dont les pointes se dessinaient sous le tissu mouillé. En dépit de ses seins énormes, elle avait des épaules presque étroites.

– J'ai appris que vous veniez souvent ici, dit Malko, alors, je vous ai attendue...

Une lueur stupéfaite passa dans le regard de Miranda Ochoa.

– Mais pourquoi ?

– Je voulais vous revoir.

Elle sourit timidement.

– Eh bien, voilà...

– Vous étiez sublime, hier soir, continua Malko.

Miranda Ochoa secoua ses cheveux bouclés.

– Il ne faut pas me parler ainsi, je ne suis pas très libre. J'ai beaucoup de choses à faire.

– On ne dirait pas.

Elle se remit à nager et il l'escorta. Au bout de la piscine, ils stoppèrent enfin face à face. La jeune femme s'ébroua.

– Vous êtes tenace ! dit-elle.

Son ton voulait être sévère, mais ses yeux riaient.

Le regard doré de Malko semblait l'émouvoir considérablement. Ils demeurèrent quelques instants, sans rien dire, alors que l'atmosphère se modifiait imperceptiblement entre eux. Les yeux de Malko se posèrent sur la naissance de ses seins et elle rougit légèrement. Malgré son corps admirable, elle faisait très petite fille.

– Savez-vous ce dont j'ai envie ? demanda Malko.

Miranda Ochoa détourna le regard.

– Je ne veux pas le savoir...

– De vous, dit-il.

Il se rapprocha d'elle d'un mouvement souple et, sous l'eau, leurs corps entrèrent en contact, la cuisse de Malko contre la sienne, le ventre plat de la jeune femme effleurant sa hanche. Miranda semblait paralysée. Le bras gauche de Malko, sous l'eau, enserra sa taille et ils furent ventre à ventre, jambes emmêlées, comme s'ils faisaient l'amour.

Cela ne dura que quelques secondes. Miranda Ochoa s'écarta, le regard trouble et effrayé.

– Vous êtes fou ! Si on nous voyait...

Malko montra la piscine quasiment déserte.

– Il n'y a que votre amie et quelques inconnus, dit-il.

Miranda tourna la tête vers l'entrée, où se trouvait une cabine téléphonique.

– Vous voyez l'homme debout en train de fumer ?

Malko aperçut un moustachu en chemisette, la poche arrière déformée par un walkie-talkie dont l'antenne dépassait.

– Et alors ?

– Il est chargé de veiller sur moi, expliqua la jeune femme. Je ne peux pas rester longtemps avec vous.

– C'est pour le compte de votre mari ?

Elle sourit.

– On voit que vous ne connaissez pas le Panama. Ce n'est pas mon mari mais un homme très puissant et jaloux qui est dans ma vie.

– Vous êtes amoureuse de lui ?

– Cela ne vous regarde pas.

– J'aimerais quand même vous revoir, insista-t-il.

Elle se lança dans l'eau et se retourna, en s'éloignant.

– Eh bien, venez ce soir à l'*Union Club*... J'y serai.

Il la regarda reprendre pied un peu plus loin. Sa copine fit aussitôt disparaître son corps sublime derrière une serviette puis elles s'installèrent sur des chaises longues. Une demi-heure plus tard, il se rhabilla et attendit que Miranda et son amie se dirigent vers la sortie pour les suivre. Peut-être qu'il aurait l'occasion de lui parler à nouveau. Le moustachu au walkie-talkie lui lança un long regard inquisiteur au passage.

Miranda Ochoa prit le volant d'une BMW grise et le moustachu monta dans une vieille américaine tandis que Malko regagnait sa voiture. Les trois véhicules redescendirent vers la Via Espana, par la Calle 55. Virant tous les trois à gauche. Malko à quelques mètres derrière la BMW. Les deux voitures ayant pris de l'avance, Malko dut griller un feu pour recoller.

Il allait atteindre le carrefour de la Via Porras lorsque le hurlement d'une sirène le fit sursauter. Un motard de la police surgit sur sa gauche, et lui fit signe de se ranger. Malko fut bien forcé d'obéir tandis que la BMW tournait dans la Via Porras.

Le motard se gara devant lui, descendit posément de sa machine et s'adressa à Malko en espagnol :

– Vous êtes passé à l'orange au feu de l'Avenida Morales. C'est interdit. Votre permis ?

Malko lui tendit ses papiers ; l'autre les examina longuement, nota le nom et finit par les lui rendre :

– Ça va pour cette fois, mais faites attention. Ici au Panama, nous sommes très stricts sur les règles de circulation. Si vous n'étiez pas étranger, je vous aurais emmené au « Trafico »...

Ivre de rage, Malko remonta dans sa Toyota. Persuadé que le garde du corps de Miranda Ochoa avait donné l'alarme... Les problèmes commençaient.

Bruce Gonzales hurlait dans son téléphone, essayant de parler avec Guayaquil en Équateur, lorsque Malko pénétra dans son bureau. La climatisation y entretenait une température convenable bienvenue après le sauna à *El Panama*. Malgré le ciel plombé et l'absence de soleil, la chaleur était accablante.

– Connaissez-vous l'*Union Club ?* demanda-t-il dès que l'autre eut raccroché.

– *Como no !* C'est la discothèque de l'oligarchie, le seul endroit chic de Panama-City. Avec une cotisation annuelle de dix mille dollars.

– Vous êtes membre ?

– Non. Pourquoi ?

Malko lui fit part de l'information communiquée par Ines de Castro glissant sur les circonstances et raconta sa seconde rencontre avec Miranda Ochoa. Le Panaméen hocha la tête.

– Elle s'est moquée de vous ! Là-bas, elle ne pourra même pas vous dire un mot. Tout le monde l'observe et il y a des amis du général Coiba sous chaque table.

– Je veux quand même y aller, dit Malko. Vous avez une idée ?

– Je peux demander à Ines. Elle est membre...

Il décrocha son téléphone et se lança dans une longue conversation en espagnol. Il parlait tellement vite que Malko comprenait à peine. Après avoir raccroché, il dit avec un sourire contraint :

– Je ne sais pas ce que vous avez fait à Ines, elle a l'air de vous avoir pris en grippe... Enfin, elle accepte. Nous irons dîner tous les trois. À neuf heures. Ce n'est pas facile, hein, avec Miranda ! Tout ça pour mettre des micros...

– Vous croyez qu'elle est amoureuse de Coiba ?

Bruce Gonzales fit la moue.

– Amoureuse, non. Il faut la prendre par les sentiments. Elle est très romantique, très naïve.

Encore une qui s'était shootée au roman-photo.

L'*Union Club* empêchait de dormir environ un millier de personnes toutes les nuits jusqu'à quatre heures du matin. Tous les habitants des tours résidentielles environnantes étaient assourdis par la musique de la discothèque en plein air. Mais ses membres étaient les gens les plus riches de Panama, et personne n'osait se plaindre.

Malko regarda Miranda Ochoa qui venait de se lever pour danser. Plus éblouissante que jamais. Le buste moulé dans un chemisier de soie qui semblait tissé sur elle, faisant ressortir la minceur de la taille autour de laquelle s'enroulaient les pans de tissu, grandie par des escarpins d'où jaillissaient de longues jambes gainées de nylon noir... Le visage de madone avec le fruit rouge de la bouche...

Elle se trouvait à une table de huit personnes, les femmes parées comme des arbres de Noël, escortées de machos bedonnants mâchonnant d'énormes cigares... Elle dansait avec l'un d'eux qui l'entraîna dans un coin de la piste en plein air. Ines de Castro glissa à l'oreille de Malko :

– Cette pute vous excite toujours autant...

C'étaient pratiquement les premiers mots qu'elle prononçait depuis le début de la soirée... Elle arborait une robe de jersey bleu marine moulante comme un gant, maquillée, l'œil noir et le visage fermé. Bruce Gonzales semblait ravi de se trouver là, passant son temps à aller serrer des mains. L'*Union Club* était une discothèque-restaurant comme il y en avait des centaines dans le monde, décorée sobrement, avec un éclairage tamisé et tout ce que Panama-City comptait de milliardaires... Malko chercha le regard d'Ines.

– Venez danser.

Comme elle ne répondait pas, il la prit par la main et la tira jusqu'à la piste. C'était une salsa lente et sensuelle, et, après un moment, elle se laissa aller contre Malko.

– Je n'ai pas mis de culotte, lui lança-t-elle, ça devrait vous exciter, puisque vous aimez les putes.

Malko ne pouvait pas lui expliquer pourquoi il s'intéressait tant à Miranda Ochoa. Bruce Gonzales ne semblait pas l'avoir mise au courant du complot.

– Hier soir, dit-il, je ne pensais pas à elle...

Ines de Castro ne répondit pas, s'incrustant de plus en plus contre lui, plus par jeu que par réel désir. Sournoisement, il glissait au milieu des danseurs, se rapprochant de Miranda Ochoa. Il parvint enfin à quelques mètres d'elle, et leurs regards se croisèrent.

Une lueur stupéfaite qui se changea en quelque chose de plus chaleureux.

Une brusque douleur dans le côté l'arracha à cet échange secret. Ines venait de le pincer au sang.

– Salaud ! souffla-t-elle. C'est pour ça que vous vouliez danser avec moi !

Elle tenta de lui échapper mais il la maintint contre lui, restant dans le sillage de Miranda Ochoa. Alors, Ines de Castro changea brutalement d'attitude. Se mettant sur la pointe des pieds, elle embrassa Malko à pleine bouche, se frottant ostensiblement contre lui, faisant pratiquement l'amour sur la piste ! Heureusement, un couple s'était interposé entre eux et Miranda Ochoa. La salsa se terminait, Ines fila vers leur table. Malko s'approcha de Miranda Ochoa, effleura sa hanche et murmura à son oreille en passant :

– Vous êtes superbe et j'ai très envie de vous !

Il ne put apprécier sa réaction, mais de retour à sa table, il vit que la jeune femme l'observait... Tout cela était un peu naïf, mais il n'avait guère le choix. Le seul angle d'attaque possible était de jouer les amoureux transis. C'était probablement l'unique façon de faire craquer l'ex-reine de beauté...

Ines de Castro avait allumé une cigarette et crachait sa fumée comme du venin, les jambes croisées jusqu'aux jarretelles. Murée dans un silence réprobateur.

Afin de faire la paix, Malko posa une main sur son genou et, à l'abri de la nappe, remonta très haut le long de la cuisse, jusqu'à ce qu'Ines serrât les jambes, lui interdisant d'aller plus loin.

La journaliste le toisa avec une moue ironique.

– Vous n'avez pas peur que votre pute vous voie...

Bruce Gonzales était à l'autre bout de la salle. Malko ne renonça pas et, peu à peu, Ines de Castro relâcha ses muscles. Puis, sous l'insistance des doigts qui pianotaient sur elle, son regard chavira et elle murmura :

– Arrêtez !

Il continua. Le sursaut d'Ines fut si fort que son genou heurta la table, renversant une bouteille de chablis chilien sur la nappe. Il aperçut soudain Miranda Ochoa se dirigeant vers les toilettes. Abandonnant Ines en train de cuver son plaisir, il se faufila sur la piste de danse et rejoignit Miranda.

– Bonsoir, dit-elle avec un sourire timide.

Malko lui barra le chemin.

– Je voudrais vous voir. Ailleurs qu'au milieu de cinq cents personnes.

– C'est difficile. Téléphonez-moi.

Une lueur apeurée venait de traverser ses grands yeux marron qui regardaient par-dessus l'épaule de Malko. Elle s'engouffra dans les toilettes et Malko, en se retournant, se trouva nez à nez avec un énorme bronzé, en chemise mexicaine, le visage plat aux traits réguliers coupé d'une petite moustache séparée en deux, les yeux très enfoncés. Il jeta un bref coup d'œil à Malko avant de regagner la salle.

Ines de Castro fumait lorsque Malko réapparut. Elle écrasa sa cigarette et lui lança d'une voix pleine de fureur contenue :

– Plus salaud que vous, ça n'existe pas... Eh bien, je vais me faire sauter par Bruce ce soir et je penserai bien à vous. Salut.

Elle se leva et rejoignit le stringer de la CIA à une

table voisine. Malko se consola avec un verre de Moët, surveillant Miranda Ochoa. Vingt minutes plus tard, celle-ci quitta sa table et il en fit autant. Il n'avait de chance de réussir qu'en maintenant une pression qui finirait par émouvoir l'ex-Miss Panama.

Il émergea dans la rue tranquille qui donnait dans la Via Italia et, apercevant un groupe qui s'éloignait, se dirigea vers lui. Quelqu'un le bouscula dans l'obscurité et il s'excusa machinalement.

Revenant sur ses pas, celui qui l'avait heurté le poussa soudain contre une clôture de bois. Une seconde silhouette surgit de la pénombre. Les phares d'une voiture qui démarrait éclairèrent le visage de l'homme croisé dans les toilettes et le couteau qu'il tenait dans la main droite. Il le pointa à l'horizontale vers le ventre de Malko et lança d'une voix mauvaise :

– *Maricon*[1] ! Je vais te couper les couilles.

1. Pédé.

## CHAPITRE VI

Tout se passa très vite.

L'homme qui avait bousculé Malko lui saisit les bras par-derrière et les ramena dans son dos. L'autre, poignard à la main, haine dans les yeux, fit un pas en avant. Son bras se releva et la pointe de la lame se posa contre le cou de Malko. Il lui suffisait d'un léger mouvement du poignet pour l'égorger. Le sang de Malko se figea. La musique langoureuse de l'*Union Club* parvenait jusqu'à eux, berçant l'horreur d'une saveur tropicale.

Il demeura strictement immobile. Surpris par son calme, le géant lança à voix basse :

– *Bueno, hombre*, qu'est-ce que tu veux à la Señorita Ochoa ?

– C'est elle qui vous a envoyés ?

– *Claro que si !*

– Elle aurait pu me le dire elle-même...

– *Carajo !*

Malko rejeta la tête en arrière avec un cri de douleur. La pointe acérée venait de s'enfoncer un peu plus dans sa chair. Celui qui lui maintenait les bras les lui tordit encore plus fort. Un groupe bruyant sortit de l'*Union Club*, mais partit dans la direction opposée. Malko et ses agresseurs étaient pratiquement invisibles dans la pénombre et, dans ce quartier résidentiel, on se promenait peu la nuit.

Le géant attendit que le groupe se soit éloigné et demanda d'une voix trop douce :

– Qui es-tu, *carajo ?*

– *Un periodista...*

– *Periodista !* répéta l'autre. *Muy, muy interesante !*

Brutalement, sa main gauche se referma autour de la gorge de Malko, lui écrasant le larynx. Son mufle se rapprocha, dans une odeur d'oignon et de sueur, et il dit à voix basse :

– Chez nous, en Colombie, tu sais ce qu'on fait aux gens comme toi... On leur coupe la langue.

– Coupe-lui plutôt les couilles, suggéra l'homme derrière Malko. Il n'aura plus envie de jouer au coq avec la Señorita Ochoa.

Malko commençait à suffoquer. Il essaya de se dégager mais la poigne du géant semblait en titane. Un brouillard rouge passa devant ses yeux et il entendit la voix doucereuse :

– Non, le Señor est étranger, il ne faut pas donner une mauvaise impression du Panama. Je vais seulement lui couper un bout de langue, *pequeño recuerdo*[1]... Ouvre la bouche, *maricon...*

La main qui serrait sa gorge le lâcha et Malko avala une grande goulée d'air. De gros doigts essayèrent de forcer sa mâchoire. La pointe du poignard appuyait toujours, prête à le transpercer. Il sentit que l'autre ne

1. Petit souvenir.

bluffait pas. En Colombie, les voyous possédaient une abominable dextérité pour mutiler leurs adversaires de cette façon.

Il lui restait quelques secondes pour agir.

D'un coup, il ouvrit la bouche toute grande. Trois doigts s'y engouffrèrent. Surpris, le géant diminua la pression sur le poignard. Les mâchoires de Malko se refermèrent sur les doigts avec la ferme volonté de les sectionner.

Le géant poussa un hurlement et, instinctivement recula, essayant de retirer ses doigts, entraînant Malko avec lui. Le poignard traça une longue estafilade sous son menton, lui causant une violente brûlure.

Celui qui tenait les bras de Malko relâcha sa prise et ce dernier put se dégager. Il évita de justesse un moulinet du géant destiné à l'égorger et desserra d'un coup les dents. Déséquilibré, son adversaire tituba en arrière.

Malko courait déjà vers l'entrée de l'*Union Club*. Il heurta des gens qui en sortaient et ne s'arrêta, le pouls à cent cinquante, que devant le policier de garde. Celui-ci se précipita vers lui.

– Señor, que se passe-t-il ?

– J'ai été attaqué. Dehors, dit Malko.

L'autre dégaina et se rua à l'extérieur, avide de faire un carton. Malko avisa une glace et comprit l'émotion du policier. Le sang dégoulinait de son menton sur sa chemise blanche, donnant l'impression qu'il était égorgé... Avec son mouchoir, il tenta d'étancher sa blessure, appuyé au mur, encore groggy.

Le policier revint.

– Je n'ai vu personne, Señor. Ils ont dû s'enfuir. Voulez-vous que j'appelle une ambulance ?

– Merci, dit Malko, escortez-moi seulement à ma voiture.

Après cet incident, il comprenait mieux pourquoi la CIA lui avait confié cette mission de séduction en apparence facile et agréable...

Ce qui venait de se passer aurait découragé à jamais n'importe quel soupirant.

Le rideau de pluie formait un brouillard qui noyait complètement les contours de Panama-City. À perte de vue, de gros nuages sombres caracolaient au-dessus du Pacifique, amenant de nouvelles trombes d'eau. Malko laissa retomber le rideau de sa chambre. Deux jours que cela durait !

Il n'avait pratiquement pas bougé, collé devant l'écran carré de la télé Akaï du *Marriott*, sauf pour rendre visite à Bruce Gonzales et lui rapporter l'incident dont il avait été victime. Le Panaméen avait semblé terrifié.

– Les types qui vous ont attaqué n'appartiennent pas à la Guardia. D'après votre description, on dirait El Guapo, celui qu'on soupçonne d'avoir assassiné Chavarria... Ces gens-là vous tuent pour un regard de travers. Ils ont le meurtre dans le sang. Si vous ne leur aviez pas échappé, ils vous auraient sûrement ouvert la gorge pour y mettre votre langue coupée. C'est leur habitude.

Malko était reparti, édifié. Sous ces averses tropicales, la vie semblait s'arrêter. Il avait téléphoné à plusieurs reprises à Miranda, sans jamais parvenir à la joindre, bien entendu... L'estafilade boursouflée sous son menton était là pour lui rappeler son existence. Le seul endroit où la joindre était la piscine du *El Panama*. Et pour cela il fallait du soleil...

Il avait appelé Ines de Castro, mais la journaliste lui avait dit froidement qu'elle était débordée de travail.

Inaction exaspérante.

Parfois, la saison des pluies se prolongeait d'une semaine ou deux...

Un cargo japonais achevait sa traversée de l'écluse de Miraflores, sa coque frôlant les parois, lorsqu'un rayon de soleil perça enfin le ciel gris... Malko n'attendit pas que le navire, tiré par huit locomotives, redescende vers Balboa pour sauter dans sa voiture. Excédé par l'inaction, il était venu visiter le canal.

Lorsqu'il arriva Avenida Balboa, un soleil radieux faisait fumer la ville dans un brouillard d'humidité.

Malko se mit à la recherche d'un fleuriste et en découvrit un sur la Via España. Il acheta pratiquement toute la boutique, fit confectionner un bouquet d'impératrice et y joignit sa carte avec trois mots : *Vous me manquez*.

Il fit envoyer le tout à Miranda Ochoa.

Il restait une petite formalité. Il fila chez Bruce Gonzales. La secrétaire aux gros seins l'expédia dans le restaurant voisin où il trouva le Panaméen en face d'une assiette de crevettes et d'une bouteille de J & B.

– Avec le beau temps, j'ai besoin d'une arme, annonça Malko.

Une heure plus tard, Bruce Gonzales l'appela au *Marriott*.

– J'ai ce qu'il vous faut, annonça-t-il. Allez au

*Bistrot*. Vous y trouverez au bar un gros barbu roux. Son prénom est Duncan. Donnez-lui le vôtre.

Le *Bistrot*, il connaissait, grâce à Ines de Castro. Il eut quand même du mal à le retrouver dans le labyrinthe des rues aux noms fantaisistes.

À peine entré, il aperçut sur un des tabourets une sorte d'outre à la chemise ouverte jusqu'au nombril, piochant dans une assiette pleine de têtes de poulets grillées, une bouteille de Gaston de Lagrange posée devant lui. Une barbe rousse en éventail absorbait visiblement ce qu'il ne pouvait pas boire...

Par chance, les sièges à côté de lui étaient libres. Malko s'installa et demanda :

– Duncan ?

Le pachyderme tourna à peine la tête. Malko vit le coin d'un œil bleu, dur et malin, qui l'ausculta en une fraction de seconde. Puis le barbu poussa la bouteille dans sa direction et laissa tomber :

– Vous êtes en retard...

D'un claquement de doigts, il appela le barman qui déposa un verre ballon devant Malko. Son nouveau compagnon lui versa une rasade généreuse de Gaston de Lagrange et trempa ses lèvres dans son verre.

– Nouveau en ville ?

– Oui, dit Malko. Et vous ?

– Gloup ! fit Duncan en avalant la moitié de son verre. Moi, je fais la navette. Miami-Panama. Même climat, mêmes emmerdes. Mais la bouffe est plutôt meilleure à Miami à cause des Cubains. Ici, ça ne ressemble à rien. À part le *ceviche*, mais j'ai des nageoires qui commencent à me pousser dans le dos... Alors, ces petites têtes de poulet, ça se laisse manger.

Malko avait à peine trempé ses lèvres dans le

Gaston de Lagrange, pourtant moelleux à souhait. Duncan lui jeta un regard de reproche.

– C'est la Prohibition ?

– Non, non... dit Malko, en achevant son verre.

L'œil bleu s'éclaira :

– OK. On va continuer ailleurs...

Il glissa de son tabouret, attrapa la bouteille au passage et se dandina vers la sortie, avec un clin d'œil au barman.

– Ici, je paie au mois, dit-il. Ça fait un paquet de balboas.

Il avait une Mustang toute neuve et Malko se demanda comment il pouvait y tenir. Ils partirent dans les rues désertes montant vers le quartier résidentiel de El Coco. De petites villas dans des jardins avec des grilles en fer forgé tarabiscotées. Celle de Duncan était actionnée par un « bip ». Le gros homme ouvrit ensuite une porte munie de quatre serrures et se retourna vers Malko, hilare.

– Vous allez vous marrer, mais depuis que j'ai quelques mines anti-personnel dans mon modeste jardin, les cambrioleurs m'évitent.

Malko pénétra dans une pièce au sol carrelé, aux murs ornés d'abominables chromos. Duncan lui adressa un coup d'œil.

– Faites pas attention à la décoration, c'est « Chupita [1] » qui s'en est occupé.

– Je ne veux pas que tu m'appelles comme ça, fit une voix furieuse avec un fort accent espagnol.

Malko découvrit une jeune femme très brune au type indien, yeux noirs furieux et un ravissant corps

1. Petite suceuse.

de tanagra moulé par une robe imprimée. Elle tenta vainement d'arracher la bouteille de Gaston de Lagrange des mains de Duncan. Celui-ci haussa les épaules, philosophe.

– Forcément, plus je bois, plus elle doit se donner du mal pour arriver à quelque chose...

Il avançait, le ventre en avant, comme un gros ours. En dépit de son imprégnation visible, sa parole était parfaitement claire et Malko se demanda s'il n'en rajoutait pas.

– On ne s'est pas présentés, dit-il. Moi, c'est Duncan O'Hara. Je bricole un peu pour la Company et leurs copains *contras*[1]. Vous, je sais qui vous êtes par Herbert. Venez, je vais vous donner ce qu'il vous faut.

Ils passèrent dans un minuscule bureau. Un panneau entier était occupé par une énorme armoire blindée hérissée de mollettes. Duncan s'activa dessus avec précaution.

– J'ai toujours peur de me faire sauter la gueule quand j'ouvre ce truc-là, grommela-t-il. J'ai mis tellement de pièges...

La porte du coffre s'écarta enfin et Duncan se retourna :

– Voilà, faites votre choix !

L'armoire était bourrée d'armes, réparties sur une dizaine d'étagères métalliques... Des pistolets, des revolvers, des pistolets-mitrailleurs Uzi, MP 5, « Grease-gun », Skorpio, beaucoup d'armes de l'Est. La rangée du bas était réservée aux munitions et aux chargeurs. De quoi équiper une centaine d'hommes.

– Moi, je vous conseillerai un Skorpio, fit Duncan

1. Combattants anti-sandinistes aidés par les Américains.

qui avala une giclée de Gaston de Lagrange au goulot. C'est efficace et léger.

– Un peu encombrant, dit Malko. Je veux pouvoir le porter sous ma chemise.

– Alors ça.

Il lui tendit un Beretta 92 automatique, moins lourd qu'un Colt 45 et tout aussi efficace.

Malko le soupesa. Il aurait préféré son pistolet extra-plat, mais faute de mieux...

– Ça ira.

Duncan s'accroupit en soufflant et farfouilla pour lui trouver deux boîtes de cartouches.

– Voilà ! Quand vous aurez tiré tout ça, vous revenez.

Ils regagnèrent le living après avoir refermé le coffre. Malko était étonné par cet arsenal.

– Les Panaméens ne vous font pas de problèmes ?

Duncan O'Hara eut un gros rire jovial.

– Oh, parfois, mais nous sommes en business. Tenez, je vais vous raconter une histoire. J'avais commandé en Allemagne de l'Est un beau petit chargement pour nos copains *contras* qui crapahutent au Nicaragua et veulent de la Kalach... Livrable au Salvador, chez un copain général. Le hic, il fallait passer par le canal... Cet enculé de Coiba a eu vent du truc. Quand le bateau est arrivé, il l'a fait saisir sous prétexte que le manifeste ne correspondait pas à la cargaison... Évidemment il a piqué les armes... Et maintenant, par un intermédiaire, il est en train de me les revendre... Pas trop cher, heureusement.

– Ce n'est pas idiot, dit Malko. Et la Company ne dit rien ?

– Coiba est tout-puissant.

Il bâilla.

– Bon, c'est l'heure de la sieste avec Chupita.

Il prit une carte dans la poche de sa chemise.

– Si vous avez besoin d'autres trucs, vous me faites signe. Je suis trois jours par semaine à Colon, dans la zone franche, à mon entrepôt...

Malko émergeait de la piscine du *El Panama* lorsque Miranda Ochoa apparut, seule cette fois, éblouissante dans une combinaison collante en fausse panthère qui la moulait comme un gant érotique. Elle gagna son bungalow, y disparut et ressortit dans un maillot panthère assorti qui arracha le barman à sa sieste.

Au moment où elle allait se laisser glisser dans l'eau, son regard tomba sur Malko.

Il lui sourit aussitôt, sans aller vers elle. Aucun garde n'était en vue, mais il se méfiait. À sa grande surprise, Miranda Ochoa ondula jusqu'à lui.

– Merci pour ces fleurs magnifiques !

– Ce n'est rien. Quand acceptez-vous de dîner avec moi ?

Elle secoua la tête.

– Vous êtes fou ! Pourquoi vous entêtez-vous ainsi ? Il y a plein de filles superbes à Panama... Je suis prise.

– Permettez-moi de choisir, dit Malko. Vous n'êtes pas gardée aujourd'hui ?

– Je l'ai envoyé faire une course.

Malko enregistra. Donc, elle avait prévu de lui parler.

– En tout cas votre ami est très jaloux, dit-il, et

ceux qui vous gardent plutôt féroces. Ils ont failli m'égorger l'autre soir.

Il leva la tête, lui montrant la balafre rougeâtre. Elle poussa un cri.

– Mais qui vous a fait cela ?

Il le lui dit. Son regard chavira et elle murmura :

– Et cela ne vous a pas découragé ?

– Non, dit Malko, j'ai plus que jamais envie de vous connaître mieux.

– C'est très difficile, murmura-t-elle.

– Ce soir ?

– Non, j'ai un dîner ici. Avec beaucoup de gens.

Sa poitrine se soulevait plus rapidement.

– Écoutez, dit Malko, il est impossible de vous joindre même au téléphone. Je voudrais au moins pouvoir vous parler...

Elle hésita, ses grands yeux noisette rivés aux siens, puis lança brusquement :

– Je vais vous donner ma ligne directe. C'est le 765498. Mais il ne faut pas m'appeler souvent. Je dois vous quitter maintenant.

Elle plongea dans la piscine et Malko fila s'habiller. Un peu ragaillardi. Les fleurs avaient fait leur effet. Dans le regard de Miranda, il avait lu ce qu'il attendait.

Il tâta son estafilade sous le menton. Une raison supplémentaire de séduire Miranda Ochoa.

# CHAPITRE VII

L'expérience de l'*Union Club* lui avait suffi et Malko s'était tenu prudemment à l'écart de la table où se trouvait Miranda Ochoa, éblouissante dans un sage ensemble de soie noire qui, sur elle, était sexy à mourir, ses seins superbes jouant sous le tissu. La jeune femme semblait s'ennuyer ferme. Il ignorait combien de barbouzes veillaient sur la maîtresse du général Coiba...

Peu avant la fin du dîner, il regagna sa Toyota Crown et demeura dans le parking, tous feux éteints, face à la sortie du *El Panama*. Le Beretta 92 était sous son siège, dans une serviette de cuir. Vingt minutes plus tard, la BMW de Miranda Ochoa apparut et la jeune femme se glissa au volant.

Un homme monta à côté d'elle, le garde du corps déjà repéré par Malko, et elle démarra. Cette fois, Malko ne commit par l'erreur de la suivre. Il dégringola tout droit l'Avenida Aquilino Guardia, coupant la Via España, jusqu'à l'Avenida Balboa longeant le Pacifique. Il tourna à gauche, se dirigeant vers la tour du *Holiday Inn* dominant les buildings ultramodernes du quartier de Punta Paitilla. Il franchit le carrefour de la Via Italia, stoppa devant le supermarché Gran Morrisson et éteignit ses feux.

Trois minutes plus tard, la BMW apparut et s'engagea dans la Via Italia. Malko repartit, suivant à bonne distance. Il vit Miranda Ochoa s'arrêter devant l'Edificio Tarpeya et sortir de la BMW. Elle entra dans l'immeuble tandis que le garde du corps s'éloignait au volant de la voiture.

Malko passa lentement devant l'Edificio Tarpeya, une tour résidentielle bâtie sur un promontoire face à la mer. Un garde armé se tenait devant l'entrée, filtrant les visiteurs.

Il continua, se gara en face d'une cabine téléphonique et composa le numéro de Miranda.

La jeune femme répondit aussitôt.

– *Diga me ?*

– Miranda ?

– *Si.*

Surprise.

– C'est moi, Malko.

Un rire.

– Je viens juste de rentrer.

– Je sais. J'étais au *El Panama !*

– Vous êtes fou ! Mais enfin que voulez-vous ?

– Vous m'avez donné votre numéro, insista Malko, je m'en sers.

– Et si je n'avais pas été seule ?

– Vous l'êtes. J'ai envie de vous voir.

Miranda eut un petit rire.

– Mais il est minuit. Je vais me coucher.

– Venez me rejoindre.

– Où êtes-vous ?

– Tout près de chez vous.

– Non, je ne peux pas. Laissez-moi.

Son intonation était pleine de langueur. Si elle était vraiment contrariée, elle lui aurait raccroché au nez.

– Non, dit-il, je viens. À quel étage êtes-vous ? De toute façon, je demanderai au gardien.

– Non, non ! supplia-t-elle d'un ton pressant. Ne faites pas cela, je vous en prie. Vous me causeriez des ennuis et c'est très dangereux pour vous.

– Alors, dites-moi comment il faut faire.

– Allez vous coucher. Je vous promets que nous nous reverrons plus tard.

– Maintenant, dit Malko. Rien que pour vous contempler.

Silence. Puis la voix de Miranda Ochoa répéta avec moins de force :

– Allez vous coucher.

– Non, je viens. À tout de suite !

– Non !

Elle avait crié dans l'écouteur. Il sentit une vraie panique dans sa voix.

– Alors, rejoignez-moi, proposa-t-il.

– Non, je ne peux pas sortir, dit-elle. Vous voulez absolument me voir ?

– J'ai failli me faire couper la gorge pour cela, lui rappela-t-il.

– *Bueno !* dit-elle, parlant très vite. Vous allez venir à pied. Vous éviterez l'entrée principale du Tarpeya. Un sentier en fait le tour menant à une porte de derrière. Attendez-moi devant, elle est fermée à clef. Mais vous ne resterez pas longtemps...

– Je vous le jure...

Il raccrocha et sortit de la cabine, euphorique. Ne pensant même plus à la CIA.

Lorsqu'une femme vous laisse la rejoindre au milieu de la nuit en cachette de son amant, cela ne peut avoir qu'une signification.

Cinq minutes plus tard, il escaladait le sentier désert qui débouchait sur un promontoire dominant le Pacifique. Il y avait un clair de lune superbe. La cage de l'escalier de service s'éclaira, une silhouette se découpa derrière la vitre dépolie et la porte s'ouvrit.

Miranda Ochoa n'avait pas quitté son ensemble de soie noire. Malko surgit de la pénombre et lui baisa la main.

– Je suis fou de joie !

– Vous êtes fou tout court, corrigea-t-elle.

Ils restèrent quelques instants face à face, puis elle se détourna comme si elle craignait qu'il ne la prenne dans ses bras.

– Venez.

Dans le minuscule ascenseur, ils se touchaient presque. Malko pouvait voir les seins de la jeune femme jouer librement sous la soie au rythme de sa respiration. Miranda demeurait les yeux obstinément baissés.

Elle sortit la première et le balancement involontairement sensuel des hanches en amphore lui envoya une grande poussée d'adrénaline dans les reins.

Ils traversèrent d'abord une lingerie débouchant dans un hall de marbre orné de deux imposantes défenses d'éléphant en perpex signées Romeo, encadrant la porte d'une chambre occupée presque en totalité par un vaste lit Tiffany tout de velours noir, du même créateur. Il y avait aussi une grande terrasse donnant sur le Pacifique. La vue était féérique, du trentième étage où ils se trouvaient. Les lumières des navires attendant pour franchir le canal scintillaient dans la baie.

– Venez, fit Miranda.

Il la suivit avec une furieuse envie de la rattraper et de la violer sur la moquette parme.

Arrivés sur la terrasse, ils contournèrent une piscine en forme de haricot éclairée par des torchères à gaz. Un escalier en colimaçon s'ouvrait à côté, pour rejoindre la partie inférieure du duplex. Enfin, Malko découvrit le living. Impressionnant ! Deux larges baies étaient percées dans l'un des murs, donnant sur la piscine éclairée de l'intérieur, ce qui la faisait ressembler à un gigantesque aquarium. En face un grand canapé rond, tout blanc, de Claude Dalle, derrière lequel foisonnait une véritable forêt tropicale : des palmiers, des plantes vertes, des fougères, des caoutchoucs.

Miranda Ochoa prit ostensiblement place à un bout du canapé et fit signe à Malko de s'asseoir à l'autre extrémité. Trois bons mètres les séparaient. Elle croisa les jambes dans un agréable crissement de nylon noir et tira machinalement sa jupe de soie sur ses cuisses. Elle se tenait très droite ce qui faisait encore plus ressortir la somptuosité de sa poitrine et la minceur de sa taille étranglée dans une large ceinture de cuir vernis noir.

Un silence chargé d'électricité se prolongea quelques instants, avant que Miranda ne rompe la glace :

– Vous voulez boire quelque chose ?

– Une vodka, dit Malko.

Elle prit une petite télécommande, appuya dessus la dirigeant vers un grand meuble, à la façade en laque noire et en glace, les côtés en laque décorée, rehaussés d'applications de bronze. Une création Claude Dalle. Le panneau coulissa vers le haut, découvrant un bar et une installation hi-fi-télé Akaï. Miranda s'approcha, prit deux verres et une bouteille de Stolichnaya. Malko l'observait : elle bougeait avec une grâce naturelle et la soie glissait sur sa peau mate avec un froissement hyper-érotique.

Avant de se rasseoir, elle enclencha un laser-disc sur la platine Akaï du bar, et le son filé d'une flûte des Andes, d'une pureté extraordinaire, envahit la pièce. Elle posa un verre devant lui et regagna aussitôt son siège comme si elle craignait qu'il se ne jette sur elle.

– Vous agissez toujours ainsi avec les femmes ?

– Non, dit-il. Seulement quand elles sont exceptionnelles.

Elle se troubla et baissa les yeux.

– Ne dites pas de bêtises ! Vous me connaissez à peine.

– Parlez-moi de vous.

– J'ai travaillé dans une banque mais maintenant, je ne fais plus rien. J'ai voyagé aux États-Unis. Je passe mes week-ends à Contadora.

– Et votre vie sentimentale ?

Elle rougit.

– J'ai un homme dans ma vie... Vous le savez.

– Celui qui a voulu me faire égorger ?

Une lueur terrifiée passa dans les yeux de Miranda.

– Je n'arrive pas à croire que ce soit lui... Mais que faites-vous à Panama ?

– J'ai été invité par le Southland Command pour un reportage sur le canal.

– C'est passionnant, fit-elle. Maintenant que vous m'avez vue, je crois que je vais aller me coucher. Vous saviez que je ne pouvais vous retenir longtemps.

Elle se leva, sans avoir touché à son verre. Malko l'imita. Sans se résoudre à la quitter ainsi. Même sans penser à la CIA. Miranda Ochoa était encore plus sexy dans son ensemble de soie noire qu'en maillot. Sans un mot, il fit un pas vers elle.

Une brusque expression de panique bouleversa les traits de la jeune femme.

– Arrêtez !

Malko ne lui obéit pas. Il n'était plus qu'à un mètre d'elle lorsque quelque chose bougea dans les feuillages du jardin d'hiver. Une tache brune jaillit d'une fougère géante et se posa sur le rebord du canapé avec un feulement rauque. Malko, pétrifié, se figea, la colonne vertébrale parcourue par un picotement désagréable.

Ramassé sur lui-même, ses yeux jaunes fixés sur sa gorge, la gueule entrouverte, un cougar se préparait à l'attaquer.

– Carina !

La voix de Miranda Ochoa claqua comme un fouet. Le fauve s'aplatit un peu, sans quitter Malko des yeux. Un gros chat sauvage aux yeux jaunes, qui devait peser une trentaine de kilos, la robe tachetée, avec des griffes et des crocs redoutables découverts par les babines retroussées.

Malko, tétanisé, s'imposa une immobilité absolue, fixant la bête dans les yeux. Un son rauque filtrait de sa gueule. Miranda Ochoa se déplaça et dit à Malko d'une voix blanche :

– Surtout, ne bougez pas !

Inutile de le lui dire. Le cougar pouvait le déchiqueter en deux coups de crocs. La jeune femme se glissa devant lui et s'adressa au fauve en espagnol, d'une voix très douce. Peu à peu, le cougar se détendit, tandis qu'elle lui caressait la tête.

Le feulement s'arrêta. Miranda prit l'animal par la chaîne qui enserrait son cou et le fit descendre à terre. Au passage sa queue fouetta la jambe de Malko.

Le tenant par son collier, la jeune femme entreprit de l'escorter jusqu'à la porte. Elle revint seule quelques instants plus tard. Ses traits semblaient sculptés dans le plâtre. Cette fois, elle s'assit à côté de Malko, prit son verre de vodka et en but une gorgée. Ses doigts tremblaient.

– Vous auriez dû me prévenir ! dit-il.

Un bruit sourd l'empêcha de répondre. La panthère se jetant contre la porte de la pièce où on l'avait enfermée.

– Je ne pensais pas que Carina bougerait, avoua Miranda Ochoa. Mais il ne supporte pas qu'on s'approche de moi. Depuis que je l'ai, ajouta-t-elle en riant, le nombre de mes boy-friends a beaucoup baissé.

– Où l'avez-vous trouvé ?

Elle eut un sourire un peu crispé.

– C'est l'homme... enfin celui qui est dans ma vie qui me l'a offert.

Un rugissement parvint jusqu'à eux, accompagné d'un choc violent.

– Il savait ce qu'il faisait, remarqua Malko.

– Rassurez-vous, il ne risque pas de sortir.

Il vida d'un trait son verre de vodka. Rétrospectivement, il était terrifié. Un seul coup de patte et il avait le visage lacéré. Sans parler du reste. Ils demeurèrent silencieux quelques instants, puis, spontanément Miranda posa sa main sur celle de Malko.

– Vous devriez vraiment ne plus vous occuper de moi ! C'est trop dangereux...

En dépit des poches cousues à l'emplacement de la poitrine, la double épaisseur de soie noire ne cachait pas grand-chose des seins magnifiques. Sous le coup d'œil incisif de Malko, Miranda Ochoa se troubla. Leurs regards se croisèrent et demeurèrent rivés l'un à l'autre. Elle ne recula pas lorsqu'il avança le visage vers elle. Sa bouche s'entrouvrit et elle se laissa aller avec un profond soupir, lui rendant son baiser d'abord avec réserve, ensuite avec passion.

Sensation exquise dont il profita pleinement. Puis Miranda se détacha de lui, se mira longuement dans ses prunelles dorées et sans un mot recommença à l'embrasser. Il effleura la poitrine à travers la soie, sentit une pointe durcir au contact de sa main, la respiration de Miranda se fit plus rapide. Il toucha le genou rond gainé de nylon, remonta le long du bas. Miranda sursauta, s'arracha à lui et se mit debout.

– Arrêtez ! fit-elle d'une voix forcée. Il faut que vous partiez maintenant.

Malko aurait plutôt affronté le cougar à mains nues... Ces quelques minutes de flirt lui avaient mis le ventre en feu. Il passa un bras autour de la ceinture de cuir vernis. Miranda résista quelques secondes puis son bassin se colla d'un coup contre le sien... Ils oscillèrent dans une étreinte encore plus violente et, déséquilibrés, chutèrent sur le large canapé.

Malko se sentait comme un collégien devant cette somptueuse plante tropicale. Il n'avait plus qu'une idée : s'enfoncer dans son ventre. Le chemisier défait laissait apparaître un peu de peau nue. Il agrandit la brèche, trouva la chair tiède et ferme d'un sein, puis une pointe dressée. Miranda se cabra, le mordit presque.

Les coups furieux du cougar contre la porte continuaient mais Miranda ne semblait plus les entendre.

Malko remonta d'un coup le long d'un bas jusqu'à la peau nue, incroyablement douce et un peu moite de la cuisse. Une couture de la jupe de soie noire craqua. Miranda saisit son poignet pour l'arrêter, mais il était trop tard. Même à travers le nylon de son dernier rempart, le sexe était brûlant.

Elle gémit, voulut encore l'écarter et sa main heurta la virilité de Malko tendant l'alpaga beige. Ses doigts demeurèrent collés dessus, puis se refermèrent sur l'érection prête à exploser... Ils haletaient tous les deux. Il y eut un long craquement : toute la couture de la jupe venait de céder, découvrant un bas, le porte-jarretelles et un slip presque invisible sur le ventre bombé.

Malko n'en pouvait plus.

Il se libéra fiévreusement, fit glisser le slip minuscule qui le gênait et atteignit enfin le sexe inondé. Sa caresse secoua la jeune femme d'un long frisson. Allongée à plat dos sur le canapé, les yeux clos, une jambe repliée, sa main nouée autour du sexe qui s'apprêtait à la pénétrer, elle était plus que belle.

La jupe n'était plus qu'un chiffon tirebouchonné autour de ses hanches et un sein superbe pointait par le chemisier défait.

Ses yeux s'ouvrirent, noyés de plaisir, l'invitant à la prendre.

Il s'enfonça en elle avec une lenteur délectable,

savourant ce moment unique qui avait failli lui coûter la vie.

Elle se cambra pour mieux l'accueillir, puis ses longues jambes se nouèrent autour des siennes, tandis que son bassin ondulait sous lui.

Son orgasme vint très vite. Elle se souleva et cria. Son cri eut comme écho les feulements redoublés du cougar.

Malko était resté en elle, abuté au fond de son ventre. Elle retomba et il acheva d'ouvrir le chemisier révélant les seins gonflés et fermes.

Il se retira d'elle, encore raide et elle protesta :

– Non !

Il fit glisser les débris de la jupe de soie le long de ses jambes, ne lui laissant que ses bas et ses escarpins et la fit doucement rouler d'abord sur le côté, puis sur le ventre. D'elle-même, elle cambra les reins, s'agenouillant, et il l'investit à nouveau, prosternée sur le velours blanc. Il se mit à aller et venir en elle, savourant le contact de sa croupe ferme chaque fois qu'il arrivait au fond de son ventre.

Ils se défirent enfin l'un de l'autre. Un des bas s'était décroché et pendait sur sa cheville, emmêlé au slip. Machinalement Miranda le remonta et le rattacha, d'un geste involontairement provocant. Malko l'admirait. Nue, à part ses bas, elle était encore plus excitante qu'habillée, avec une fantastique chute de reins cambrée comme celle d'une Noire et une incroyable poitrine. Une sublime femelle.

Les yeux soulignés de bistre, le visage maculé de traces de Rimmel, elle se tourna vers lui.

– Qu'est-ce que tu vas penser de moi ?

– Que tu fais merveilleusement l'amour.

Elle lui prit soudain la main.

– Tu sais, il faut me croire, je n'ai jamais agi ainsi avec un homme.

Il l'attira contre lui, caressant le dos nu.

– Quelle importance ! Tu en avais autant envie que moi...

Miranda le fixa rêveusement.

– C'est vrai, avoua-t-elle, j'ai eu envie de toi dès que je t'ai vu. À cause de tes yeux. J'avais l'impression qu'ils mettaient le feu à mon ventre. Quand nous étions dans l'ascenseur j'ai dû me retenir pour ne pas me jeter dans tes bras...

Le cougar avait cessé ses feulements, mais Malko était sûr que l'animal était toujours tapi derrière la porte. Leurs regards se croisèrent de nouveau et ce qu'il lut dans celui de Miranda ranima sa vigueur instantanément. Elle s'en aperçut et se laissa doucement glisser à ses pieds. Agenouillée sur l'épaisse moquette parme, elle le prit dans sa bouche.

Il endura l'exquis supplice un long moment puis la hissa vers lui, l'assit sur ses genoux et l'empala.

Miranda poussa un soupir bref, quand il pénétra profondément en elle, noua ses bras autour de son cou et commença un balancement régulier les yeux fermés, la bouche entrouverte. Malko prit ses seins merveilleux à pleines mains et les caressa jusqu'à ce que le cri de Miranda lui vrille les oreilles. C'était si excitant qu'il la bascula sur le canapé, lui relevant les jambes à la verticale et la prit ainsi, martelant son ventre jusqu'à ce qu'elle hurle de nouveau.

Miranda, un peu plus tard se débarrassa de ses chaussures et de ses bas et prit Malko par la main.

– Viens.

Ils remontèrent sur la terrasse et elle se laissa glisser dans la piscine où il la rejoignit. Après s'être ébrouée, elle vint se coller à lui dans l'eau tiède.

– Il y a longtemps que je n'avais pas fait l'amour comme cela, dit-elle.

– Tu as un amant pourtant, remarqua Malko.

– Oui, bien sûr. Mais je n'ai encore jamais eu envie d'un homme au premier regard, avec cette chaleur dans mon ventre. Si tu m'avais prise à table, je me serais laissé faire.

– Pourquoi dansais-tu si loin, alors ?

Elle sourit.

– J'avais peur de ne pas pouvoir me retenir si je te touchais et que tu t'en aperçoives.

La CIA n'avait certes pas prévu cela...

Ils restèrent enlacés un long moment dans l'eau tiède, se séchèrent et redescendirent. Le living ressemblait à un champ de bataille.

Rhabillé, Malko prit Miranda dans ses bras.

– Quand est-ce que je te revois ?

La lueur amoureuse dans les yeux de la jeune femme se ternit d'un coup.

– Je ne sais pas. C'est très difficile.

– Je peux revenir comme ce soir.

Elle secoua la tête.

– Non, non, c'est trop dangereux. Je ne pensais pas que tu resterais.

– Ton amant te met en prison, dit-il en souriant. Il est très amoureux. Et toi ?

Elle fit la moue.

– Pas vraiment, mais il me flatte. Il me couvre de cadeaux. Il y a quelque chose de bestial en lui qui m'excite, une odeur de danger. Parfois, il me prend comme s'il allait me tuer, sans même me déshabiller, avec une violence incroyable en me disant des horreurs.

– Il vient souvent ?

– Cela dépend. C'est irrégulier.

– Tu veux me retrouver au *Marriott ?*

– Impossible, soupira-t-elle. Panama est tout petit et je suis très connue.

– Je veux pourtant te revoir, dit-il.

– Moi aussi, avoua-t-elle.

Elle demeura silencieuse, puis dit soudain :

– Je vais y réfléchir. Viens demain au *El Panama* vers quatre heures. Nous nous parlerons dans la piscine comme aujourd'hui. J'enverrai Gustavo faire une course.

Elle enfila un peignoir d'éponge et se glissa à l'extérieur avec lui pour prendre le petit ascenseur. Ils restèrent enlacés jusqu'en bas avant d'échanger un dernier baiser.

– À demain, murmura-t-elle. Je n'ai pas envie de te quitter.

Malko s'éloigna dans le sentier. La lune s'était cachée, mais la température était délicieuse. D'un côté, il se sentait l'âme et le cœur en fête. D'un autre, son plaisir était gâché par une petite voix qui lui disait que ce qui s'était passé n'était qu'une manip sordide destinée à assassiner un homme.

Quand il repensa à ce qu'il avait lu dans les yeux de Miranda lorsqu'elle s'était jetée dans ses bras, il se mit à haïr la CIA.

## CHAPITRE VIII

Trois hommes à la silhouette épaisse, tous vêtus d'une chemise mexicaine blanche à longs pans qui n'était pas seulement déformée par les bourrelets de graisse, gagnèrent le bar de la piscine, en encadrant un quatrième. Ce dernier, très grand, les cheveux argentés rejetés en arrière, le visage protégé par des lunettes noires, claudiquait légèrement.

Tous s'installèrent à côté d'une famille panaméenne en train de siroter des margaritas en bordure de la piscine. Malko, un peu plus loin, examina les nouveaux venus. Les trois hommes en chemise mexicaine s'étaient disposés en arc de cercle, surveillant toutes les entrées. Sûrement un *narcotraficante* avec ses gardes du corps, venu contrôler le lavage de ses cocadollars, spécialité panaméenne. Dans les cent trente banques installées à Panama-City, les caissiers s'usaient les doigts à compter des billets de cent dollars apportés par de modestes épargnants aussi économes qu'anonymes...

Il reprit son guet. Quarante-huit heures s'étaient écoulées depuis sa soirée brûlante avec Miranda

Ochoa. La veille, elle avait décommandé son rendez-vous à la piscine du *El Panama*, sans explication. Le remettant au lendemain. Malko se dit que si la jeune femme arrêtait là leur aventure, elle ne saurait jamais que l'homme audacieux qui l'avait séduite au péril de sa vie agissait sur commande.

Elle surgit tout à coup. Seule. Dans une sage robe de toile blanche boutonnée devant qui n'arrivait pas à gommer son allure sublime. Les quelques élégantes du troisième âge qui croyaient compenser leur gourmandise en versant des sucrettes dans leur café après s'être empiffrées de gâteaux faillirent en recracher leurs friandises... Miranda Ochoa passa près de l'homme aux cheveux argentés, qui, à la surprise de Malko, se leva et s'inclina ! La jeune femme lui adressa un bref signe de tête et fonça sur Malko.

– Je n'ai pas pu hier, dit-elle. Il est venu... Je n'ai pas beaucoup de temps, maintenant. Gustavo ne me lâche pas d'une semelle. Je l'ai envoyé acheter un journal, mais il va revenir... Écoute, tu connais le restaurant *Las Tinajas ?*

– Non, mais je trouverai. Pourquoi ?

– À côté, il y a une boutique de mode. « Esmeralda Tropical. » Vas-y dans une heure. Demande Dolores et fais ce qu'elle te dit.

Elle n'avait pas ôté ses lunettes noires et parlait d'une voix nerveuse, tendue.

– Tu connais le type là-bas ? demanda Malko.

Elle inclina la tête affirmativement.

– Oui. C'est un *narcotraficante* très connu, Felix Maduro. Il est recherché en Colombie. Il se cache ici.

– Il n'a pas l'air de prendre beaucoup de précautions...

Pour être recherché en Colombie pour trafic de drogue, il fallait vraiment en expédier par tonnes.

– Il est protégé, fit Miranda avec un sourire énigmatique. *Hasta luego*.

Elle fila vers son bungalow habituel. Une minute plus tard, son garde du corps apparut. Lui alla s'incliner respectueusement devant Felix Maduro, échangea un *abrazo* prolongé avec un des pistoleros, quelques mots avec leur chef et gagna un siège à l'ombre.

Malko attendit un quart d'heure avant de se rhabiller. Le choc de Miranda Ochoa moulée dans un éblouissant maillot fuchsia raviva encore son envie de retrouver la jeune femme. Même si sa manip ne débouchait sur rien.

Malko poussa la porte de Esmeralda Tropical, une grande boutique de prêt-à-porter de la Via Hermosa, une petite voie calme bordée surtout de buildings modernes. Une métis rondelette au nez retroussé s'approcha.

– Señor ?

– Vous êtes Dolores ?

– *Si*.

– Je viens de la part de Miranda.

Le visage de la vendeuse s'éclaira d'un sourire complice et coquin.

– *Ah si ! Bueno*. Venez par ici.

Elle l'emmena vers le fond de la boutique. Un renfoncement dissimulait une cabine d'essayage dont le rideau était ouvert. Dolores désigna une chaise à Malko.

– Restez là. Elle ne va pas tarder. Ne vous montrez surtout pas.

Il s'assit et elle tira le rideau. Il avait l'impression de se trouver dans un confessionnal...

Vingt minutes s'écoulèrent, horriblement longues. Pas une cliente. Esmeralda Tropical ne devait pas faire fortune. Puis le timbre de la porte retentit et le cœur de Malko battit plus vite. Il entendit la voix de Miranda mêlée à celle de Dolores, disant :

– Votre robe est prête, Senõrita Ochoa, si vous voulez l'essayer...

Le rideau fut tiré brusquement. Miranda Ochoa apparut, une robe noire sur le bras. Elle referma le rideau derrière elle, jeta la robe à terre, ôta ses lunettes noires et se précipita dans les bras de Malko, se collant à lui de tout son corps.

Ils s'embrassèrent éperdument, oscillant dans la minuscule cabine, s'échauffant peu à peu. Pour l'instant, Malko ne pensait plus qu'à son désir. Il commença à défaire les boutons de la robe, dégageant les seins superbes. Miranda arracha sa bouche de la sienne pour murmurer :

– Je n'ai pas beaucoup de temps, tu sais. Il m'attend dehors...

Malko avait fini d'ouvrir la robe ; Miranda ne portait même pas de slip. Décidément, elle avait tout prévu. Il la caressa, la trouvant aussi excitée que la première fois. Le dos à la paroi, elle gémissait, se tordait sous le pianotement de ses doigts, le bassin en avant. Elle lui saisit le poignet.

– Arrête de m'exciter, nous n'avons pas le temps.

– Si, dit Malko.

En un clin d'œil, il se défit, prêt à exploser. Le

contact de son sexe brûlant contre son ventre arracha à Miranda un soupir rauque. Déjà, il se guidait en elle, la clouant au mur d'un coup de reins puissant. Certes, la position n'était guère confortable mais Miranda se mit aussitôt à onduler du bassin, se frottant contre le membre enfoncé en elle, haletante, accrochée à Malko comme une perdue.

La voix angoissée de Dolores les figea soudain.

– Señorita, Señorita ! Il s'impatiente. J'ai peur qu'il entre.

Miranda posa sur Malko des yeux noyés de plaisir. Les narines palpitantes, la bouche entrouverte, elle était belle à mourir.

– *Mi amor*, il faut que je parte. C'est trop dangereux.

Elle le repoussa avec une grimace douloureuse. Sensation horrible. Son regard tomba sur le membre rigide qui sortait de son ventre et elle étouffa une sorte de sanglot. Sa main se referma autour et en quelques secondes, elle le fit exploser, avant de fiévreusement reboutonner sa robe.

– Ce soir, dit Malko, frustré, je veux te retrouver.

Elle secoua la tête.

– Non, non, pas ce soir ! Il vient me voir après son dîner avec le ministre de l'Intérieur colombien. Demain, peut-être. Appelle-moi.

Elle sortit en trombe de la cabine et se retourna pour lui adresser un sourire rayonnant de passion.

– Je t'appellerai dès qu'il sera parti, murmura-t-elle. Entre deux heures et trois heures. Si tu ne dors pas...

Le rideau retomba et Malko éprouva un brutal

pincement au cœur. C'était vraisemblablement la dernière fois qu'il voyait Miranda Ochoa.

Le visage de Miranda Ochoa flottait encore devant les yeux de Malko tandis qu'il dévalait le boulevard des Martyrs en direction du pont des Amériques, où, en 1964, les étudiants panaméens avaient voulu pénétrer dans la zone du canal, se faisant massacrer par les Marines. Une gigantesque fresque polychrome rappelait l'événement.

En deux coups de fil, il avait obtenu le rendez-vous d'urgence avec Herbert Lawn, par l'intermédiaire de Bruce Gonzales à Howard Air Force Base, où il avait débarqué quelques jours plus tôt. En dépit du succès de sa manip, il se sentait mal à l'aise. Certes, des années dans le monde parallèle avaient émoussé sa sensibilité, mais en repensant au regard passionné de Miranda, il avait honte.

Tout de suite après le pont des Amériques, il tourna à gauche. Le factionnaire dans la guérite avait son nom et le dirigea sur le QG. Là, un officier le fit pénétrer dans un bureau portant une plaque en cuivre : « Liaison officers. » Herbert Lawn s'y trouvait en compagnie d'un autre homme, massif, chauve, avec d'étonnants yeux gris. Le chef de station de la CIA le présenta à Malko, de sa voix rocailleuse et chaleureuse.

– Le *special agent* Patrick Stephens, de la DEA. Nous avons travaillé ensemble sur l'opération Tigre. Alors, vous avez du nouveau ?

– Le général Coiba sera cette nuit chez Miranda Ochoa, annonça-t-il. Après un dîner officiel et jusqu'à deux ou trois heures du matin.

– Fantastique !

Herbert Lawn lui envoya une claque à lui faire cracher ses poumons. L'agent de la DEA exultait également.

– Ce salaud va avoir une sacrée surprise !

Il avait un accent du sud à couper au couteau qui lui faisait prononcer « sarprase »...

C'était assez rare de voir la CIA et la DEA collaborer sur une action de ce type. Herbert Lawn devança l'étonnement de Malko.

– Grâce à Patrick, j'ai pu réunir un dossier en béton sur les trafics de drogue de Coiba. Sans cela, je n'aurais jamais eu le feu vert du DG.

– Je croyais que le meurtre de Julio Chavarria vous avait privé d'éléments intéressants, remarqua Malko.

Les yeux gris du *special agent* s'éclairèrent d'une lueur satisfaite.

– Je l'ai remplacé, heureusement. J'ai un sacré bon *informer*. Un gars de la zone franche à Colon. Osiris Cordero. Un *narcotraficante* dont le fils est en prison en Floride après s'être fait piquer avec trente livres de cocaïne. C'est un bon moyen de pression.

Herbert Lawn était au téléphone. Il raccrocha et se tourna vers Malko :

– J'ai convoqué le chef de l'opération de cette nuit.

– Qui est-ce ?

– Un gars formé par nous. Un *contra*. Il a amené cinq de ses meilleurs hommes, et ils attendent ici depuis votre arrivée. Ils n'ont mis les pieds hors de nos bases que pour aller reconnaître les objectifs.

– Lesquels ?

– Le QG de la Guardia, Calle Rodolpho-Chiari, la résidence de Coiba à la Calle 96 et l'Edificio Tarpeya... Ils ont étudié des plans d'action de jour et de nuit. Dès qu'ils ont rempli leur mission, ils reviennent ici et ils seront déjà au Honduras quand la radio annoncera la mort du général Coiba.

On frappa à la porte, Herbert Lawn cria d'entrer et un homme de petite taille, en tenue de combat, le visage tout rond, olivâtre, avec des yeux saillants, pénétra dans le bureau. Le chef de station lui serra vigoureusement la main.

– Voici le lieutenant Pepe, des Forces Spéciales. C'est lui qui est chargé de mener à bien la dernière phase de l'opération Tigre.

Le lieutenant Pepe hocha la tête d'un air entendu. Il semblait très nerveux et son regard se déplaçait sans cesse sur les trois hommes. Herbert Lawn s'adressa à lui.

– Pepe, c'est l'objectif numéro 3, cette nuit. Vous êtes OK ?

– *No problem, Sir*.

Il avait une voix fluette mais assurée.

– Le général Coiba circule sûrement dans un véhicule blindé, remarqua Malko. Vous en avez tenu compte ?

– Évidemment ! fit Herbert Lawn, un peu agacé. Pepe aura un RPG 7 avec trois roquettes. Il peut réduire en bouillie n'importe quelle voiture blindée. Duncan est prévenu. Ils récupéreront le matériel dans un fourgon au parking du *Holiday Inn*.

Patrick Stephens eut un soupir ravi.

– Je voudrais déjà être à demain. Cette ordure de Coiba a fait passer des tonnes de cocaïne chez nous depuis des années.

– Sir, je peux aller briefer mes hommes ? demanda timidement Pepe.

– Bien sûr, fit Herbert Lawn. On se verra plus tard.

Malko éprouvait une sensation bizarre, une sorte d'inquiétude diffuse. Pourtant, tout semblait avoir été prévu.

– Il n'y a pas de possibilités de fuites ? demanda-t-il.

– Pas une, fit l'Américain. Nous sommes les trois seuls à être au courant. Quant à Pepe et ses hommes, ils ne sont pas sortis d'ici.

– Et sur l'exécution ?

– Ce sont des professionnels. Les meilleurs. Et je leur ai promis une sacrée prime. Pepe restera au Honduras à gérer le personnel au lieu d'aller crapahuter contre les sandinistes...

– Alors, c'est parfait, dit Malko. Sauf, évidemment, si le général Coiba décide au dernier moment de ne pas rendre visite à sa maîtresse. S'il a trop bu, ou Dieu sait quoi.

– Évidemment, reconnut Herbert Lawn. Il y a toujours un cas non conforme. Si cela se produisait, continuez votre mission comme si de rien n'était. Il y aura bien une autre occasion.

– Et dans le cas contraire ?

– Vous serez exfiltré dès demain. Cette nuit, ne bougez pas de votre hôtel. Écoutez la radio. Dès qu'on annoncera la mort de Coiba, foncez ici.

« Tout est prévu pour que le colonel Santo Domingo prenne la place de son chef immédiatement et arrête les officiers de la Guardia qui pourraient se mettre en travers de sa route. Nous avons enregistré ensemble la cassette où il proclame l'État de siège. Je vais la lui remettre ce soir. Le State Department est prévenu. Notre ambassadeur l'assurera dès demain du soutien des États-Unis...

– Et Miranda Ochoa ?

Herbert Lawn eut un rire rocailleux.

– On ne peut pas lui donner la Médaille du Congrès, mais si elle souhaite émigrer chez nous, elle sera la bienvenue.

Tout baignait... Malko serra la main des deux hommes.

– Heureux de vous avoir connu, fit Patrick Stephens. Passez me voir avant de partir.

Malko se retrouva sur le tarmac écrasé de l'éternelle chaleur moite et regagna sa Toyota Crown.

Curieuse mission.

Le général Coiba ouvrit un parapheur et signa rapidement les documents qui lui rapportaient chacun quelques milliers de dollars. Des demandes de naturalisation de Chinois de Hong Kong. À cinquante mille dollars le passeport panaméen, ce n'était pas mal. Une fois à Panama, on leur confisquait leurs passeports sous des prétextes divers afin de pouvoir leur en revendre un autre... Le frère du général dirigeait le service de l'état civil, ce qui facilitait grandement les démarches.

Il appuya sur l'interphone.

– Ignacio, viens me voir.

Quelques instants plus tard, le colonel Santo Domingo pénétra dans le bureau. Les deux sous-officiers qui gardaient la porte ne le délestèrent pas de son pistolet comme les autres visiteurs. Il était le seul à pouvoir entrer armé dans le bureau de Coiba.

– Ignacio, dit le général Coiba, on m'a encore

signalé que ce *periodista* étranger tourne autour de la Señorita Ochoa.

– Voulez-vous que...

– *Si*. Va voir ce *gayote*[1] d'El Guapo. Qu'il s'en occupe sérieusement cette fois.

– *Como no!* fit le colonel avec empressement. À cette occasion, il faudrait peut-être vous débarrasser de votre visiteur...

– Quel visiteur ?

Le colonel désigna du menton un grand réfrigérateur vert placé derrière le bureau de son chef.

– Ce *disgraciado de mierda* de Chavarria.

– *Ah si! Bueno...*

Le général se rejeta en arrière dans son fauteuil à bascule. Ne voulant pas avouer qu'il avait complètement oublié le macabre trophée qui encombrait le freezer de son réfrigérateur. Comme s'il avait voulu chasser de son esprit une erreur qui l'avait presque brouillé avec les Américains. Gâchant sa joie de recevoir la tête de son adversaire comme il l'avait réclamée un jour dans une crise de rage.

Le colonel alla ouvrir le freezer et y prit le sac de plastique opaque contenant la tête de Julio Chavarria. Il n'avait même pas été défait. Le brandissant comme un calice, il le montra au général.

– Vous ne voulez pas regarder ce salaud une dernière fois ?

– Non, grommela Coiba.

Julio Chavarria n'était ni le premier ni le dernier homme qu'il faisait tuer. Il regrettait même sa requête prise trop au pied de la lettre. Mais finalement, cela

1. Vautour.

avait impressionné ses adversaires et les Américains s'étaient calmés.

Un déguenillé à l'air malveillant surveillait l'entrée d'une grille défendant un dépôt encombré de carcasses de voitures, de débris divers et de sacs en plastique marqués « *Basura*[1] ». Une odeur abominable éloignait même les pélicans. Seuls quelques vautours tournoyaient lentement au-dessus du dépôt. Une pancarte à moitié arrachée annonçait : *Servicio municipal*.

C'est là qu'on brûlait les ordures de Panama-City et en présence d'agents de la DEA, les ballots de « Panama red[2] » saisis à des trafiquants qui avaient cru pouvoir échapper à la dîme du général Coiba. Il fallait bien donner le change. Le malveillant accueillit le colonel Santo Domingo avec un sourire servile bien qu'édenté.

– El Guapo est là ? demanda l'officier.

L'autre désigna une baraque d'où sortait comme un gros furoncle le bloc d'un conditionneur.

– Il essaie une *chica*.

En plus de son activité de contractant municipal, El Guapo gérait un bordel dans le quartier du Parque Lefevre et essayait lui-même les nouvelles recrues arrivées en fraude du Costa Rica ou de Colombie.

– Tu as la clef du local ? demanda l'officier. J'ai quelque chose à brûler.

– *Como no !* s'empressa le garde.

Santo Domingo prit le sac de plastique contenant la tête de Julio Chavarria et l'homme d'El Guapo

1. Ordures.
1. Variété de marijuana.

ouvrit le cadenas fermant le hangar. Une chaleur abominable y régnait. Un gros incinérateur occupait le centre, relié à une chaudière à gaz. Une odeur fade et écœurante vous soulevait le cœur.

– Va surveiller la porte, intima Santo Domingo.

Docile, l'homme le laissa seul.

Le colonel Santo Domingo prit une palette à long manche, y plaça le sac de plastique et fit basculer la porte de l'incinérateur à l'aide du levier. La chaleur lui sauta au visage et il recula instinctivement. L'enfer devait ressembler à cela... Il enfourna le sac dans l'ouverture.

Le plastique s'enflamma instantanément, révélant la tête telle qu'elle avait été décapitée. Il eut le temps de voir les traits livides et les cheveux noirs qui s'enflammaient donnant au mort une auréole de feu. Puis l'incinérateur avala sa proie qui se transforma en une boule rougeoyante. Il referma la porte et ressortit. Le cœur léger. Il venait d'apprendre que l'opération prévue contre Coiba était imminente. Une question d'heures... Il décida de transmettre le message du général Coiba à son homme de main. Cela donnerait par la suite un prétexte pour éliminer El Guapo qui savait décidément beaucoup trop de choses. Si le Colombien assassinait l'agent des Américains, Santo Domingo pourrait toujours leur jurer que le général avait donné l'ordre directement. Ils n'auraient aucun moyen de vérifier.

– Va me chercher une bière, ordonna-t-il au garde.

Pendant que l'autre courait vers une guinguette voisine, il s'approcha du bungalow où El Guapo essayait sa *chica* et frappa à la porte.

La brise tiède du Pacifique balayait la terrasse située au dernier étage du *Holiday Inn*. Malko laissa errer son regard sur les tours du Punta Paitilla, construites pour la plupart avec l'argent de la drogue. Il avait une vue plongeante sur l'entrée de l'Edificio Tarpeya.

Il n'avait pu se résoudre à attendre au *Marriott* le résultat de l'attentat. Pensant dîner avec Ines de Castro, il s'était retrouvé seul, la journaliste ayant un reportage urgent. Du coup, il avait mangé au snack du *Holiday Inn* et gagné la terrasse déserte. Il regarda sa Seiko Quartz : minuit moins cinq. À peine eut-il relevé les yeux qu'il aperçut un petit convoi stoppant devant le Tarpeya. Une longue Cadillac bleu nuit encadrée de deux Range-Rover noires. Un homme sortit de la Cadillac, entouré aussitôt de deux gardes du corps et entra dans l'immeuble d'un pas pressé.

Le général Coiba venait retrouver sa maîtresse. Le cœur de Malko battit un peu plus vite. La machine était enclenchée.

Le lieutenant Pepe essuya ses mains moites de sueur contre son treillis.

Ses hommes et lui avaient trouvé refuge dans un terrain vague, à une centaine de mètres de l'Edificio Tarpeya. Trois heures qu'ils étaient là, tapis dans l'ombre, à s'user les yeux, observant le porche du grand building. D'abord l'arrivée du général Coiba, puis le départ, une demi-heure plus tard, des deux Range-Rover d'escorte. La Cadillac était garée sous le porche et son chauffeur bavardait avec le garde de l'immeuble. À deux reprises des voitures de police étaient passées lentement dans la Via Heliodoro Patino.

Heureusement, dans ce quartier résidentiel, les patrouilles ne s'attardaient jamais.

Maintenant, le Nicaraguayen crispait ses doigts sur la poignée du lance-roquettes dont le poids lui écrasait l'épaule. Ses hommes étaient bardés de chargeurs et de pistolets-mitrailleurs, mais il ne se faisait aucune illusion. Avec une voiture blindée, seul le RPG 7, prévu pour percer le blindage d'un char, serait efficace.

– *Atención !*

La minuterie du hall venait de s'allumer. Pepe banda tous ses muscles, les yeux écarquillés... Il visa la longue voiture bleue immobilisée sous le porche et attendit.

Les secondes s'égrenaient dans sa tête avec une lenteur exaspérante. Ses doigts serraient si fort la crosse du RPG 7 que le tube du lance-roquettes en tremblait. Pour se calmer, il se passa mentalement en revue les consignes de dégagement... À côté de lui, ses hommes retenaient leur respiration. C'étaient de pauvres bougres accoutumés au danger, qui exerçaient le métier de *contra* pour nourrir leur famille entassée dans des camps de réfugiés.

Ils se moquaient de leur objectif. C'était abstrait. Ils suaient de peur avec une seule idée : se retrouver dans un Hercules en vol pour le Honduras et dormir.

– Il arrive, murmura le lieutenant Pepe.

Le chauffeur s'était précipité pour escorter un homme dont ils ne distinguaient que la silhouette. Le RPG 7 pointa comme un long doigt vers sa cible. Le lieutenant Pepe retint sa respiration. Le chauffeur venait de faire le tour, de monter dans la Cadillac.

Il appuya sur la détente.

Il n'y eut aucun recul, juste un sifflement, un souffle puissant, puis une traînée lumineuse d'une vingtaine de mètres, rouge et orange. Qui s'interrompit brutalement et piteusement ! À mi-trajectoire, bien avant le porche de l'Edifico Tarpeya, la roquette retomba, explosant loin de son objectif...

Le lieutenant Pepe poussa un hurlement de rage et saisit fiévreusement la seconde roquette dans son étui de toile, hurlant des injures sans s'en rendre compte, les mains tremblantes, le front couvert de sueur. Quelques secondes interminables pour visser la roquette au bout du lance-engins. Puis il reprit sa cible.

Au moment où la Cadillac blindée faisait un bond en avant !

Il la suivit à travers les arbres, puis, au jugé, il tira sa seconde roquette, qui partit comme une comète.

Seulement, elle s'écrasa contre un arbre dans une gerbe de flammes multicolores.

Le temps de mettre en place le dernier projectile, le véhicule avait disparu. Il ne restait plus que des gens qui commençaient à surgir de partout et, dans le lointain une sirène de police qui résonnait à ses oreilles comme un glas.

Le lieutenant Pepe jeta le RPG 7 avec lequel il s'était toujours senti invincible et se retourna vers ses hommes tapis dans l'ombre.

– *Vamos !*

C'était cuit, foutu.

Leur véhicule se trouvait à cent mètres. Ils avaient

toute la ville à traverser... Lourdement chargés, ils se mirent à courir, un goût de cendres dans la bouche.

Malko ferma les yeux, la tache orange de l'explosion persistant derrière ses paupières. Quand il les ouvrit, il vit comme dans un cauchemar la lourde Cadillac, le pare-chocs arrière enfoncé, démarrer en trombe et plonger dans la petite rue calme.

La seconde explosion le troubla à peine. La voiture était déjà hors de vue du tireur.

Le cerveau vide, il se rua vers l'ascenseur, entra dans la cabine et appuya sur le bouton du sous-sol où se trouvait sa voiture. Le général Coiba était vivant. C'était la seule chose qui comptait... Lorsqu'il arriva en bas, il n'avait pas encore analysé toutes les conséquences. Il prit sa voiture, jaillit du parking sur la Via Italia et tourna à gauche, filant vers l'Avenida Balboa...

Trois cents mètres plus loin, il croisa deux voitures de police lancées à tombeau ouvert.

Il roula ainsi jusqu'à l'immeuble futuriste de la Banca Exterior et tourna à droite, remontant vers l'intérieur de la ville. Herbert Lawn ne devait pas encore savoir la bonne nouvelle.

# CHAPITRE IX

Les pneus de la Toyota Crown hurlaient en prenant les virages en épingle à cheveux de l'Avenida Manuel Hurtado, une petite voie dominant l'*El Panama*, bordée de somptueuses villas. Malko stoppa en face du numéro 16. Une grande maison isolée au milieu d'une pelouse, protégée par de hautes grilles. Malko descendit et écouta un moment les sirènes qui convergeaient de tous les coins de la ville vers Punta Paitilla.

Il appuya sur le bouton de l'interphone scellé dans un des piliers et y laissa un doigt. Aucune lumière chez Herbert Lawn. Plus d'une minute plus tard, une voix tendue demanda :

– *Who is it* [1] ?

– Malko.

La grille électronique s'écarta. Le chef de station de la CIA accueillit Malko sur le perron.

– Que se passe-t-il ?

– Le général Coiba a échappé à l'attentat, annonça Malko.

1. Qui est-ce ?

Les traits de l'Américain se figèrent.

– *Oh my God*, murmura-t-il. Vous êtes sûr ? Comment le savez-vous ?

Malko lui fit son récit tandis qu'il le conduisait dans le salon. Herbert Lawn, demeura un long moment silencieux avant d'exploser :

– Quelle poisse ! Il faut que je prévienne Langley immédiatement.

Malko l'arrêta.

– Une seconde. Faisons d'abord le tour du problème. Vos *contras ?*

– Ils doivent déjà être à Howard, dit-il. Je vais les faire partir immédiatement.

– Et moi ?

Herbert Lawn le fixa froidement.

– Écoutez, je sais qu'on va jouer avec le feu, mais pour l'instant, Coiba n'a pas de preuves. Bien sûr, il va nous soupçonner, mais c'est tout. Si vous disparaissez ce matin alors qu'il vous a repéré et que vous êtes un invité du Southland Command, on signe... Il faudrait que vous restiez et, même, que vous continuiez votre cour... Ne serait-ce que pour donner le change.

Malko réfléchissait, sans se faire aucune illusion. À la seconde où il mettrait les pieds hors de la résidence de Herbert Lawn, il serait en danger de mort. Seulement, c'était le jeu.

– Très bien, soupira-t-il. Mais il ne faudrait pas que cela se prolonge trop.

– Bien sûr que non !

L'Américain était déjà debout.

– Je vais à mon bureau, dit-il. Essayez de joindre

Miranda Ochoa demain matin, comme si de rien n'était et gardez le contact par Bruce.

Malko déboucha sur la Via España déserte et la suivit jusqu'à la Via Porras, redescendant vers le *Marriott*. Sans remarquer aucune animation particulière.

En face du *Marriott*, la centrale électrique fumait comme un volcan, empestant la moitié du quartier résidentiel de San Francisco. Malko avait gardé sa clef et n'eut pas à passer à la réception. Le voyant de son téléphone clignotait : il avait un message. Un mot glissé sous sa porte le confirma : Ines de Castro avait appelé à minuit...

Il eut du mal à chasser la scène à laquelle il avait assisté et ne put s'endormir qu'à l'aube.

La sonnerie du téléphone le réveilla en sursaut. C'était la voix excitée d'Ines de Castro.

– Vous savez qu'il y a eu un attentat cette nuit contre Coiba ?

– Il a réussi ?

– Non, fit-elle, ce porc s'en est tiré. Il venait de sauter sa pute, celle qui vous excite tellement.

– Je voulais dîner avec vous hier soir, dit-il.

– Je vous ai rappelé, fit-elle remarquer, mais vous étiez sorti. Avec une autre pute, probablement.

– Mon offre est toujours valable pour ce soir, dit-il.

– Je vous rappelle à sept heures. Salut.

Il composa aussitôt le numéro de la ligne directe de Miranda Ochoa. La jeune femme décrocha à la sixième sonnerie.

– C'est moi, dit Malko. Nous allons nous voir aujourd'hui ?

– Tu ne sais pas ce qui est arrivé ? s'exclama Miranda.

– Non.

– Cette nuit, Emiliano a failli être assassiné en bas de chez moi...

Elle lui fit le récit des événements. Les deux explosions des RPG 7 l'avaient alertée et elle était descendue se renseigner. Coiba l'avait appelée quelques minutes plus tard pour la rassurer...

– Il vaut mieux ne pas essayer de me voir pendant quelques jours, conclut-elle. Je vais être très protégée. Tu me manques...

Malko raccrocha, soulagé. Visiblement, elle ne se doutait de rien et si sa ligne était écoutée, il passerait au plus pour un soupirant tenace. Il alla prendre sa douche. Il était encore dessous quand le téléphone sonna à nouveau. Cette fois, c'était Bruce Gonzales.

– Notre ami désire vous voir immédiatement, annonça-t-il. Là où vous êtes arrivé.

Malko s'habilla à toute vitesse. Cette convocation de Herbert Lawn n'était pas de bon augure...

Herbert Lawn, assis dans son petit bureau de Howard Air Force Base avait un visage de pierre, les traits tirés et de grandes poches sous les yeux.

– Deux des hommes du lieutenant Pepe se sont fait prendre, annonça-t-il. Ils ont été interceptés par une patrouille de la Guardia. Nous avions espéré jusqu'à maintenant, mais j'en ai eu la confirmation par une source proche de Coiba.

Malko sentit son estomac rétrécir.

– Autrement dit, Coiba va savoir très vite que la Company est derrière cette joyeuse plaisanterie.

– Je le crains, avoua le chef de station d'un ton absolument sinistre.

Sa voix rocailleuse avait encore baissé d'un cran. Il ajouta aussitôt :

– Dieu merci, ces types ignorent tout de votre existence.

– Mais Coiba risque de découvrir que nous nous voyons, remarqua Malko. Bruce Gonzales doit être connu comme un de vos agents d'influence...

– Ce n'est pas absolument certain, protesta l'Américain, avec une mauvaise foi évidente. Je crois que votre couverture a des chances de tenir.

– Et dans le cas contraire ?

Herbert Lawn écarta de la main cette éventualité désagréable.

– Nous aviserons. Plus que jamais, vous devez rester, parce que je vais quand même nier. Essayer de prétendre que ces types se sont fait manipuler par des ennemis de Coiba.

– C'est hautement vraisemblable, commenta ironiquement Malko.

– On ne peut pas faire autrement, soutint l'Américain. Après tout, ce sont des Nicaraguayens, pas des citoyens de chez nous... Les *contras* en veulent à Coiba qui refuse de les aider. Ma thèse sera que ces gens à l'entraînement chez nous ont monté leur coup tout seuls.

– Vous avez déjà annoncé la bonne nouvelle à Langley ? interrogea Malko.

– Évidemment, fit l'Américain.

– Et que disent-ils ?

– Garder un profil bas. Tout nier. Et recommencer.

On voyait bien qu'ils n'étaient pas sur le terrain...

– J'ai eu une longue conversation avec l'assistant du directeur général, expliqua Herbert Lawn. Une nouvelle évaluation de la situation. Dans un premier temps, nous allons allumer un contrefeu, proposer au général Coiba de punir les coupables et l'assurer de notre sympathie.

« Ce qui devrait nous donner le temps de préparer une seconde opération.

– Vous avez le moral, fit Malko. Pourquoi ne pas laisser tomber ?

– Parce que Coiba va savoir que nous sommes derrière l'histoire, donc devenir notre plus féroce ennemi. Cela devient une nécessité absolue de le remplacer par son adjoint, notre ami, le colonel Santo Domingo.

– Vous aimez danser sur les volcans, remarqua Malko.

Herbert Lawn lui adressa un sourire ironique.

– Nous allons y marcher ensemble... Parce que vous restez, comme source n° 1 sur Coiba. Même si le général démonte l'opération elle-même, il n'a aucun moyen de découvrir comment nous l'avons préparée. Il peut y avoir des fuites dans son service de sécurité. Cela va foutre le bordel.

« Miranda Ochoa est la dernière à pouvoir avouer vous avoir renseigné. Donc, vous êtes tranquille.

Malko regarda les nuages qui s'enfuyaient vers le Pacifique. Partagé entre plusieurs sensations. L'angoisse, le plaisir de revoir Miranda Ochoa, et un sentiment de fatalité. Ainsi, Panama devenait un piège. Certes, il y avait les bases américaines et le soutien de la CIA, mais il était à la merci de la Guardia. Si on l'arrêtait, rien ne l'arracherait des griffes du général

Coiba. L'Américain l'observait avec une anxiété mal dissimulée.

– J'espère que vous n'allez pas me laisser tomber, dit-il chaleureusement. Je vous assure d'une part que les risques que vous courez sont limités, et d'autre part, vous êtes le seul à pouvoir encore nous fournir des informations sur le général Coiba.

– Et votre « poulain », le colonel Santo Domingo ? Cela ne lui est pas possible de vous aider ?

Herbert Lawn eut l'air choqué.

– Nous ne voulons surtout pas le mêler à cela. Nous n'avons aucun contact avec lui en ce moment, pour ne pas le compromettre. Et je ne suis pas certain que Coiba lui fasse entièrement confiance.

Malko se leva.

– Eh bien, je vais prendre mon breakfast. J'ai besoin d'un café.

– Nous ne pourrons probablement rien faire avant plusieurs jours, fit l'Américain. Cela vous fait des vacances...

– En enfer, remarqua Malko.

Une pluie diluvienne noyait Panama-City depuis une heure. Malko, de sa chambre, regardait la piscine du *Marriott*, seize étages plus bas, où s'ébattaient des gosses jouant à Gribouille.

En ville, rien n'indiquait l'attentat. La télévision avait été très discrète, à l'exception de « Canal Quatre » qui avait montré la façade de l'immeuble où demeurait la maîtresse du général. Un communiqué officiel de la Guardia annonçait que des éléments non identifiés avaient voulu attaquer le général Coiba, probablement en raison de son action contre les *narcotraficantes*...

Malko se demanda combien de temps tiendrait la fiction de son rôle de soupirant. Le Beretta 92 était sous le siège de sa Toyota, mais ne servirait pas à grand-chose contre la Guardia.

Le colonel Santo Domingo pénétra dans le bureau de son supérieur, le visage sombre. Le général Coiba arracha son cigare de sa bouche et jeta d'une voix tendue :

– Ils ont parlé ?

– Bien sûr, fit le colonel, mais ils ne savent presque rien. Ce sont des *campesinos* recrutés par les Américains du Honduras. Ils sont arrivés ici il y a deux semaines pour un stage de formation, sous les ordres d'un certain lieutenant Pepe, un Nicaraguayen comme eux, un officier de *contras*. Ils ne sont jamais sortis de leur camp jusqu'à hier soir. D'après ce que j'ai compris il s'agit de Howard Air Force base.

« C'est ce lieutenant Pepe qu'il aurait fallu attraper...

Le général Coiba écrasa rageusement son cigare dans le cendrier.

– Les salauds ! C'est ce *disgraciado de mierda* de Herbert Lawn ! Les *contras* sont tenus par la CIA.

Il n'arrivait pas à croire que les Américains aient été assez audacieux pour s'attaquer à lui de cette manière brutale. L'ambassadeur des États-Unis lui avait téléphoné à l'aube pour l'assurer de sa sympathie, mais le diplomate pouvait très bien mentir ou ne pas être au courant. La CIA ne lui racontait pas tous ses coups tordus... Il leva la tête, rencontrant le visage défait de son second.

– Toi non plus, fit-il, tu n'y aurais pas cru, hein !

– Il ne faut se fier à personne, laissa tomber Ignacio Santo Domingo.

Évidemment, le général Coiba ne soupçonnait pas la vraie raison de son abattement... À l'aube, Santo Domingo avait brûlé la cassette proclamant l'état de siège remise par Herbert Lawn.

– Tu as trouvé quelque chose sur les armes ? demanda Coiba.

– Je les ai identifiées.

Ils avaient saisi le RPG 7 et deux Kalach, abandonnés dans l'affolement.

– D'où viennent-elles ?

– Les deux AK 47 faisaient partie du lot vendu par l'Allemagne de l'Est aux Forces Armées du Salvador. Elles ont transité par le canal sur le *Pia Vesta*, il y a trois mois. Ont été déchargées au Salvador.

Le général Coiba fronça les sourcils.

– L'armée salvadorienne n'utilise pas d'armes soviétiques.

Santo Domingo eut un sourire rusé.

– Non, mais le destinataire, le général Adolpho Blandon, est un ami des Américains et toute la commande a été passée à partir de Miami, par la Hutland Investment Corporation de notre ami Duncan O'Hara.

Le général Coiba blêmit de fureur. C'était la preuve matérielle de l'implication de la CIA. Il étouffait de rage et en même temps mesurait le poids de la haine des Américains. Jamais une opération pareille n'aurait pu être conçue sans un feu vert politique au plus haut niveau... Il ralluma son cigare et souffla pensivement la fumée, essayant de faire baisser sa tension.

Il ne pouvait pas attaquer de front le chef de station, mais il y avait d'autres moyens. Et surtout, il tenait à démonter tout le mécanisme de l'opération. Sans une défaillance technique de la roquette du RPG7 il aurait été réduit en bouillie. Le guet-apens avait été bien préparé ce qui signifiait des informations précises sur ses déplacements. Seuls quelques intimes connaissaient son emploi du temps. Il allait passer au grill tous les hommes de sa garde personnelle, le gardien de l'Edificio Tarpeya. Seul son chauffeur n'était pas soupçonnable : si l'attentat avait réussi, il mourait avec son chef.

Une question lancinante le travaillait : allaient-ils recommencer ?

– Je te charge de l'enquête, dit-il à Santo Domingo. Je veux savoir qui les a aidés. Et on va donner une leçon à ces *corojos* de la CIA *de mierda*. S'ils s'imaginent qu'ils vont s'en tirer comme ça !

Il se leva, arpentant son bureau comme un taureau dans l'arène, les veines du cou gonflées par la fureur. Le colonel Santo Domingo observait son chef, l'estomac noué. Le général s'arrêta net tout à coup, pointant son index sur lui. Il crut que son cœur s'arrêtait et le sang se retira de son visage. Mais Coiba dit seulement :

– Ce *periodista de mierda !* Je t'avais dit de le faire liquider. Change les ordres. Je le veux vivant. Vite !

Une idée venait de le traverser, attisant sa fureur. Il fit face à Santo Domingo, flamboyant de haine.

– Tous ceux qui sont mêlés à cette histoire de près ou de loin vont regretter d'être nés, gronda-t-il.

Pour décourager les Américains de s'attaquer de nouveau à lui, il fallait les terrifier, leur montrer qu'il ne reculait devant rien.

# CHAPITRE X

Un pélican installé sur un poteau contemplait d'un œil indifférent la circulation intense de l'Avenida Balboa, la grande artère longeant le Pacifique, en plein cœur de Panama-City. Un nombre incalculable de feux provoquaient de monstrueux embouteillages sur les deux voies séparées par un terre-plein. Le feu passa au rouge au coin de la Calle 38, mais une Range-Rover beige avec plusieurs hommes à bord le brûla. Elle parcourut vingt mètres et stoppa juste en face de la grille de l'ambassade américaine, un bâtiment blanc de trois étages plutôt décrépit entouré d'un maigre jardin où se dressait le mât soutenant le drapeau US. Les fenêtres étaient défendues par des grillages et l'entrée principale sur l'Avenida Balboa protégée par un sas en barreaux d'acier gardé par un vigile.

Deux des portières de la Range-Rover s'ouvrirent en même temps. D'abord, deux hommes furent projetés à terre. Ils avaient les poignets liés par des cordes et étaient pieds nus. Derrière eux, deux autres passagers sautèrent à leur tour à terre. À leurs ceintures pendaient de longues machettes. Ils s'emparèrent de ceux qu'ils avaient éjectés de la voiture et les poussèrent devant eux, les faisant tomber sur le trottoir. Puis chacun d'eux étendit devant lui les bras liés de prisonniers. Presque au même instant, ils brandirent leurs machettes, les abattant à toute volée sur les poignets liés.

Les deux malheureux poussèrent un hurlement atroce au moment où les machettes tranchaient leurs poignets comme une motte de beurre. Des jets de sang jaillirent, aspergeant le trottoir. Sans se troubler, les deux bourreaux retournèrent leurs victimes du pied pour les mettre sur le dos tandis qu'ils agitaient leurs moignons. Et de nouveau ils frappèrent, le ventre cette fois, trois ou quatre fois, éventrant les malheureux.

Le feu était passé au vert et les véhicules se ruaient en avant. Les deux bourreaux à la machette remontèrent en voltige dans la Range-Rover qui démarra en trombe, tournant aussitôt dans la Calle 37.

Les deux victimes, tentant de retenir leurs intestins avec leurs moignons, se traînaient devant la grille de l'ambassade. La scène n'avait pas duré plus d'une minute.

Le vigile, pendu à son téléphone, appelait frénétiquement à l'aide. Mais lorsque plusieurs Marines jaillirent de l'ambassade, casqués, M 16 au poing, le véhicule des tueurs avait disparu et leurs deux victimes sauvagement mutilées agonisaient.

Le policier du Trafico Emilio Nogeira était en train de se demander comment il allait gagner de quoi emmener sa fiancée au *Magic*, la discothèque en vogue, lorsqu'une voiture jaillit de la Calle Uruguay, grillant le feu rouge. De l'occupation américaine, les Panaméens avaient gardé un respect maladif des règles de la circulation. À cela près que la plupart des contraventions étaient perçues directement en liquide par les policiers du Trafico, ce qui arrondissait leur solde... Emilio Nogeira appuya sur son démarreur et lança son Harley-Davidson. La puissante machine s'ébranla et il brancha aussitôt sa sirène et son gyrophare, s'assurant que la crosse de son pistolet coulissait bien dans sa gaine...

C'était un jeune flic et il ne s'était encore jamais servi de son arme.

La Range-Rover filait sur Balboa, en direction de la Via Brasil, zigzaguant entre les véhicules plus lents. Emilio Nogeira se dit qu'il allait gagner au moins quarante balboas...

Il accéléra et, sirène hurlante, commença à se rapprocher du véhicule, signalant sa position par radio au Trafico.

Un bus qui portait en lettres énormes sur son arrière *Nina Odette, mi unico amor*, peinturluré jusqu'au bout des pare-chocs, reliant le quartier de Chorrillo au bidonville de San Miguelito, plein comme un œuf, se traînait sur l'Avenida Balboa. La radio du chauffeur déversait sur ses occupants un flot de salsas, achevant de les abrutir.

Le chauffeur arriva à l'embranchement de l'Avenida Aquilino qu'il devait prendre sur la gauche. Depuis longtemps son rétroviseur n'existait plus et son clignotant ne fonctionnait pas. Il sortit le bras gauche, l'agita vigoureusement et tourna son volant... Il eut à peine le temps de voir surgir une masse sur sa gauche et une grosse voiture percuta le vieux bus de plein fouet, juste derrière son siège, faisant voler en éclats les dernières glaces intactes. Les deux véhicules s'immobilisèrent dans un fracas de tôles embouties. Le chauffeur poussa un juron effroyable, accusant le Seigneur de mœurs contre nature.

*Nina Odette, mi unico amor* n'était pas assuré et son patron allait le virer. Les passagers blessés ou choqués hurlaient et la radio continuait à gueuler.

Il stoppa son moteur et se rua hors du bus. Décidé à étriper le chauffard.

Emilio Nogeira eut le temps de voir venir l'accident, mais ne put l'éviter complètement. Il talonnait la Range-Rover depuis un kilomètre et elle refusait même de ralentir. Pourtant elle ne pouvait pas ne pas entendre sa sirène...

Brusquement, il eut d'autres soucis !

Le bus venait de tourner à gauche et la Range-Rover s'encastrait dedans ! Hurlant de peur, le policier réussit à faire un brutal écart, et sa lourde machine dérapa. Il en reprit le contrôle de justesse, mais sa roue mordit sur le terre-plein central. Déséquilibrée, la moto se coucha sur le côté tandis qu'Emilio Nogeira faisait un bond pour ne pas être écrasé. Il perdit son casque dans sa chute et se releva fou furieux. Il voulut redresser sa machine, mais n'y parvint pas. Aussi reporta-t-il son attention sur la Range-Rover. Stupéfait.

Trois hommes venaient d'en sauter. Deux avec des pistolets-mitrailleurs Uzi à la main. Les passagers du bus commençaient à se répandre sur la chaussée. Le chauffeur aperçut le policier et courut vers lui en gesticulant. Il le prit par le bras.

– Ce fou nous a accrochés ! hurla-t-il. Il faut l'arrêter !

Emilio Nogeira fit quelques pas en avant. Les occupants de la Range-Rover l'aperçurent. L'un s'enfuit mais les deux autres ne bougèrent pas. Un des deux braquant son PM rafala dans leur direction...

Le policier avait vu son geste et eut le temps de plonger derrière sa moto. Une des balles fit éclater la radio fixée sur son guidon et une autre perça le réservoir, mais plusieurs atteignirent le chauffeur qui tournoya sur lui-même et s'effondra sur l'Avenida Balboa, tandis que les passagers du bus s'enfuyaient, terrorisés...

Arrachant de son étui son Smith et Wesson, Emilio Nogeira protégé par sa moto ouvrit le feu à son tour sur les deux hommes à découvert. L'un d'eux porta la main à son ventre, s'appuya au bus et glissa lentement, soutenu par son compagnon. Le chœur des klaxons assourdissait toute l'Avenida Balboa. Les véhicules les plus éloignés ne voyaient pas ce qui se passait et s'impatientaient...

L'homme touché par le policier gisait à terre. Son ami l'examina quelques secondes puis s'enfuit. Emilio Nogeira bondit à sa poursuite, sans casque, l'uniforme couvert de boue. Il avait l'impression de tourner une séquence pour la télévision. Les gens s'écartèrent sur son passage... Il aperçut le fuyard devant lui, se faufilant à travers les voitures arrêtées.

Emilio Nogeira redoubla de vitesse, s'époumonant, et se mit à crier.

– *Halto ! Policia ! Policia !*

Celui qu'il poursuivait trébucha et se retourna, la bouche ouverte, essoufflé. S'arrêtant un instant, il lâcha la fin de son chargeur au jugé.

Plusieurs projectiles frappèrent le policier en diagonale, lui déchirant la poitrine et lui faisant exploser le cœur. Il eut cependant le temps de tirer une seule balle qui frappa l'homme à l'Uzi en pleine tête.

Malko suivait les informations à la télé quand il vit apparaître la grille de l'ambassade US. Le reportage montrait les deux corps dissimulés par des bâches et la caméra s'attarda complaisamment sur les quatre mains coupées encore liées deux par deux, qui gisaient toujours sur le trottoir, à découvert...

Il regarda jusqu'au bout, la gorge nouée : la guerre était déclarée. Il se rua sur le téléphone et appela Bruce Gonzales.

– Nous pouvons déjeuner ensemble ? Prévenez notre ami que je dois le voir.

– Je vous attends, annonça le Panaméen d'une drôle de voix.

Malko descendit, gagna le parking et prit la Via Brasil. Il n'avait pas parcouru cent mètres qu'il remarqua une vieille Buick noire plutôt déglinguée qui le suivait. Il la laissa se rapprocher et eut un choc au cœur. L'homme au volant était la brute à la moustache en accent circonflexe qui avait voulu l'égorger ! Un autre basané plus petit lui tenait compagnie... Malko envoya la main sous le siège et sentit avec soulagement la crosse du Beretta 92. Il le ramena et, lâchant son volant, fit monter une balle dans le canon, puis le posa à côté de lui.

La Buick ne cherchait pas à le rattraper. Il parvint

ainsi à la Calle 52 et se gara. La Buick continua et stoppa un peu plus loin. Sans se cacher, Malko glissa le Beretta sous sa chemise et monta chez Bruce Gonzales.

Le Panaméen était blanc comme un linge. Il renvoya la secrétaire aux gros seins et s'enferma dans le bureau avec Malko.

– Vous vous rendez compte de ce que vous avez fait ! gémit-il. Moi, je pensais que vous vouliez seulement mettre des micros.

– Nous avons évité de vous mettre au courant pour ne pas vous impliquer, dit Malko embarrassé, avec une mauvaise foi évidente.

Le Panaméen se réfugia dans un silence réprobateur qui durait encore quand Ines de Castro débarqua à son tour. Bouleversée elle aussi.

– Il y a eu un massacre Avenida Balboa, annonça-t-elle. Trois morts. Plus les deux de l'ambassade US.

– Allons déjeuner, proposa Bruce Gonzales. On doit m'appeler au restaurant.

Ils gagnèrent le petit Italien sombre. Ines partit téléphoner et revint quelques instants plus tard.

– On a identifié les types qui ont allumé le flic, dit-elle, ce sont des Colombiens qui travaillent avec El Guapo. Des tueurs.

– Et les autres ? demanda Malko.

– Rien encore.

La journaliste lui jeta un regard bizarre. Le téléphone sonna et le garçon vint prévenir Bruce qui se leva. Aussitôt, Ines se pencha vers Malko, les yeux brillants.

– Pardonnez-moi tout ce que j'ai dit. J'ai compris.

Bravo. Vous êtes sacrément gonflé, mais attention... Venez me prendre à *La Prensa* ce soir. Nous irons dîner.

– Je suis suivi, annonça Malko. Par celui qui a failli m'égorger.

Elle se troubla un peu.

– Vous êtes armé ?

– Oui.

– Alors, n'hésitez pas à tirer le premier. Ces types sont des tueurs. El Guapo surtout.

Bruce Gonzales revint.

– Mr Lawn vous attend à la résidence du général Mac Auliffe, annonça-t-il. Immédiatement.

Malko n'eut même pas le temps de mettre un morceau de sucre dans son café. La vieille Buick noire avait disparu. Il s'assura à plusieurs reprises qu'il n'était pas suivi avant de filer vers la zone du canal.

Le général Coiba était en train de se bourrer de *tacos* dans son bureau lorsque le colonel Santo Domingo se fit annoncer.

– Alors, vous l'avez ! demanda aussitôt Coiba.

– Non, avoua le colonel. Il y a un problème. À cause de cet imbécile de flic, El Guapo a perdu ses deux meilleurs hommes, les plus sûrs. Il va en faire venir d'autres du Darien, mais pas avant demain.

– *Hijo de puta !* grommela le général. Et quand je pense que je vais être obligé de décorer ce con !

Il finit son *taco* et releva soudain la tête.

– J'ai une idée. Que ce porc d'El Guapo peut réaliser tout seul.

Malko ralentit, sous l'œil soupçonneux d'un policier militaire, passant lentement devant le mausolée du général Tojillo, prédécesseur de Coiba, l'homme qui avait « libéré » le canal, du temps du président Carter.

Son monument funéraire était gardé par quatre soldats de bronze grandeur nature.

Il n'y avait pratiquement pas de circulation dans les avenues de la zone et il était absolument sûr de ne pas avoir été suivi lorsqu'il se gara devant le perron de la maison du général Mac Auliffe.

Herbert Lawn descendit les marches et vint le cueillir dès qu'il émergea de sa voiture.

– Ce sont nos gars ! lança sans préambule l'Américain. Ils ont été torturés et on nous les a renvoyés comme avertissement.

Malko hocha la tête.

– J'ai vu la télé. Si je comprends bien, c'est une déclaration de guerre.

– Ce salaud de Coiba a décidé de nous mener la vie dure.

– Je suis suivi, annonça Malko.

L'Américain écouta son récit puis alluma une cigarette.

– Plus que jamais, il faut nous débarrasser de ce salaud, fit-il de sa voix rocailleuse. J'ai donné rendez-vous au colonel Santo Domingo. J'espère qu'il osera venir. Nous devons absolument nous concerter.

Un silence lourd s'établit sous la véranda. La chaleur était étouffante en dépit du ventilateur et de gros nuages s'amoncelaient sur le Pacifique.

Soudain, Herbert Lawn se leva à demi, regardant à l'extérieur de la véranda.

– Je crois que le voilà...

Une BMW noire se gara dans le parking et le

conducteur en sortit. Un homme de petite taille, en civil, les cheveux noirs très courts, qui monta le perron d'un pas rapide. L'Américain lui présenta Malko.

– Le colonel Santo Domingo.

L'officier panaméen avait un regard vif derrière de grosses lunettes de myope sans monture, des mains manucurées et un costume impeccable. On aurait dit un businessman et non un officier. Il s'adressa à Malko dans un anglais absolument parfait :

– Je sais que vous jouez un rôle important pour aider notre pays et je vous en remercie.

– Avez-vous du nouveau ? demanda Malko.

L'officier fit la grimace.

– Le général Coiba n'ignore plus désormais que ses amis américains sont derrière cette tentative d'élimination. Ce qui l'a rendu absolument fou de rage.

– Avez-vous eu des informations sur les interrogatoires des prisonniers ?

Le colonel Santo Domingo secoua la tête.

– Non, hélas... Mais ils n'ont pas pu dire grand-chose. Par contre, l'incident de ce matin est révélateur des intentions du général. Il veut se venger et n'hésitera devant rien.

Il se tut comme un serveur apportait une bouteille de J & B, des verres et du Perrier. Herbert Lawn demanda :

– Que voulez-vous dire ?

– Qu'il n'épargnera personne, fit simplement le Panaméen. Même pas vous, Señor Lawn...

Il sembla à Malko que l'Américain pâlissait légèrement. Ce n'était pas tous les jours qu'un chef de station de la CIA se trouvait directement menacé par un dictateur sanglant... Malko se sentit moins seul.

– Il faut liquider ce salaud le plus vite possible, répéta Herbert Lawn.

– Attention qu'il ne vous liquide pas le premier, avertit Santo Domingo.

Un silence lourd comme le temps suivit cet avertissement. Le colonel panaméen consulta son gros chrono en or et dit :

– Je dois partir. Tenez-moi au courant.

Ils le regardèrent descendre l'escalier et monter dans sa voiture.

– Il sue de peur, remarqua Malko.

– Il a des excuses, reconnut l'Américain. Si l'autre se doutait de quelque chose, il le ferait découper vivant à la machette.

– Et vous pensez qu'il a l'étoffe pour remplacer Coiba ?

– Il est de notre côté, fit simplement Herbert Lawn, et les officiers de la Guardia le respectent. Avec notre aide, il sera OK.

– Seulement, il y a Coiba...

Le téléphone sonna et un Marine vint se pencher à l'oreille de Herbert Lawn. L'Américain s'excusa :

– C'est Langley.

Il revint cinq minutes plus tard, le visage fermé.

– On démonte ! annonça-t-il tout de go. Le DG a été horrifié de l'incident de ce matin. Il ne veut pas risquer d'autres pertes. On laisse tomber pour le moment.

– Et moi ?

– Vous retournez à votre hôtel, faites vos bagages et gagnez Howard. On vous exfiltrera par là.

C'était la Berezina...

Malko était en train de faire sa valise lorsque le téléphone sonna. Il décrocha : il n'y avait personne au bout du fil... La guerre des nerfs. Il avait un peu l'impression de déserter en filant, mais c'était la règle du jeu. Quand les opérations clandestines rataient, c'était le sauf-qui-peut.

Il descendit pour payer sa note, le Beretta glissé sous sa chemise. Au moment où il sortait de l'ascenseur, une femme s'approcha de lui, une petite blonde avec des lunettes de myope énormes.

La copine de Miranda Ochoa... Le cœur de Malko battit un peu plus vite. Quel message lui envoyait la maîtresse du général Coiba ?

La blonde regarda autour d'elle d'un air craintif et dit à voix basse :

– Señor, vous vous souvenez de moi ? Je m'appelle Katia, je suis l'amie de Miranda Ochoa.

Un ascenseur arrivait, elle s'y engouffra et Malko l'y rejoignit. Elle ôta ses lunettes noires et il vit ses yeux rougis.

Une vague d'angoisse le submergea.

La blonde éclata brutalement en sanglots.

– Miranda a disparu ! lança-t-elle. Je crois qu'elle a été enlevée.

## CHAPITRE XI

L'ascenseur s'arrêta au seizième. Malko avait envie de vomir. La belle opération de la CIA se terminait en déroute. D'abord les malheureux *contras* et maintenant Miranda Ochoa. Le prochain, c'était évidemment lui. S'il était arrivé quelque chose à la jeune femme, c'est que Coiba le soupçonnait. Mais cela pouvait aussi être un piège. Katia essuyait ses yeux en reniflant.

– Pourquoi êtes-vous venue me voir ? demanda-t-il.

– Miranda m'a mise au courant de votre histoire. Elle avait peur du général qui est très jaloux. Il croit peut-être qu'elle est mêlée à ce qui s'est passé.

– D'abord, comment savez-vous qu'elle a été enlevée ?

– J'étais en train de bavarder avec elle au téléphone. On a sonné à sa porte. Elle est allée ouvrir en laissant l'appareil décroché. J'ai entendu des bruits terribles, des cris, les rugissements de Carina. Et puis, le silence. On a raccroché l'appareil sans me parler. J'ai rappelé, cela ne répondait plus.

Le récit de Katia tenait, s'il était vrai... La présence du tueur colombien aux trousses de Malko montrait bien que Coiba s'intéressait à lui.

– Pourquoi n'avez-vous pas été voir ?

– J'ai peur, dit-elle. Je voudrais que vous veniez avec moi.

Il pensa à sa valise prête. En moins d'une heure, il pouvait être en sécurité. Loin du Panama.

– Ma présence là-bas risquerait de la compromettre, remarqua-t-il.

Katia sursauta, fixant sur Malko un regard accusateur.

– Il s'agit bien de la compromettre ! Elle est peut-être morte. C'est à cause de vous que tout cela arrive et maintenant vous vous défilez.

Cet accès de colère ne paraissait pas feint. Si Miranda était vraiment en danger, moralement, il ne pouvait pas ne pas intervenir.

– Comment pénétrer chez elle ? demanda-t-il

– J'ai la clef de derrière et celle de son appartement. Je vous en prie, venez !

En le tirant par la chemise, elle fit sauter un bouton et la crosse marron du Beretta 92 apparut. Elle changea de couleur et murmura :

– Mon Dieu, je comprends maintenant !

Leurs regards se croisèrent et Malko sut qu'il ne pouvait plus se dérober. Il referma sa chemise et poussa Katia dans l'ascenseur.

– Allons-y.

Il se gara cent mètres avant l'Edificio Tarpeya et ils terminèrent à pied. Ils montèrent dans l'ascenseur de service sans un mot. Malko avait la gorge nouée. Qu'allaient-ils trouver ?

La porte de l'appartement était fermée. Malko appuya sur le bouton de la sonnette, sans résultat. Il prit le Beretta et l'arma. Carina pouvait être aussi redoutable qu'un tueur.

– Allez-y, dit-il à Katia. Ouvrez.

Elle mit la clef dans la serrure. Pendant quelques secondes, le grincement léger de la porte qui tournait sur ses gonds occulta les battements de son cœur.

Personne dans la lingerie. Il commença à explorer la chambre tandis que Katia descendait dans le living.

Le silence fut brisé par un hurlement atroce, démoniaque, qui lui glaça le sang dans les veines. Il se rua à son tour dans l'escalier en colimaçon.

Katia était immobilisée au milieu du living-room, une main sur sa bouche, face aux baies donnant sur la piscine. Malko ne vit d'abord qu'une masse rougeâtre derrière les vitres, puis un objet passa dans son champ visuel, éclairé par les projecteurs intérieurs. Carina, le cougar, avait dû défendre sa maîtresse jusqu'à la dernière extrémité...

Il flottait entre deux eaux, la tête à moitié détachée du corps, éventré, ses intestins se répandant dans l'eau comme de longs serpents gris. La gueule encore ouverte. La vision d'horreur disparut vers le fond de la piscine et Malko interrogea Katia :

– Vous n'avez vu personne ?

Trop émue pour répondre, elle secoua la tête négativement.

Il parcourut l'appartement sans rien trouver que quelques traces de lutte, un vase brisé, des chaises renversées. Miranda Ochoa avait bien été enlevée...

Par qui ?

La réponse était évidente. Les sbires du général Coiba. Ce qui confirmait que ce dernier avait deviné le rôle de Malko dans le montage de l'attentat et la complicité possible de Miranda... Katia le rejoignit, en larmes.

– Qu'est-ce qu'on peut faire ? gémit-elle. C'est horrible. Si on prévenait la Guardia ?

Autant demander à un mafioso de s'arrêter lui-même.

– Essayons d'en savoir un peu plus, suggéra Malko. Le gardien a peut-être vu quelque chose.

Ils empruntèrent le grand ascenseur. Le gardien, colt au côté, était un métis rondouillard. Katia l'interrogea et, d'abord il prétendit ne rien avoir remarqué... Il fallut que Malko commence à s'éventer avec un billet de vingt balboas pour qu'il retrouve la mémoire. Ils lui arrachèrent la vérité par bribes.

La Señorita Ochoa était partie en compagnie de deux hommes, l'un très grand avec une moustache séparée en deux, l'autre sec, le visage grêlé de petite vérole. Dix balboas de plus et Malko apprit qu'ils avaient utilisé une vieille voiture américaine noire.

Traînant Katia effondrée, Malko reprit le chemin du *Marriott*. Impossible d'abandonner Miranda Ochoa.

– Où habitez-vous ? demanda-t-il à Katia.

– Sur la Via Porras. L'Edificio Bahia. Qu'allez-vous faire ?

– Essayer de retrouver Miranda, promit Malko.

Il se sentait intérieurement glacé et en même temps très calme. Le pire était en train d'arriver... Il déposa Katia en face d'une haute tour déjà décrépite.

– J'ai peur ! gémit-elle.

– Vous ne bougez pas de chez vous, intima Malko.

Donnez-moi votre téléphone. Je vous tiens au courant.

Il nota le numéro et il la poussa hors de la voiture.

– N'ouvrez à personne, recommanda-t-il. Attendez que je vous appelle.

Il s'assura qu'elle entrait chez elle avant de redémarrer en direction de la Via España. La pluie avait recommencé.

À chaque seconde, il pouvait rencontrer la mort. La guerre avec le général Coiba était déclarée et le militaire panaméen était en train de pulvériser ses ennemis.

Qu'allait-on faire subir à Miranda Ochoa ?

Arrivé sur la Via España, Malko tourna à gauche, puis encore à gauche, redescendant sur l'Avenida Balboa vers l'ambassade US. Espérant qu'Herbert Lawn s'y trouvait encore. En ce moment, il aurait dû être en train de rouler vers Howard Air Force avec sa valise...

Herbert Lawn alluma une cigarette, le visage grave, et en tira pensivement une bouffée.

Son bureau de second conseiller était au premier étage, donnant sur la cour intérieure, protégé des regards par des stores, encombré de cartes et de revues. À côté, se trouvait le *special agent* de la DEA déjà rencontré par Malko.

– Il semble que nous n'ayons plus beaucoup de possibilités, dit l'Américain. Miranda Ochoa va forcément parler. Elle n'a aucune raison de se faire couper en morceaux pour vous protéger.

– Exact, approuva Malko.

– Donc, continua l'Américain, vous avez autant de

chances de survivre à Panama-City qu'un cornet de glace en enfer. Vous avez été d'une imprudence folle de vous rendre dans cet appartement. Ce pouvait être un piège.

« Maintenant, il faut nous en tenir à ce que j'avais dit. On démonte. Ne retournez même pas au *Marriott*. On s'occupera de votre note et de votre valise.

« Je vais vous donner une voiture avec plaque CD, ce qui évite tout risque d'interception et vous partez.

Il étendait déjà la main vers le téléphone lorsque Malko demanda :

– Et Miranda Ochoa ?

L'Américain tourna vers lui un visage impassible.

– Que voulez-vous dire ?

– Que va-t-il lui arriver ?

Herbert Lawn fit la grimace.

– ... Si Coiba est certain qu'elle l'a trahi... je préfère ne pas y penser.

Malko le regarda froidement.

– Moi, si. Je ne pars pas.

Pendant quelques instants on n'entendit que le chuintement discret du climatiseur. L'Américain s'était légèrement empourpré et sous son bureau, Malko voyait son pied s'agiter nerveusement. Il s'extirpa un sourire un peu crispé.

– Je sais que vous êtes un galant homme et ce scrupule vous fait honneur. Mais vous êtes aussi un chef de mission, pas Robin des Bois. Et j'ai des responsabilités envers vous. Il y a déjà eu assez de casse sur cette opération Tigre.

Malko s'attendait à cette réponse. Dans le monde parallèle quand il y avait une merde, on s'occupait des siens, pas des autres.

– Je tiens à récupérer Miranda Ochoa, insista-t-il. Je me sens totalement responsable de ce qui pourrait lui arriver.

– Qu'allez-vous faire ? fit l'Américain. Vous ne savez même pas où elle se trouve !

– On doit pouvoir découvrir la planque de El Guapo, dit Malko. D'après la description c'est lui qui l'a enlevée. Panama-City est une petite ville.

Sous la table le pied gauche de Herbert Lawn dansait une java frénétique.

– Supposons encore que vous la localisiez, concéda l'Américain. Il faut aller la chercher. Nos *contras* sont repartis et je ne peux mouiller personne ici. Bruce Gonzales ne bougera pas le petit doigt pour une action violente.

– Et Duncan O'Hara ?

Herbert Lawn demeura silencieux quelques instants, fixant Malko avec intensité, puis secoua la tête.

– Vous êtes vraiment dingue... Évidemment, ce fou de O'Hara est toujours prêt à toutes les conneries. Mais après ? Vous allez vous lancer tous les deux dans une croisade contre la Guardia et les voyous de Coiba. Sans logistique, sans rien. S'il y a un pépin, je ne peux rien pour vous et quelle merde pour la Company !

– J'accepte les risques, dit Malko. Nous n'avons pas beaucoup de temps. Miranda Ochoa risque d'être morte dans quelques heures. Voulez-vous prévenir Duncan O'Hara ?

L'Américain tendit le bras vers le téléphone puis arrêta son geste.

– Impossible officiellement, dit-il. Il me faudrait le feu vert de Langley.

– Pouvez-vous au moins, insista Malko, lui exposer le problème, et ne pas lui interdire de m'aider s'il le souhaite ?

Herbert Lawn poussa un soupir à fendre l'âme.

– Vous voulez vraiment me plonger dans les pires emmerdements ! OK, parce que c'est vous, je fais un saut chez Duncan. Mais, pour le reste, je ne veux rien savoir. À partir de la seconde où vous quittez ce bureau, *you're on your own...*[1].

Malko se leva.

– Dites à Duncan que je passerai chez lui dans une heure environ.

Il ressentit un petit pincement au cœur en repassant la grille de l'ambassade. Cette fois, il n'avait plus de filets de sécurité... Pied au plancher, il remonta vers le nord de Panama-City, à travers les embouteillages. Avant tout, il fallait découvrir où Miranda Ochoa se trouvait.

Une seule personne pouvait l'aider : Ines de Castro.

La jeune journaliste travaillait sur une machine de traitement de texte. Elle l'abandonna aussitôt quand Malko vint s'asseoir à côté d'elle. Ce dernier ne perdit pas une seconde.

– Miranda Ochoa a été enlevée, dit-il. Je veux essayer de la retrouver.

Il lui fit le récit de ce qui s'était passé, concluant :

– Vous qui savez tout, comment trouver la planque de El Guapo ?

Ines de Castro alluma une cigarette, le front plissé.

– Moi je l'ignore, mais il y a un vieux reporter de faits divers qui connaît tout sur les voyous. Juan Paical. On va lui demander.

1. Vous êtes tout seul.

Ils découvrirent Juan Paical derrière un amoncellement de bouteilles de bière vides, au fond d'un petit bureau, aux trois quarts endormi. Un homme corpulent à l'allure négligée, avec de grosses lunettes d'écaille. Ines de Castro lui présenta Malko.

– Mon copain veut apprendre des choses sur El Guapo.

Le journaliste s'ébroua, eut un coup d'œil inquiet pour le plafond qui pouvait receler des micros et dit :

– Allons boire quelque chose dehors.

Ils ressortirent dans la moiteur de l'après-midi pour aboutir dans une cafétéria sans charme où Juan Paical commanda une énorme glace et un verre d'eau, tandis qu'Ines prenait son éternel Cointreau sur un lit de glace.

– Que voulez-vous savoir ? demanda-t-il.

– Tout.

L'autre eut un sourire ironique.

– C'est un voyou, un maquereau et un tueur.

– C'est aussi l'ami du général Coiba, remarqua Malko.

Le vieux journaliste jeta un regard inquiet autour de lui comme si on avait pu les entendre. Les grêlons d'une nouvelle averse tropicale tambourinaient sur le toit de tôle.

– Coiba a besoin d'hommes comme El Guapo pour les campagnes électorales et les expéditions punitives, dit le journaliste, mais il le méprise. El Guapo est une brute abominable. Vous savez pourquoi il a quitté la Colombie ?

– Racontez ! dit Malko, s'attendant au pire.

– Il avait promis à cinq contrebandiers d'émeraudes de les guider dans le Mato Grosso jusqu'à Guayaquil.

Il savait qu'ils avaient avalé des centaines de carats d'émeraudes. Il les a d'abord égorgés et ensuite dépecés pour récupérer les pierres qu'ils avaient dans l'estomac... Ici même, à Panama, il a éventré un jour d'un coup de machette une de ses putes qui refusait de travailler parce qu'elle était enceinte. Ensuite, il a pris l'enfant et il l'a haché sur un billot avant de le donner à manger aux cochons.

– Et personne n'a rien dit...

– Il est protégé. Tout le monde a peur de lui.

– Où habite-t-il ?

– Il a un bordel derrière le Parque Lefevre et son local d'incinération d'ordures en bas de l'avenue du 11-Octubre, mais sa tanière est hors de la ville, à la Playa Fanfun, après le pont des Amériques.

– Vous pouvez m'y conduire ?

Le journaliste tiqua.

– Maintenant ? J'ai du travail. On pourrait y aller demain.

– Maintenant, dit Malko.

Le vieux journaliste hésitait, visiblement pas chaud. Ines de Castro l'encouragea :

– Juan, c'est un ami.

Malko posa sur la table un billet de cinquante balboas.

– Je vous ramène ici ensuite, promit-il.

– *Bueno*, fit Juan Paical, *vamos*.

Il empocha le billet et ils coururent sous une pluie battante jusqu'à la voiture.

Avant le pont sur le canal, la route longeait une lagune bordée de vieilles maisons de bois où s'entassaient les plus riches parmi les pauvres de Panama.

Le quartier de El Chorrillo. De l'autre côté, c'étaient les collines boisées de Balboa.

– Il faut tourner tout de suite après le pont, dit le journaliste. À gauche.

Une route goudronnée s'enfonçait perpendiculairement à la route menant au Costa Rica, sinuant entre des collines couvertes de jungle, sans aucune habitation. Ils débouchèrent sur une vaste plage déserte qui se terminait à droite par une sorte de marécage où jouaient de superbes oiseaux blancs et à gauche par un chemin faisant le tour de la colline. En face d'eux, il y avait une baraque en bois, un bar-restaurant bâti au bord de la plage.

Pas un chat, sauf deux hommes en train de boire de la bière à la bouteille, les pieds dans l'eau.

Malko stoppa près de la guinguette. L'endroit était superbe. Au loin, on apercevait les navires ancrés dans la baie.

Juan Paical montra du doigt une maison rustique, à deux cents mètres, sur la gauche. Devant, il y avait une sorte de corral encombré de débris divers.

– C'est là-bas, dit-il. Personne ne vient le déranger ici. Je ne sais pas s'il s'y trouve en ce moment.

– On va voir ? proposa Malko.

Le journaliste fit la moue.

– Nous pouvons passer devant. Le chemin fait le tour de la colline et revient le long du canal. Mais ne vous arrêtez pas.

Malko repartit. La Toyota cahotait sur le chemin défoncé. Assis sur une carcasse de voiture, un homme très maigre, un chapeau de paille rejeté en arrière, était en train de lire un journal en face de la maison. Il jeta un regard distrait à la voiture et Malko photographia mentalement son visage émacié, mangé de barbe avec un menton pointu et des yeux de furet.

Il tourna la tête vers la cour et sentit les battements de son cœur s'accélérer.

Pendant quelques secondes, il eut le temps d'apercevoir la vieille Buick noire qui l'avait suivi, avec El Guapo au volant.

Il y avait donc de fortes chances que Miranda Ochoa ait été amenée là.

## CHAPITRE XII

Duncan O'Hara était en train de graisser consciencieusement les cartouches avant de les introduire dans le chargeur d'un riot-gun Beretta à répétition, une arme terrifiante capable de transformer un bœuf en charpie. L'Irlandais adressa un clin d'œil amusé à Malko.

– Ça me rappelle le bon vieux temps...

Ses gros doigts manipulaient les cartouches avec une dextérité infernale. Il scotcha deux chargeurs sur une mini-Uzi, vérifia un 357 Magnum et s'étira.

– Vous êtes certain de vouloir m'aider? demanda Malko.

O'Hara lui jeta un regard noir.

– Vous savez bien que les Irlandais sont fous. Et à Belfast, j'ai fait des trucs beaucoup plus dingues.

Malko avait raccompagné Ines de Castro et Juan Paical à *La Prensa* avant de retrouver Duncan O'Hara chez lui. Maintenant, chaque seconde comptait.

L'Irlandais entassa des munitions dans un sac de toile et mit dans un autre le riot-gun, l'Uzi, le 357 Magnum et un Herstall 225. Malko le suivit dans son garage. Il tira une bâche, découvrant une vieille Ford sans plaque.

– On prend celle-là, dit-il. Personne ne la connaît. Ensuite, on l'expédiera au Costa-Rica.

Le moteur tournait comme une horloge. Ils s'éloignèrent dans les petites avenues tranquilles de Altos del Golf, pour rejoindre l'Avenida Balboa.

– Je connais El Guapo de réputation, remarqua Duncan O'Hara. Lui et ses hommes sont des tueurs. Il faut frapper vite et fort. Vous y êtes prêt ?

– Absolument, dit Malko.

L'Irlandais soupira.

– J'espère qu'ils n'ont pas encore trop abîmé cette fille. Ce sont des sauvages...

Ils quittèrent Balboa pour le quartier populaire de Santa Ana qui grouillait d'animation avec des files de bus bourrés, des éventaires sur les trottoirs et les marchands de citrons ambulants à chaque coin de rue. De pauvres Cubains émigrés qui crevaient de faim entassés dans le bidonville de San Miquelito. Puis ce fut l'Avenida de Los Martyres, le pont des Amériques et la petite route sinueuse. Les deux hommes ne disaient plus rien. Ils débouchèrent enfin sur la Playa Fanfun déserte et se garèrent à côté de la baraque-restaurant.

– À cette heure-ci, il y a souvent des gens qui viennent prendre le frais ici, fit l'Irlandais. Ils ne se méfieront pas. C'est la maison là-bas ?

– Oui.

Il passa à l'arrière, ouvrit les sacs et disposa les armes, prêtes à servir, avant de les recouvrir d'une bâche.

– Vous êtes certain qu'elle est là ?

– Presque, dit Malko. La voiture d'El Guapo s'y trouve. C'est elle qui a servi au kidnapping.

O'Hara se mit à siffloter, glissant le 357 Magnum dans les plis de sa bedaine et rabattant sa chemise par-dessus.

– Je vais faire un tour, dit-il, vous m'attendez là.

Malko le regarda s'éloigner. Après le tumulte de Panama-City, c'était un paradis... Trois pélicans passèrent au-dessus de sa tête, volant lourdement et plongèrent pour raser les flots à la recherche de leur dîner. Il reporta son attention sur l'innocente construction en bois vers laquelle se dirigeait Duncan O'Hara.

El Guapo observait fixement la poitrine de Miranda Ochoa, la bouche sèche. Il n'en avait jamais vu d'aussi belle. Il frotta d'un revers de main son menton mal rasé et s'approcha de la jeune femme. Celle-ci, les prunelles dilatées, le cœur cognant dans sa poitrine, essaya de reculer, mais se heurta à la grosse table en bois qui occupait une partie de la pièce. Depuis l'irruption des deux hommes dans son appartement, elle avait l'impression de vivre un cauchemar. Ses poignets étaient attachés derrière son dos par une corde dont Luis, un des hommes de El Guapo, tenait l'autre extrémité. Comme la longe d'un animal.

Il régnait dans la baraque une chaleur poisseuse et lourde, à peine dissipée par la brise du Pacifique.

El Guapo fit encore un pas vers sa prisonnière, il tendit le bras droit vers elle et son index s'enfonça dans la chair ferme du sein droit de Miranda Ochoa.

– *Bueno, guapita*, fit-il de sa voix douce. Tu vas...

Miranda Ochoa poussa un hurlement, tordant tout son corps pour l'éviter. Le Colombien eut une grimace de rage. De la main gauche, il arracha le devant de la robe, découvrant les seins splendides, s'acharna sur le tissu, jusqu'à ce que les lambeaux pendent autour de la taille de la jeune femme. Il s'arrêta, un peu calmé, examinant sa proie avec un regard trouble. Miranda sanglotait, choquée. El Guapo la terrifiait.

– Tu sais que j'aurais volé pour toi, *guapita*, dit-il. Tu es vraiment une belle pute...

– Laissez-moi partir ! cria Miranda. Le général vous tuera tous...

El Guapo secoua la tête et dit d'un ton sentencieux :

– *El general*, que je respecte plus que mon âme, m'a donné des ordres, *guapita*. Je les exécute toujours...

Il se tourna, prit un téléphone posé à terre et le mit sur la table à côté de Miranda Ochoa.

– *Bueno*, tu connais le numéro de ton *novio, el periodista*... Alors tu l'appelles et tu lui dis que tu l'attends ici pour une partie de jambes en l'air...

Maintenant, elle comprenait pourquoi son amant l'avait fait enlever. Elle regarda le téléphone, luttant contre sa panique. Elle avait l'impression que son cœur allait passer à travers ses côtes... Si elle faisait tomber son éphémère amant dans ce guet-apens, El Guapo le torturerait jusqu'à ce qu'il avoue leur aventure... Lui mourrait sûrement et elle aussi probablement.

Elle se dit que Coiba tenait trop à elle pour la laisser assassiner, prit son souffle et dit :

– Je ne sais pas de quoi vous parlez.

À sa grande surprise, alors qu'elle se recroquevillait déjà en prévision de la réaction du Colombien, ce dernier demeura très calme, souriant même. Elle réalisa qu'il ne lui avait pas délié les poignets et qu'il s'attendait donc à sa réponse.

– *Bueno, bueno*, fit-il. Alors, tu es amoureuse... C'est ennuyeux. Le général m'a bien dit de ne pas t'abîmer, parce que tu es très belle... Mais en même temps, il voudrait bien que je bavarde avec ton *novio*. Parce que moi aussi, j'ai un compte à régler avec lui. Alors j'ai pensé à un petit truc pour te décider...

Derrière elle, Luis ricana servilement.

El Guapo sortit de sa poche quelque chose qui ressemblait à un anneau de rideau avec des poils. Il s'approcha et le promena sous les yeux de Miranda Ochoa.

– Tu sais ce que c'est ?

Elle le fixa à travers ses larmes. Cela ressemblait à un *guesquel*, une paupière de bouc que certains Indiens des Andes utilisent dans leurs ébats amoureux. Le frottement des cils contre les parois internes de la femme provoquant une excitation extraordinaire. Son regard fut intercepté par le Colombien.

– Ah, je vois que tu connais ! fit El Guapo avec un sourire salace. Mais ne te réjouis pas trop vite, *guapita*, celui-là n'est pas comme les autres...

Il passa l'anneau flexible autour de son pouce, avança la main et caressa la courbure d'un sein. Miranda Ochoa poussa un cri de douleur et de fines égratignures apparurent sur sa peau mate...

Le *guesquel*, au lieu de cils de bouc, était fait de minuscules fils métalliques.

– Alors, demanda le Colombien, tu veux téléphoner ? Ou tu préfères que je te fasse chanter un peu.

Miranda Ochoa eut un haut-le-cœur.

– Perro *inmundo !*

Elle ne pouvait pas obéir. Ce serait pire.

Le visage éclairé de joie, El Guapo ouvrit son

pantalon, exhibant un sexe déjà gonflé. Tandis qu'il enfilait le *guesquel* dessus, il lança à Miranda :

– Quand on avait des putes un peu paresseuses à Medellin, on les ramonait avec ça ; après, elles redemandaient des clients...

Il la regardait avec des yeux brillants de méchanceté et l'horreur la submergea...

Les yeux fixés sur ses seins nus, El Guapo commença à se masturber. Très vite, son sexe prit des proportions impressionnantes. Il respirait lourdement, le ventre en avant, tendu vers le plaisir sadique qu'il allait prendre. Miranda était fascinée par le membre énorme et rougeâtre autour duquel le *guesquel* formait une couronne d'acier. Elle supplia :

– *No ! Tien piedad !*

El Guapo fit un pas vers elle. De la main gauche, il releva sa jupe, dénudant son ventre et, de la droite, arracha le slip de nylon, le jetant derrière lui, découvrant la toison noire et brillante. Miranda, les reins cassés par le rebord de la table, ne pouvait plus reculer. Luis tira sur la longe et elle bascula sur le dos. D'un coup de genou brutal, El Guapo lui ouvrit les jambes. Arc-bouté contre elle, il se pencha, son sexe forçant déjà celui de sa victime. Miranda croisa son regard et comprit que même si elle acceptait de téléphoner maintenant, il lui ferait subir cette abomination.

– Tu vas céder, dit El Guapo, sinon je te ramonerai jusqu'à ce que tu n'aies plus un morceau de peau.

Son coup de reins se confondit avec le cri atroce de Miranda Ochoa... Il avait enfoncé dans son ventre la moitié de son sexe. Ses jambes battirent l'air, elle se mit à pousser des hurlements inhumains. Luis se précipita vers une radio qui se mit aussitôt à déverser des flots de salsa.

El Guapo, d'une seconde poussée, acheva de s'enfouir au fond de Miranda Ochoa. Il lui saisit les cuisses pour prendre un point d'appui et se mit à osciller d'avant en arrière au rythme de la musique, avec un sourire sadique.

Miranda Ochoa se tordait sur la table, le vagin déchiré par les pointes métalliques du *guesquel*, du sang commençait à suinter le long de ses cuisses. La bouche ouverte, elle hurlait sans interruption.

Le Colombien sentit le plaisir monter de ses reins et d'une terrible poussée, enfonça au maximum son instrument de torture, arrachant un cri déchirant à la jeune femme. Les mains sur les cuisses, il se vida en elle avec un râle de bien-être. En se retirant, il lui causa encore une douleur insupportable. Miranda Ochoa resta allongée sur la table, brisée, les cheveux collés au visage par la sueur et les larmes, le sang maculant ses cuisses. El Guapo se rajusta sommairement.

– *Bueno*, tu n'as pas envie de téléphoner maintenant ?

Comme inconsciente, folle de douleur, elle ne répondait pas, il la prit par les hanches et la retourna brutalement sur le ventre.

– Puisque tu ne veux pas, on va te le mettre de l'autre côté.

Luis, les yeux hors de la tête, contemplait la blessure rouge du sexe, la bouche sèche.

– *Como no !* croassa-t-il.

El Guapo lui tendit le *guesquel*.

– À ton tour.

Duncan O'Hara acheva de visser soigneusement un long silencieux noir sur un Herstall 225, fit monter une balle dans le canon et glissa l'arme sous sa chemise... Un peu de sueur perlait à ses tempes. Une mouette poussa un cri aigu. Le soleil tombait sur la plage déserte. L'Irlandais prit sur le plancher une bouteille de J & B, en but une longue gorgée et la reposa.

– Vous êtes OK ?

– Je suis prêt, dit Malko.

Après le retour de Duncan O'Hara de sa reconnaissance, ils avaient préparé leur assaut. Tout se jouerait sur la rapidité. Duncan O'Hara avait vu le guetteur sur la route, mais ils ignoraient combien d'hommes se trouvaient dans la baraque. Heureusement, l'endroit était désert et personne ne risquait d'intervenir. Pourvu que Miranda se trouve bien là... La voiture noire n'était pas une preuve absolue, mais il était obligé de prendre le risque.

Malko était rempli d'une froide détermination. La férocité avec laquelle les hommes de Coiba avaient massacré les *contras* ne laissait pas beaucoup d'illusion. Ce n'était pas la guerre en dentelles. Il se mit au volant et démarra lentement, Duncan O'Hara à côté de lui, le coude appuyé à la glace descendue, comme deux copains rentrant chez eux après avoir bu une bière à la Playa Fanfun... La baraque se trouvait à deux cents mètres. Quelques secondes...

Luis avait eu du mal à glisser le *guesquel* autour de son sexe tant celui-ci était gonflé. Il s'approcha de la jeune femme maintenue par El Guapo à plat ventre sur la table. Elle haletait, à demi inconsciente.

– Défonce-lui le cul ! ordonna le Colombien avec un sourire mauvais. Ça te changera de tes ânesses.

Une mauvaise habitude que Luis avait prise durant sa jeunesse en Colombie. Le sexe brûlant effleura les fesses rondes de Miranda qui, devant cette nouvelle attaque, poussa un cri étranglé. Luis se pencha, essayant de la violer, mais il était si excité qu'il explosa prématurément... Au même moment, la salsa stoppa, faisant place aux informations...

– *Disgraciado de mierda !* rugit El Guapo.

Il se rua sur Miranda Ochoa, lui ouvrant les reins de ses grosses mains rugueuses. Elle poussa un hurlement terrifié.

La Toyota arriva à la hauteur de l'homme aux yeux de furet, assis sur sa carcasse de voiture. Au même moment, un hurlement brisa le silence, venant de la baraque en bois. Le guetteur tourna la tête dans cette direction et ne vit même pas le bras tendu de Duncan O'Hara jaillir de la voiture, prolongé par le Herstall, à quelques centimètres de sa tête.

Cela fit « plouf » deux fois.

Le premier projectile pénétra dans son crâne près de la tempe, le second lui pulvérisa le bulbe rachidien.

Il tomba comme une masse, sans un cri. Duncan O'Hara jeta le pistolet sur la banquette, prit l'Uzi et sauta hors de la voiture, en même temps que Malko. L'Irlandais franchit le portail le premier. Il n'avait pas fait trois mètres qu'un cri retentit dans son dos.

– *He, hombre !*

Un homme se tenait dans la cour, dissimulé par le mur, invisible de l'extérieur. Il brandit un pistolet en direction de l'Irlandais, puis aperçut Malko et se retourna, prêt à tirer. Ce dernier appuya sur la détente du riot-gun. Il y eut une détonation assourdissante, une gerbe de feu, l'homme boula, le ventre troué, et s'effondra au milieu de la cour.

La porte de la baraque s'ouvrit à toute volée sur un malingre, tenant son pantalon de la main gauche et un gros revolver de la droite. Il n'eut pas le temps de s'en servir. Sans cesser de courir, Duncan O'Hara vida sur lui la moitié d'un chargeur d'Uzi. La gerbe mortelle partit à l'horizontale et l'homme laissa tomber son pantalon et son arme, avant de s'effondrer en travers de la porte.

Malko sauta par-dessus son corps inerte, pénétrant dans la baraque, le riot-gun à la hanche.

Son regard photographia Miranda Ochoa, à demi nue, allongée sur la table et une silhouette qui s'enfuyait par une porte de derrière. Le riot-gun tonna, pulvérisant une partie du battant. Malko courut à la porte, aperçut la silhouette énorme d'El Guapo en train d'escalader un talus. Le Colombien tira plusieurs coups de feu dans sa direction. Malko dut s'abriter et lorsqu'il progressa de nouveau, le Colombien avait disparu dans la jungle épaisse couvrant la colline. Il retourna à l'intérieur.

Duncan O'Hara était en train de détacher Miranda Ochoa. La jeune femme gémissait, pleurait, à demi inconsciente de douleur. Malko vit le sang sur ses cuisses et réprima une nausée. Il tendit le riot-gun à Duncan O'Hara et la prit dans ses bras.

– Vite, dit l'Irlandais. Il y a toujours des flics qui traînent là où il ne faut pas.

Ils traversèrent la cour en courant et Malko installa la jeune femme sur la banquette arrière avant de se remettre au volant. Trente secondes plus tard, ils quittaient la scène de l'affrontement. Malko reprit la route sinueuse menant au pont des Amériques, craignant de se perdre. Ils ne croisèrent aucun véhicule avant de regagner la route principale. Miranda Ochoa gémissait, recroquevillée sur le siège arrière. Duncan O'Hara lui jeta un coup d'œil inquiet.

– Elle n'a pas l'air bien...

– Vous connaissez un médecin ?

L'Irlandais hocha la tête.

– Trop dangereux. Il va la faire transporter dans un hôpital, et là...

– OK, dit Malko, je vais m'en occuper. Je vous laisserai chez vous.

La nuit tombait rapidement comme toujours sous les tropiques. Il mit la radio, au cas où il y aurait eu des nouvelles intéressantes, mais c'était les éternelles salsas.

Ils effectuèrent le transfert devant le garage de l'Irlandais et Malko repartit dans la Toyota, sous l'œil inquiet de Duncan O'Hara. Il fallait soigner Miranda Ochoa coûte que coûte. Le *Marriott* était exclu. On ne le laisserait pas entrer à Howard Air Force Base, il ne restait donc qu'une seule solution.

La Toyota acheva de grimper les lacets de La Cresta en faisant hurler ses pneus et s'arrêta devant la grille de la villa de Herbert Lawn. Malko descendit, sonna et appela dans l'Interphone. La grille télécommandée s'ouvrit quelques instants plus tard. L'Américain surgissait sur le perron lorsqu'il stoppa devant.

Le chef de station de la CIA jeta un coup d'œil dans la voiture et pâlit.

– Elle est...

– Non, dit Malko, mais sérieusement blessée. J'ignore le traitement qu'on lui a fait subir, mais cela me paraît particulièrement immonde.

Herbert Lawn lui adressa un regard admiratif.

– Alors, vous y êtes arrivé ! Vous avez le diable au corps. Vous vous rendez compte des problèmes qu'on va avoir...

– Aidez-moi, dit Malko.

Ils sortirent Miranda Ochoa de la Toyota et la transportèrent sur le divan, dans le living. Herbert Lawn était blanc comme un linge. Il disparut dans son bureau et revint quelques instants plus tard.

– Un médecin va arriver.

L'Américain alla se servir un J & B, le visage soucieux.

– Il y a eu de la casse ?

– Trois morts, annonça Malko. Des hommes de El Guapo.

– *Holy shit*, murmura l'Américain.

Malko ne répondit pas. Il imaginait sans peine la suite. Le général Coiba allait faire n'importe quoi pour remettre la main sur Miranda Ochoa et se venger de Malko.

– Restez avec Miss Ochoa, dit Herbert Lawn. Vous passerez la nuit tous les deux à Howard Base. Je vais rendre compte à Langley. Qu'on arrête une position. Si on ne met pas un terme à l'affrontement avec Coiba, cela risque de se terminer très mal. De toute façon, vous ne sortez plus de là-bas, tant que le problème n'est pas réglé. Je ne tiens pas à aller vous chercher à la morgue.

# CHAPITRE XIII

Malko fut réveillé par la lumière du jour. Dans le lit voisin, Miranda Ochoa dormait encore, abrutie par les calmants qu'on lui avait administrés. Le grondement d'un hélicoptère l'assourdit pendant un moment. Il se leva pour regarder à l'extérieur. La base de Howard était déjà en pleine activité.

Une ambulance militaire les y avait transportés la veille au soir, sur l'ordre de la CIA. Un médecin de l'Air Force avait donné des soins à Miranda Ochoa dont, heureusement, les blessures n'étaient pas graves. Elle en serait quitte pour une abstinence sexuelle de plusieurs semaines et des doses massives d'antibiotiques. Mais l'horreur persistait encore dans ses yeux quand elle avait perdu conscience. Malko alla prendre sa douche. On les avait installés dans un petit pavillon climatisé en bois, bâti un peu à l'écart, réservé en principe aux contagieux, en cas d'épidémie.

Lorsqu'il revint, Miranda avait les yeux ouverts. Son regard était encore halluciné.

– Où suis-je ? demanda-t-elle.

Malko le lui expliqua. Elle se mit à pleurer avec une grimace de douleur.

– J'ai mal ! Mon Dieu, quelle horreur ! Où sont ces hommes ?

– Ici, tu ne risques rien, dit Malko. Même le général Coiba ne viendra pas t'y chercher...

– Mais après, demanda Miranda. Où vais-je aller ? Que vais-je faire ? Il me fera tuer.

– On te fera partir aux États-Unis, dit Malko. Je vais aux nouvelles.

Il avait convenu avec Herbert Lawn de le retrouver directement au QG du Southland Command, ce qui lui évitait de se rendre en ville. La réaction du général Coiba risquait d'être violente...

Miranda Ochoa retint sa main et la serra très fort.

– Sans ton intervention, je ne sais pas ce qui serait arrivé, dit-elle. Ce sont des animaux sauvages... Quand je pense qu'Emiliano prétendait être amoureux de moi ! Et il a ordonné qu'on me fasse ces horreurs ! Je vais être mutilée pour la vie...

– Mais non, dit Malko. Dans quelques semaines, il n'y aura plus de trace. Le médecin l'a affirmé.

Miranda secoua la tête.

– Il y en aura toujours dans ma tête.

Elle se remit à pleurer et Malko sortit. Le soleil le frappa comme un coup de poing. Sa voiture était brûlante, un vrai four. Il sortit de la base vérifiant qu'aucune voiture suspecte n'était embusquée dans les parages. Sur le côté de la route, les marchands de souvenirs offraient toujours leurs tapisseries érotiques et leurs T-shirts. Peu de circulation sur la Panaméricaine. Il franchit le pont des Amériques et tourna aussitôt à droite pour rejoindre les pelouses impeccables du Southland Command.

Un Marine veillait à l'entrée de la maison du général Mc Auliffe et le fit entrer dans la véranda. Il lui apporta les journaux du jour et annonça :

– Mr Lawn sera un peu en retard. Voulez-vous un café ?

Malko accepta de grand cœur et ouvrit *La Prensa*. En première page s'étalait le corps de l'homme qu'il avait tué. Le photographe avait écarté ses vêtements afin qu'on distingue bien l'épouvantable blessure causée par le riot-gun... Malko en eut la nausée. Où l'entraînait son métier ! Il fallait vraiment que ce fût pour sauver une innocente... Il parcourut l'article. La police croyait à un règlement de comptes entre *narcotraficantes* colombiens, à cause de la sauvagerie de l'attaque.

Le propriétaire de la maison, Gustavo Cholez, dit « El Guapo », était introuvable. Les trois morts étaient des repris de justice colombiens connus de la police. L'un avait été déjà jugé pour meurtre et était recherché en Colombie.

Malko referma le journal.

La censure avait bien joué. Pas un mot de Miranda Ochoa. Mais le général Coiba ne devait se faire aucune illusion. Malko pensa soudain à Ines de Castro. Pourvu qu'il ne lui soit rien arrivé. Il alla dans l'entrée et composa son numéro. Elle répondit tout de suite, avec son « allô » agressif.

– C'est moi, dit Malko. Je voulais prendre de vos nouvelles.

– Ah, j'étais inquiète ! J'ai lu le journal.

– C'est grâce à vous.

– Et...

Il savait ce qu'elle voulait dire. Sa jalousie ne désarmait pas.

– Elle s'en remettra, dit Malko, mais c'était assez horrible.

– Où êtes-vous ?

– Je ne peux pas vous le dire pour le moment. Je vous rappelle.

Il venait d'entendre une voiture. Il raccrocha et se trouva nez à nez avec Herbert Lawn, impeccable dans un costume clair, cravaté, très élégant, mais l'air épuisé. Il jeta son porte-documents sur un fauteuil d'osier et se laissa tomber sur un autre.

– Ça y est ! annonça-t-il. Nous avons fait la paix !

– C'est-à-dire ?

L'Américain but une gorgée de café froid avant de répondre.

– J'ai échangé des messages avec Langley une partie de la nuit, après vous avoir mis en sûreté. On a réveillé le QG. J'ai eu pour instruction d'arrêter le carnage coûte que coûte. Grâce à un médiateur, j'ai été reçu ce matin à huit heures par le général Coiba... En tête à tête. Nous nous sommes expliqués. Il m'a juré de nouveau qu'il n'avait jamais ordonné le meurtre de Julio Chavarria.

– Il ment.

L'Américain eut un geste fataliste.

– Sûrement, mais peu importe. Chavarria est mort et cela ne le ressuscitera pas. Nous avons ensuite parlé de vous.

– Je m'en doute.

– Il m'a semblé plus furieux de l'infidélité de sa maîtresse que de votre action d'hier soir. Il s'est engagé à ce qu'il n'y ait pas d'enquête qui puisse nous embarrasser.

– Et la tentative de meurtre contre lui ?

– J'ai admis que nous avions peut-être réagi trop violemment, mais que c'était une page tournée.

– Bref, dit Malko, en dépit de trois massacres et d'une douzaine de morts, heureusement subalternes, sans oublier ce que l'on a fait subir à Miranda Ochoa – tout baigne, si j'ose m'exprimer ainsi.

L'Américain ne releva pas l'ironie.

– Le général Coiba m'a affirmé que son soutien aux USA ne faiblirait pas, continua Herbert Lawn, imperturbable, et qu'il se considérait comme notre meilleur allié dans la région. De mon côté, je lui ai promis que les « dirty tricks [1] » étaient terminés et lui ai transmis une invitation au Pentagone pour la fin de l'année...

Comme quoi les petits meurtres entretiennent l'amitié. Malko était trop habitué au monde parallèle pour se formaliser de ce happy end. D'autant qu'il n'avait pas démérité...

– Bref, conclut-il, votre projet de remplacer Coiba par Santo Domingo tombe à l'eau.

– Hélas, soupira Herbert Lawn, cette crapule de Coiba va continuer à s'enrichir de la drogue et à vendre nos petits secrets aux Cubains avec notre bénédiction, et je suis obligé d'annoncer à Santo Domingo que nous le laissons tomber. Je l'ai convoqué.

– Il va être déçu.

L'Américain eut un geste d'impuissance.

– Nous avons enterré la hache de guerre...

1. Coups tordus.

Ils entendirent un bruit de voiture.

– Tiens, le voilà, fit le chef de station.

L'officier panaméen monta les marches de la véranda, le visage fermé. Visiblement, il était déjà au courant de la réconciliation. La poignée de main avec Herbert Lawn fut plus que froide. Il s'assit avec une raideur ostensible dans un fauteuil d'osier et attaqua d'emblée :

– Je sais que vous avez rencontré le général Coiba ce matin, dit-il. J'espère que cela a été positif...

Il avait appuyé sur le dernier mot.

– En un sens, fit l'Américain.

Posément, il développa son argumentation. Par moments, le colonel Santo Domingo lissait sa moustache distraitement. Son regard était absolument inexpressif. Quand Herbert Lawn eut terminé, il dit simplement :

– Il ne tiendra pas sa promesse. Vous ne connaissez pas Coiba. Il se vengera. Peut-être même contre vous.

Son index vengeur désignait le chef de poste. Ce dernier s'extirpa un sourire un peu grinçant.

– Je pense que non, dit-il, mais ce changement ne modifie en rien l'estime que j'ai pour vous. Et rien ne dit que dans quelque temps...

Santo Domingo se leva brusquement comme s'il était assis sur une punaise et dit d'une voix glaciale :

– J'espère que personne ne saura jamais la nature exacte de nos relations passées.

Silence de mort. Un ange passa, les ailes dégoulinantes de sang. Herbert Lawn se gratta la gorge, le colonel Santo Domingo consulta sa montre et tendit la main à l'Américain.

– *Hasta luego, Señor Lawn.*

Il salua Malko d'un signe de tête et dégringola les marches de bois pour s'engouffrer dans sa voiture.

– Vous ne vous êtes pas fait un ami, remarqua Malko.

L'Américain eut une mimique désabusée.

– Je suis fonctionnaire, je ne peux pas désobéir aux ordres de ma Centrale. D'autant que cette opération a cafouillé et que j'en porte la responsabilité... Dommage. Santo Domingo a une autre classe que cette brute de Coiba. Quand je pense à la façon dont on a traité Miranda Ochoa...

– J'imagine que mon séjour à Panama va s'écourter, avança Malko.

– Vous êtes booké sur le vol de Miami demain, dit l'Américain. Avec, ensuite, un vol Air France sans escale sur Paris. À moins que vous ne préfériez aller récupérer à Mexico l'Air France Mexico-Houston-Paris. Le général Coiba a réclamé que vous quittiez le pays le plus vite possible et vous demande vivement de ne pas y revenir. C'est la règle du jeu...

Après toutes ces émotions, Malko avait envie de se détendre. *La Siesta* à St Martin lui semblait parfaite pour un week-end d'amoureux avec la volcanique Ines. De là, il pourrait reprendre un 747 d'Air France sur Paris.

– Je passerai par Miami, dit-il.

– Vous avez été formidable, enchaîna le chef de station de sa voix rocailleuse. Je ferai un compte rendu extrêmement élogieux... Maintenant, je n'ai plus qu'une corvée pour boucler cette malheureuse affaire.

– Laquelle ?

– Prévenir la veuve de Julio Chavarria que les États-Unis ont provisoirement renoncé à venger son mari. Pas vraiment drôle.

– Voulez-vous que je m'acquitte de ce pensum ? suggéra Malko. Je n'ai plus rien à faire à Panama-City.

La pulpeuse veuve l'avait intrigué depuis leur première rencontre. L'idée de la revoir n'était pas pour lui déplaire. Même en mission officielle.

L'Américain ne dissimula pas son soulagement.

– Vraiment ? Vous voudriez ? Soyez diplomate. Expliquez-lui que les intérêts supérieurs de notre pays sont en jeu.

– J'essaierai, promit Malko.

Il nota le numéro de téléphone, connaissant déjà l'adresse. Herbert Lawn lui serra longuement la main.

– Je vous accompagnerai à l'avion demain.

Malko s'éloigna, roulant lentement, méditant sur les méandres de la politique. Les états étaient vraiment des monstres froids. Que deviendrait Miranda Ochoa ? Au mieux, elle serait vendeuse à Miami, au pire call-girl. Sa vie était fichue. À cause de la CIA et de lui. Il se sentait affreusement coupable.

Le numéro d'Angelina Chavarria mit longtemps à répondre. Malko se recommanda d'Herbert Lawn et la veuve, froide au début, s'humanisa.

– Venez demain prendre le thé..., proposa-t-elle.

Son avion était dans la soirée. Il aurait le temps. Il accepta, regrettant de ne pas la voir le soir même. Après les horreurs des derniers jours, il espérait une compensation... Il n'y avait plus qu'à organiser son dîner. Il appela Duncan O'Hara et l'invita, fit de même avec Ines puis retint une table pour trois au

*Bistrot* avant de se plonger dans la lecture de *Times Magazine*. Se disant que ce soir, il ferait probablement l'amour pour la dernière fois avec la brûlante Ines de Castro.

La nuit tomba rapidement. Il se sentait bizarre, frustré par cette étrange fin de mission.

Le téléphone sonna.

– C'est moi, annonça Ines. Je suis en bas.

– Vous ne voulez pas monter ?

– Non, je vous attends au bar.

Une foule bruyante emplissait le bar. Ines de Castro, un grand sac en bandoulière, son corps nerveux moulé dans une robe de jersey hypercollant, était cernée par plusieurs machos, juchée sur un tabouret. Elle se laissa glisser à terre et dit simplement :

– On y va ?

Il l'embrassa dans le cou et s'aperçut qu'elle s'était arrosée de parfum.

Dans la voiture, il posa une main sur le genou gainé de nylon et elle le laissa remonter, puis referma brutalement ses cuisses.

– Vous voulez savoir si j'ai une culotte ?

– Non, fit-il, si vous avez encore envie de moi...

Sans répondre, elle alluma une cigarette et le guida tandis qu'il essayait de retrouver la villa de Duncan dans le dédale des petites rues de Altos del Golf. Brusquement, elle se pencha et mit la tête sur son épaule.

– Pardonnez-moi, dit-elle, je suis idiote, mais cela me rend folle que vous ayez risqué votre vie pour sauver cette grande pute de Miranda Ochoa.

Encore une adorable piquée... Il s'arrêta et l'embrassa. Elle se coula aussitôt contre lui à la façon d'un serpent, haletante.

– J'ai envie de faire l'amour, murmura-t-elle.

La Toyota Crown ne s'y prêtait pas vraiment... Pourtant, il arriva à l'installer sur lui et il pénétra d'un coup son ventre. Ce qui déclencha une jouissance violente et répétée. Ses jambes cognaient le tableau de bord, le nœud de ses cheveux tomba et elle finit par se raidir pour un ultime orgasme.

Ils étaient un peu essoufflés quand ils stoppèrent devant la villa de Duncan O'Hara. Ines de Castro remit sa barrette, tira sur sa robe et s'accrocha au bras de Malko.

La chaleur moite ressemblait toujours à un sauna. La voiture de l'Irlandais était garée devant la maison. Malko sonna et attendit. Pas de réponse. Il y avait pourtant de la lumière... Il devait être ivre mort. Il frappa et pensa enfin à tourner la poignée de la porte qui s'ouvrit sans difficulté.

Un flot d'adrénaline envahit ses artères. Cela ne collait pas avec la prudence habituelle de l'Irlandais. Il pénétra dans le hall d'entrée sombre et Ines remarqua :

– Ça sent une drôle d'odeur.

Malko buta sur un obstacle et trouva à tâtons le commutateur. Le hurlement d'Ines le prit de court. Chupita, la petite Indienne, était couchée sur le dos, avec un grand trou noirâtre dans le front.

– Reculez, dit Malko.

Il n'avait même pas pris le Beretta 92. D'après Herbert Lawn, la guerre était finie... Ines de Castro fixait le cadavre, livide. Sa main plongea dans son grand sac et ressortit avec un gros revolver Taurus, qu'elle tendit à Malko. Ce dernier prit l'arme et avança dans le couloir, enjambant le cadavre.

– Duncan ?

Duncan O'Hara ne pouvait plus répondre. Il était affalé dans son fauteuil, la main gauche à quelques centimètres d'une bouteille de Gaston de Lagrange, la tête sur la poitrine. Sa chemise n'était plus qu'un plastron sanglant. L'Irlandais avait reçu tout un chargeur dans le ventre et la poitrine. Le sang était à peine sec. Mort sur le coup.

Malko passa dans le bureau. L'armoire blindée n'avait pas été fracturée. On n'avait rien touché. C'était une exécution... Ines regardait autour d'elle, livide. Elle tira Malko par la manche.

– Partons, partons.

Ils ressortirent, sans un mot. Malko avait encore dans les oreilles les mots d'Herbert Lawn : la paix. C'était la guerre que le général Coiba venait de déclarer à nouveau. Si Duncan O'Hara avait été abattu, lui était le suivant.

## CHAPITRE XIV

Malko redescendit les avenues sinueuses et sombres, le cerveau en ébullition, l'estomac retourné. L'odeur aigre-douce de la mort le poursuivait. On replongeait dans l'horreur. À côté de lui, Ines de Castro alluma nerveusement une cigarette.

– Qu'est-ce qu'on fait ? demanda-t-elle.

– Je dois prévenir quelqu'un immédiatement, dit Malko. Le meurtre de Duncan remet tout en cause. Veux-tu m'attendre à l'hôtel ?

– Si tu veux.

Il dévala la Via Porras et la déposa devant le *Marriott* en lui donnant la clef de sa chambre. Avant de le quitter, elle prit le Taurus dans son sac et le posa sur la banquette.

– Garde ça.

– Pourquoi as-tu une arme ?

Elle eut un sourire crispé.

– C'est le général Coiba qui me l'a donnée. Un jour où je faisais un reportage sur une cargaison d'armes saisies. Je lui avais dit que j'avais peur de me faire attaquer, le soir, quand je sortais de *La Prensa*...

Sachant que le chef de station travaillait tard, Malko prit l'Avenida Brasil, en direction de l'ambassade US. Il avait hâte d'apprendre à Herbert Lawn comment le général Coiba tenait ses promesses...

Heureusement que Miranda Ochoa se trouvait en sécurité à Howard Air Force Base.

– C'est un épouvantable salaud ! Il va nous le payer.

La voix grave et rocailleuse du chef de station de la CIA tremblait de fureur. Comme Malko l'avait prévu, il se trouvait encore à son bureau. Le *special agent* de la DEA, Patrick Stephens, les avait rejoints. Fou de rage lui aussi.

– Cela fait des années que je préconise l'élimination de Coiba, renchérit-il.

– Duncan était un type fantastique, fit Herbert Lawn. Je ne me consolerai pas de sa mort. Il a fait un boulot superbe pour nos *contras*. Quand je pense à ce que me disait Coiba ce matin même...

– Cela ne serait pas une vengeance isolée de ce Colombien, El Guapo ? interrogea Malko. Il a pu reconnaître Duncan hier soir.

– Impossible, dit l'Américain. El Guapo ne tuerait pas un étranger sans ordre. Ce n'est qu'un homme de main.

– Est-ce que cela modifie votre attitude officiellement envers Coiba ?

Herbert Lawn et le *special agent* de la DEA échangèrent un regard et l'homme de la CIA laissa tomber :

– Je vais faire tout ce qui est en mon pouvoir pour faire revenir Langley sur sa décision, affirma Lawn. J'envoie dès ce soir un compte rendu en proposant de reprendre notre projet initial. Sous une forme différente mais avec la même finalité.

– Vous pouvez compter sur moi, ajouta le *special agent* de la DEA. Ce salaud m'empêche de dormir.

– Bien, dit Malko, j'ai laissé Ines de Castro au *Marriott*. J'y retourne.

L'Américain lui lança un coup d'œil aigu.

– Faites attention. Vous avez déjà El Guapo aux trousses. J'ai l'impression que cette journaliste vous aime bien. Bruce pourrait en prendre ombrage.

Malko se permit un sourire.

– J'aime vivre dangereusement.

Allongée sur le lit, Ines de Castro regardait Canal Quatre.

– Alors ? demanda-t-elle.

– Alors, rien, dit Malko. On demande leur avis aux bureaucrates.

Il n'avait plus faim. Il ouvrit sa valise, y prit le Beretta 92 et rendit son Taurus à Ines.

– Fais attention, recommanda-t-il. Si El Guapo apprend que tu m'as aidé...

Elle secoua la tête.

– El Guapo, ce n'est rien, c'est Coiba qui compte.

Ils restèrent devant la télé, ruminant leurs sombres pensées. Jusqu'à ce qu'Ines s'ébroue et dise :

– Il faut que j'aille au journal faire un papier sur Duncan.

– Tu reviens ?

– Je ne sais pas, je suis trop fatiguée...

Lorsque Malko se réveilla, Ines de Castro n'était pas revenue. Il était onze heures, il faisait exceptionnellement beau et c'était sa dernière journée à Panama.

Il prit *La Prensa* glissée sous sa porte. Le cadavre de Duncan O'Hara était à la une, accompagnée d'un long article relatant le meurtre et le liant aux trafics d'armes. Comme toujours, la Guardia et le G2 promettaient une prompte arrestation des coupables... Après s'être préparé, il glissa le Beretta 92 dans sa ceinture, bien décidé à ne pas partager son sort.

La visite à la veuve de Julio Chavarria était le seul événement qui puisse lui réserver une bonne surprise.

Ines appela, proposant de le retrouver à l'hôtel en fin de journée.

L'infirme dans sa chaise roulante qui hantait la Calle Jean XXIII se précipita, brandissant ses citrons. Malko lui donna un balboa et l'autre se confondit en remerciements.

– Que Dieu vous garde, Señor !

Au premier coup de sonnette, la porte s'ouvrit sur Angelina Chavarria. Malko sentit son ventre s'embraser d'un coup. La veuve était maquillée comme pour le tournage d'un film, avec une bouche dessinée au pinceau, les yeux soulignés de noir, les cheveux cascadant sur les épaules. Un chemisier en dentelle noire dissimulait à peine deux seins volumineux qui se passaient très bien de soutien-gorge. Une jupe qui semblait cousue sur elle découvrait des jambes gainées de nylon noir.

Angelina Chavarria abandonna à Malko une main parfumée.

– Je suis contente de vous revoir, Señor. J'espère que vous avez de bonnes nouvelles...

Ils gagnèrent un petit living aux murs tapissés de posters politiques et de photos. Un plateau de thé était préparé sur une table basse. Le canapé était si exigu qu'ils se touchaient presque, mais Angelina Chavarria garda les yeux modestement baissés pendant que Malko lui donnait toutes les mauvaises raisons pour lesquelles la CIA avait renoncé à assassiner le général Coiba.

Quand il eut terminé, elle poussa un profond soupir.

– El Viejo est trop fort, même pour les Américains. Mon mari me le disait toujours.

Elle tamponna symboliquement ses yeux d'un petit mouchoir brodé. L'atmosphère était irréelle. Malko regarda sa poitrine qui se soulevait sous la dentelle. Une femme aussi appétissante ne demeurerait pas longtemps sans homme.

Le silence se prolongeait. Il n'avait absolument plus rien à lui dire et n'avait pourtant pas la moindre envie de s'en aller. Passé la porte, il avait peu de chance de revoir jamais la pulpeuse Angelina.

Curieusement, elle ne semblait pas non plus décidée à le chasser. Pourtant, elle finit par se lever et il l'imita.

– J'aurais aimé vous apporter de meilleures nouvelles, dit-il.

Angelina hocha la tête et des larmes apparurent dans ses grands yeux noirs.

– Je sais, dit-elle. Je vous remercie. (Elle renifla un peu.) Je me sens si seule, j'ai l'impression que tout le monde m'a oubliée.

Tout à coup, elle tituba comme si elle allait se trouver mal, et instinctivement Malko la retint.

Aussitôt, elle se réfugia dans ses bras, la tête sur son épaule.

– Je suis si triste, pardonnez-moi, murmura-t-elle.

Malko était d'autant plus prêt à lui pardonner que des seins d'une fermeté admirable s'écrasaient contre sa chemise de voile. Les pointes dures s'enfonçaient comme deux crayons dans sa poitrine, lui causant un trouble qui allait difficilement échapper à la veuve.

Ils demeurèrent ainsi quelques instants sans se parler, Malko retenant son souffle pour ne pas rompre le charme. Le bassin d'Angelina était encore éloigné du sien. Il passa une main autour de sa taille et, doucement, elle vint s'appuyer contre lui, n'ignorant plus son état. Il s'attendait à ce qu'elle s'écarte pudiquement. Il lui semblait au contraire que le contact de son désir ne lui était pas désagréable. Angelina était bien ce qu'il avait pensé dès le départ : une éblouissante salope tropicale.

Toujours sans rien dire, il caressa ses hanches, descendit, sentant plus bas les contours d'une jarretelle sous la jupe étroite.

Elle faisait toujours semblant de ne s'apercevoir de rien. S'enhardissant, il glissa la main entre leurs deux corps, effleurant son mont de Vénus. D'abord, elle creusa les reins, venant à sa rencontre puis s'écarta brusquement.

– Mon Dieu, qu'est-ce que vous allez penser de moi ? murmura-t-elle. Il faut vous en aller maintenant.

Elle le fixait, le regard trouble, la bouche entrouverte, les seins pointés sur lui, se soulevant rapidement. Il en avait le ventre en feu. Ses mains partirent à l'attaque de ses seins, les emprisonnèrent à travers la dentelle. Ils étaient lourds et fermes, avec des pointes hyper-développées.

Malko se pencha pour l'embrasser, mais elle détourna la tête.

– Non, vous allez me démaquiller. J'attends quelqu'un.

Et en plus, allumeuse.

Il renonça à son baiser, s'attaquant aux boutons du chemisier. Malko la reprit par les hanches avec la ferme intention de la culbuter sur le petit canapé. Elle essaya de se dégager mais il la coinça contre le mur. Elle haletait, encore plus excitante, les yeux brillants, dépoitraillée, tout son gros chagrin envolé par miracle.

– Je vous veux, dit-il. Maintenant.

Elle baissa les yeux.

– Non, vous dites des bêtises.

Il eut l'impression que son regard baissé s'assurait de son désir, ce qui l'excita encore plus.

– Je crois que je vais vous violer, dit-il.

Elle laissa échapper un gros soupir.

– Bon, je veux bien flirter un peu avec vous, mais pas ici...

– Où ? À mon hôtel ?

Elle poussa un petit rire horrifié.

– Vous n'y pensez pas. Personne ne doit savoir.

– Où, alors ?

Dans l'état où il se trouvait, il aurait accepté n'importe quoi. Angelina Chavarria était un superbe prix de consolation pour une mission avortée.

– Une de mes amies est en voyage, je vais arroser ses fleurs tous les jours. Si vous voulez m'y rejoindre. Dans... une heure ?

Malko la dévisagea, rempli de méfiance.

– Vous viendrez ?

– Je vous le jure. C'est l'Edificio Bali, sur la Via Porras. Vous entrerez par le parking. L'appartement est au sixième, numéro 62. Maintenant, partez, quelqu'un va venir.

Elle le poussait littéralement dehors.

Malko se retrouva dans la Calle Jean XXIII, fou de désir. Si Ines le voyait...

Euphorique, il retourna au *Marriott*, ne voulant pas tourner en rond dans Panama-City pendant une heure. Le téléphone sonna au moment où il allait repartir.

– Je peux venir te dire au revoir ?

La voix d'Ines de Castro.

Douloureux dilemme.

– J'ai quelqu'un à voir, dit-il. Veux-tu dans deux heures ici ?

– Très bien, dit-elle, d'un ton sec.

Elle raccrocha avant de lui laisser le temps de préciser. Il se sentait un peu honteux. Ines s'était finalement révélée sa plus précieuse collaboratrice à Panama-City en dépit de son caractère exclusif. Mais la perspective de s'offrir la superbe Angelina lui donnait des ailes. Il redescendit et se mit en route sans se presser vers l'Edificio Bali. Il fit le tour du building, trouva le parking et s'y engouffra.

Il se gara près de l'ascenseur et descendit. Il eut le temps de faire trois mètres. Au moment où il contournait un pilier de ciment, un coup violent le frappa à la nuque. Un voile noir passa devant ses yeux et il tomba comme une masse.

Ines de Castro se trouvait dans le lobby du *Marriott* lorsqu'elle avait appelé Malko. Elle raccrocha, folle de frustration et de jalousie. Elle s'était habillée, parfumée, parée pour cette dernière étreinte ! Quelque chose lui disait qu'il avait menti. Elle allait s'éloigner lorsqu'elle le vit sortir de l'ascenseur.

Il se dirigea vers le parking. Sa propre voiture était devant l'hôtel, ce qui lui permit de rester dans son sillage. Il remonta le chemin, rattrapant la Calle 50, tourna à droite, puis à gauche au feu clignotant.

Où allait-il ?

Elle le vit disparaître dans le parking de l'Edificio Bali. Furieuse, elle fila jusqu'à la Via España. Une queue interminable de véhicules attendait au feu. Excédée d'avance, Ines effectua un demi-tour, redescendant la Via Porras. Machinalement, elle tourna la tête vers l'Edificio Bali en passant devant et manqua renverser un piéton.

La Toyota Crown de Malko était en train d'émerger du parking, mais ce n'était pas lui qui conduisait !

Elle s'arrêta derrière au feu de la Calle 50, le cœur battant la chamade.

Qu'était-il arrivé à Malko ? Le conducteur de sa voiture était jeune, avec une face plate de Colombien et un T-shirt jaune. Il continua tout droit et entra dans le parking du *Marriott*. Il y gara la Toyota et partit tranquillement à pied, traversant le lobby et l'hôtel. Ines planta là sa voiture et le suivit. Pour le retrouver à un arrêt de bus en face de l'Atlapa.

De plus en plus intriguée et inquiète, elle récupéra son véhicule et fit le tour. L'inconnu monta dans un vieux bus qui filait vers Panama Viejo. Il descendit un kilomètre plus loin et continua à pied l'avenue du 11-Octubre, pour s'engouffrer dans une cour encombrée de vieilles voitures et de bennes à ordures.

Ines de Castro passa devant, étreinte par l'angoisse, sa jalousie totalement évanouie. Cela ne ressemblait pas du tout à un rendez-vous galant.

Malko fut réveillé par une chaleur insupportable. Son dos le brûlait. Il ouvrit les yeux et découvrit un hangar au toit de tôle ondulée. Il était allongé sur le sol, les chevilles et les poignets entravés. Sa tête lui faisait horriblement mal et il avait de la peine à rassembler ses pensées. Il roula sur lui-même afin de s'éloigner de la source de chaleur qu'il devinait et aperçut un énorme incinérateur sur un socle de béton, relié par des tuyauteries à une chaudière à gaz. Devant, un tapis roulant permettait de faire glisser dans sa gueule les objets à brûler.

Un homme s'affairait autour, torse nu, en short. Il fit basculer la porte de l'incinérateur en pesant sur un levier, inspecta l'intérieur et referma. Il se dirigea alors vers une porte vitrée, l'ouvrit et cria :

– *Bueno !*

Il revint vers Malko, le prit par ses liens et commença à le tirer vers le tapis roulant. Il essaya alors de le soulever pour le mettre dessus, mais n'y parvint pas. Malko voyait son visage indifférent, crispé par l'effort.

Finalement, il le laissa retomber et lui donna un coup de pied de dépit.

Malko qui était en train de se demander pourquoi Angelina Chavarria l'avait envoyé dans un guet-apens, fut submergé par une vague de panique viscérale, comprenant ce qu'on allait lui faire subir. Au même moment, la porte vitrée s'ouvrit sur la moustache d'El Guapo, le Colombien.

Ce dernier arriva sans se presser jusqu'à Malko. Ses petits yeux enfoncés brillaient de méchanceté.

– *Bueno, hombre !* fit-il. Cette fois on va se quitter pour de bon.

D'un effort de tous ses muscles, il hissa Malko sur le tapis roulant. Il fit un signe de tête à l'homme torse nu, qui pesa sur le levier commandant la porte de l'incinérateur. Celle-ci se souleva et une vague d'air brûlant enveloppa Malko.

El Guapo se pencha sur lui, le visage luisant de sueur et lança d'une voix amusée :

– *Adios, gringo !*

Le cerveau de Malko se vida. On allait tout simplement le jeter vivant dans l'incinérateur !

# CHAPITRE XV

Ines de Castro serra les dents et braqua son volant, entrant dans la cour encombrée de carcasses de voiture. Son cœur cognait contre ses côtes et son chemisier était collé à son dos par la sueur.

À la cabine téléphonique du haut de l'avenue, elle avait tenté de joindre Bruce Gonzales mais il était absent de son bureau. Quelque chose lui disait que ce n'était pas le moment d'hésiter. Elle arrêta sa voiture tout près de l'entrée du bâtiment, juste en face d'une porte où un écriteau annonçait : *Entrada prohibida*.

Ses nerfs la poussèrent hors de sa voiture, son sac en bandoulière. Il lui fallut rassembler tout son courage : ses jambes se dérobaient sous elle. Adressant mentalement une prière au ciel, elle ouvrit la porte.

Elle s'arrêta net, freinée par l'abominable chaleur qui régnait dans le hangar. Son regard parcourut les lieux et elle poussa une exclamation horrifiée.

Elle n'avait jamais vu El Guapo en chair et en os mais elle devina que c'était le géant debout à côté du tapis roulant de l'incinérateur.

Par contre, elle identifia Malko sans mal, les pieds

à un mètre de la gueule rougeoyante d'où jaillissaient quelques flammèches et un ronflement sinistre...

El Guapo aperçut Ines immobile sur le pas de la porte et explosa de fureur :

– *Hija de puta !*

Il se tourna vers le gringalet torse nu et hurla :

– Attrape-la !

Son complice lâcha le levier commandant la porte de l'incinérateur, celle-ci se referma, ramenée vers le bas par son contrepoids. Le pouce d'El Guapo qui allait déclencher le tapis roulant s'immobilisa. Avec un cri de fureur, le Colombien se précipita pour rouvrir la porte, la bloquant cette fois en position haute.

Le gringalet saisit le bras gauche d'Ines et la tira vers l'incinérateur, sans s'assurer qu'elle était inoffensive. Il ne vit même pas la main droite de la jeune femme sortir de son sac, armée de son Taurus. L'extrémité du canon était à quelques centimètres de son torse lorsqu'elle appuya sur la détente. La détonation fut en partie étouffée par le ronflement du four, mais le gringalet ouvrit la bouche, comme pour chercher de l'air, fixa d'abord la jeune femme, puis le trou dans sa poitrine d'où le sang commençait à suinter et sentit ses jambes se dérober sous lui.

Sa main droite partit vers la gorge de la jeune femme pour l'étrangler. Folle de terreur, elle tira. Pour la seconde fois la balle pénétra en plein cœur. Le gringalet eut un hoquet, ses yeux devinrent vitreux et il tomba à genoux.

El Guapo n'y attacha aucune attention. D'un bond, il contourna le tapis roulant, l'incinérateur de nouveau ouvert et, cette fois, son pouce écrasa le bouton rouge commandant le tapis qui se mit en marche avec une petite secousse.

Juste au moment où Malko, d'un effort désespéré, parvenait à rouler sur lui-même et à retomber par terre !

El Guapo hésita une fraction de seconde. Puis, se disant que Malko ne pouvait guère s'évader, il se rua en avant, droit sur Ines, ivre de rage. La jeune femme leva le bras droit comme un automate. Son index se crispa sur la détente et le Taurus se mit à cracher tout son barillet.

Chacun des projectiles fit mouche. Le géant s'arrêta d'abord, avec une grimace de douleur, puis recula, poussé par les balles qui s'enfonçaient dans son torse puissant. Il était déjà presque mort quand ses reins heurtèrent le tapis roulant en marche. Il se sentit attiré en arrière, poussa un hurlement dément et la dernière balle du Taurus le fit basculer sur le rouleau métallique. De guingois sur le tapis, il tenta désespérément de s'en arracher, mais les forces lui manquaient.

Sa tête fut avalée la première dans la gueule de l'incinérateur et son cri atroce s'interrompit net, tandis que le reste de son corps disparaissait à l'intérieur. Il y eut un « vlouf » sinistre, une gerbe de flammes déborda à l'extérieur et le ronflement augmenta soudain.

Tétanisée, Ines de Castro laissa retomber son bras, lâcha le Taurus et se mit à hurler, en pleine crise de nerfs.

Puis un jet de bile jaillit de sa bouche et elle se tordit en avant, vomissant tout ce qu'elle avait dans l'estomac.

Ses mains tremblaient tellement qu'il fallut à Ines plusieurs minutes pour libérer Malko. La gueule ouverte de l'incinérateur transformait toujours le hangar en antichambre de l'enfer. Malko se releva, encore sous le choc, glacé intérieurement. Rarement il avait frôlé la mort d'aussi près. Et quelle mort...

– Tu as été formidable, fit-il.

Il entraîna Ines de Castro à l'extérieur. Jamais il ne se sentit si heureux de voir le ciel.

La jeune femme balbutia :

– Conduis, je ne peux pas.

Pendant le trajet jusqu'au *Marriott* elle ne cessa de pleurer nerveusement, racontant ce qui s'était passé.

Malko alla directement dans sa chambre et se jeta sous une douche. Il regarda sa Seiko-Quartz : moins d'une heure s'était écoulée depuis qu'il avait quitté l'hôtel pour se rendre au rendez-vous de la veuve... Une vague de fureur le submergea et il se rhabilla.

– Où vas-tu ? demanda-t-elle. Reste avec moi.

– J'ai un compte à régler. Enferme-toi et n'ouvre à personne. Même pas à la femme de chambre.

– Mais où vas-tu ? insista-t-elle. Je veux venir avec toi.

– Tu en as assez fait pour aujourd'hui.

Inutile de lui parler d'Angelina Chavarria.

Malko se sentait un bloc de glace. Comme Ines le lui avait dit, il trouva sa voiture au parking, la clef dessus. Le Beretta 92 était toujours sous le siège où il l'avait laissé pendant sa visite à Angelina. Il fit monter une balle dans le canon et mit en route.

La Calle Jean XXIII était d'un calme vaticanesque. Malko gara sa voiture au coin de l'Avenida Italia et glissa dans sa ceinture le Beretta 92. Les flammes de l'incinérateur prêtes à le dévorer dansaient encore devant ses yeux. En face d'Ines, il avait fait bonne figure, mais l'horreur lui tenaillait toujours le ventre.

Au moment où il approchait de la maison d'Angelina Chavarria, il entendit un sifflement léger et s'immobilisa, la main sur la crosse du Beretta.

L'infirme dans sa chaise roulante jaillit de la pénombre. Il retint Malko par la manche.

– Señor ! N'y allez pas tout de suite !

Malko le regarda, étonné.

– Pourquoi ?

– La Señora a un visiteur, expliqua l'infirme. Celui qui vient régulièrement. Il est là depuis une heure déjà, il ne va pas tarder à partir...

– Pourquoi me dites-vous cela ?

L'autre sourit dans sa moustache.

– Chaque fois que vous venez, Señor, vous me donnez un balboa. Lui, il me chasse et il a menacé de me faire jeter dans la mer. C'est un homme puissant et dangereux. Il me fait peur.

– Tu le connais ?

– *Como no !* C'est un colonel de la Guardia.

Malko dissimula sa surprise. Ainsi la veuve inconsolable ne l'était pas vraiment. Et son amant était justement un colonel de la Guardia... Ce pouvait être plus qu'une coïncidence...

Il fit demi-tour et regagna sa voiture après avoir donné un billet de cinq balboas à l'infirme. Immobile dans le noir, il se mit à réfléchir. Soudain, les événements des dernières vingt-quatre heures prenaient un éclairage différent.

Vingt minutes plus tard, une silhouette émergea de

la maison de la veuve et s'éloigna à pied. Malko se précipita. Il fallait que la veuve pense que c'était son visiteur qui revenait... Il sonna, le cœur battant. La porte s'ouvrit immédiatement... Les traits d'Angelina Chavarria se décomposèrent devant le Beretta braqué à quelques centimètres de sa somptueuse poitrine. Elle eut un cri étouffé et tenta de refermer le battant.

Malko la repoussa sans douceur à l'intérieur.

Elle avait troqué sa tenue de vamp contre un peignoir de soie rouge, bien qu'elle ait gardé ses bas et ses escarpins. Elle recula jusqu'au mur, la bouche tirée vers le bas, le menton tremblant.

– Alors, dit Malko, vous avez dignement fêté ma disparition avec le colonel Santo Domingo...

Angelina le regarda comme si c'était le diable. Il la repoussa dans le living, la fit tomber sur le canapé et posa sur son front le canon du Beretta, relevant le chien extérieur.

– Maintenant, dit-il, je veux la vérité ou je vous fais sauter la tête.

– Non, non, ne me tuez pas ! balbutia-t-elle. Je vous en prie.

Ses bras entourèrent les hanches de Malko et elle leva un regard implorant.

– On a voulu me mettre vivant dans un incinérateur..., insista-t-il.

– Non ! Non ! Ce n'est pas vrai.

Elle avait crié et à l'horreur dans ses yeux, il réalisa qu'elle ne connaissait sans doute pas tous les détails de l'opération.

– *Tien piedad ! Tien piedad !* gémit-elle. Je ne savais pas.

– Vous mentez, dit Malko. Dites-moi la vérité.

Pourquoi cette comédie pour m'envoyer au massacre ?

Son visage était déformé par la peur.

– Mais ce n'était pas une comédie, vous me plaisiez...

– Ne jouez pas sur les mots, fit sèchement Malko. Vous saviez bien que vous ne viendriez pas à ce rendez-vous... Qui vous a soufflé cela ?

Silence. Il la sentait trembler contre lui.

– Santo Domingo ?

Elle inclina la tête affirmativement.

Ainsi, le colonel de la Guardia, amant secret d'Angelina, c'était bien lui.

– Pourquoi ?

– Je l'ignore.

– Comment savait-il que je venais ?

– Je le lui ai dit.

Des larmes se mirent à ruisseler sur son visage. Tout son corps était secoué par les sanglots. Malko écarta le pistolet, perplexe. Elle paraissait sincèrement bouleversée, mais après la comédie qu'elle lui avait jouée...

– Depuis un mois, je ne dors plus, gémit-elle. Je me dis que c'est à cause de moi que...

La suite se perdit dans ses pleurs. Malko attendit qu'elle se calme un peu puis demanda, encore incrédule :

– Vous avez aidé à faire assassiner votre mari ?

Angelina Chavarria releva la tête avec un cri sauvage.

– Non, je le jure ! Je ne savais pas !

– Quoi ?

Elle se prit la tête à deux mains, ses longs cheveux lui cachant le visage, et continua à mots hachés :

– Santo Domingo et moi, cela faisait longtemps... J'étais très amoureuse de lui. Mon mari ne s'occupait pas de moi. Il ne pensait qu'à la politique, à ses recherches. Ignacio m'a fait la cour. Il m'a demandé un jour de le rejoindre en Colombie...

– À Barranquilla, observa Malko.

Elle sursauta.

– Comment savez-vous cela ?

– Peu importe. Continuez.

– Il s'est révélé un amant extraordinaire. Je suis tombée folle amoureuse, dit-elle, mais ensuite c'était très difficile parce que Panama-City est une toute petite ville. Nous nous sommes vus en cachette, mais je rêvais d'autre chose. Pour que nous puissions nous retrouver. J'ai dit à mes amis que j'allais une semaine à Cuba. Cela a été comme un voyage de noces. Merveilleux, il était aux petits soins...

– Et où vous trouviez-vous, en réalité ?

Angelina lui jeta un regard étonné.

– Mais, à Cuba bien sûr. Ignacio m'avait rejointe en passant par le Mexique...

Malko n'insista pas, intrigué pourtant. Cuba n'était pas vraiment l'endroit rêvé pour une lune de miel. Et le colonel Santo Domingo devait y être mal vu, comme sympathisant des Américains. Bizarre...

– Personne n'a été au courant de son passage à Cuba ?

– Personne.

– Et ensuite ?

– Nous avons continué à nous voir en cachette. Je le prévenais dès que mon mari partait en voyage.

Lorsqu'il a été au Costa Rica, la dernière fois, Santo Domingo m'a posé des questions sur son heure de retour, son itinéraire. Je lui ai dit tout ce que je savais. Je pensais que c'était seulement pour nous organiser...

Ses pleurs redoublèrent. Entre deux sanglots, elle parvint à dire :

– Je me souviendrai toute ma vie de cette soirée. Ignacio est arrivé à trois heures de l'après-midi. Nous avons fait l'amour et la sieste. Ensuite, je l'ai pressé de partir parce que mon mari allait arriver. Il m'a dit que Julio aurait sûrement du retard, que nous étions tranquilles. Je ne l'ai pas cru, je l'ai forcé à s'en aller... Et puis, deux jours plus tard, j'ai appris ce qui était arrivé...

« J'étais horrifiée... Quand Ignacio est revenu me voir deux jours plus tard en pleine nuit parce que les journalistes assiégeaient ma maison, je l'ai questionné.

« Il m'a alors avoué cyniquement qu'il avait organisé le meurtre de mon mari pour le compte d'El Viejo, le général Coiba.

– Et vous avez continué à être sa maîtresse ?

Angelina Chavarria renifla.

– J'étais la seule à savoir à quelle heure Julio prenait la route. Je lui avais fait sa réservation sur l'avion de David, Ignacio a menacée de révéler que j'étais la complice des meurtriers. Sous la peur, j'ai cédé et continué à le voir.

Cette fois, il était patent qu'elle disait la vérité. Qui ouvrait de curieux horizons...

L'image du colonel Santo Domingo en prenait un coup.

Son premier mensonge : prétendre avoir voulu

empêcher le meurtre de Julio Chavarria. Il semblait au contraire y avoir participé de façon active.

Et maintenant, l'assassinat de Duncan O'Hara et la tentative effectuée sur Malko, à première vue tous deux imputables au général Coiba.

– Et pour moi ? demanda Malko. Comment cela s'est-il passé ?

Angelina renifla de nouveau. Depuis que le pistolet s'était éloigné de son front, elle reprenait un peu du poil de la bête.

– Je lui ai appris que j'allais recevoir votre visite, hier soir, quand il est venu me voir. Sur le moment, il n'a pas réagi. Puis, ce matin, il est repassé pour me dire ce qu'il attendait de moi. Il fallait que je vous donne l'impression d'avoir été séduite et que je vous envoie dans un endroit qu'il m'a indiqué...

– Il vous a précisé que c'était pour m'y assassiner ?

– Non, non ! Il a prétendu que El Viejo voulait vous donner une leçon parce que vous aviez des agissements qui le gênaient.

Évidemment.

Le silence retomba, troublé seulement par les reniflements d'Angelina, effondrée sur le divan. Le peignoir de soie s'était entrouvert, révélant un bout de poitrine et le haut d'une cuisse, au-dessus du bas.

Malko regretta soudain qu'El Guapo ait été avalé par l'incinérateur. Il aurait pu apporter des précisions intéressantes sur un certain nombre de choses.

Il essaya de faire le point. En dépit du danger, il n'avait tout à coup plus la moindre envie de quitter Panama.

Lorsque Ignacio Santo Domingo était venu chez la veuve, il ne pouvait savoir que Malko avait échappé à l'incinérateur. Au mieux, il allait l'apprendre maintenant.

– Où allait Santo Domingo en vous quittant ? demanda-t-il.

– À la Guardia, comme tous les soirs, dit-elle. Il a une réunion quotidienne, pendant près de deux heures. Quelquefois, il revient me voir après...

Dans deux heures, le colonel risquait d'être au courant. Malko essaya de se mettre dans la peau de l'officier panaméen. Dès qu'il apprendrait que Malko était vivant, il foncerait chez Angelina, complice de son crime, se disant que la première visite de Malko serait pour elle.

Pour l'éliminer ou la mettre à l'abri ?

Il pencha plutôt pour la seconde solution. Le colonel de la Guardia, d'une part, semblait sérieusement amoureux de la jeune veuve, et, d'autre part, assez sûr de lui pour la tenir. Il regarda sa montre : sept heures. Il avait encore le temps. Depuis le début de cette histoire, il prenait des coups. Même la libération de Miranda Ochoa n'avait été qu'une réaction. Il en avait assez. Maintenant il allait attaquer, prendre enfin l'initiative.

Le pistolet pendait toujours au bout de son bras. Il le releva avec l'intention de le mettre dans sa ceinture. Angelina se méprit sur son geste et poussa un cri terrifié.

– Non ! *Tien piedad !* Ne me tuez pas !

De nouveau, elle l'entoura de ses bras, se frottant à lui, son peignoir acheva de s'ouvrir, révélant son corps épanoui. Sa bouche se colla à son ventre comme si elle voulait l'aspirer à travers son pantalon. Son premier réflexe fut de la repousser, sans illusion sur cette passion subite... Puis, le spectacle des longues jambes gainées de nylon noir, de ce visage bestialement sensuel l'enflamma. Il se dit que ce n'était que justice. Elle essayait de payer sa dette avec ce qu'elle avait. Il se laissa faire.

Fébrilement, elle le libéra, le cajolant, le malaxant avec une dextérité respectueuse et efficace, poussant des soupirs, appuyant ses seins contre lui. Sa langue l'agaçait à petits coups, timidement presque. Une vestale.

Enfin, elle prit son membre dans sa bouche, comme on reçoit la communion. Religieusement, tandis que ses mains dansaient un ballet endiablé tout autour, l'amenant tout près du plaisir. Agenouillée sur le canapé, elle ne semblait penser qu'à cela. Elle releva la tête pour lancer d'une voix rauque, volontairement vulgaire :

– Tu grossis dans ma bouche, tu vas m'étouffer...

Il ne voulait pas jouir de cette façon. Il la tira en arrière par ses longs cheveux noirs, s'arrachant de sa bouche et la fit mettre debout.

Aussitôt le peignoir défait glissa de ses épaules, la laissant uniquement vêtue de ses bas. Sans un mot, il la retourna et elle s'agenouilla docilement sur le canapé.

Tout son corps tressauta lorsqu'elle comprit ce qu'il cherchait, mais elle n'essaya pas de se dérober, les mains accrochées au dossier du canapé. Il se projeta en avant de tout son poids, violant d'un coup l'ouverture de ses reins. Angelina poussa un hurlement de douleur, comme il s'enfonçait en elle de toute sa longueur, continuant à gémir pendant ce viol mérité. Mais peu à peu, ses soupirs changèrent d'intonation, et quand il explosa enfin en elle, ses reins ondulaient sous ses coups de butoir. Lorsqu'il l'abandonna, elle dit seulement :

– Tu m'as fait très mal.

Malko se demanda en cet instant si elle se trouvait quitte... Elle allait avoir une mauvaise surprise. Lorsqu'il ressortit de la salle de bains, elle avait ramassé son peignoir et l'attendait, sagement assise sur le canapé, le visage encore ravagé, les yeux bouffis de larmes. Il s'installa à côté d'elle.

– Sais-tu ce qui se passera si tu parles de ma visite à Santo Domingo ? demanda-t-il.

– Je ne lui dirai rien, promit-elle.

Habituée à la double vie, cela ne lui coûterait guère. Mais il tint à enfoncer le clou.

– Angelina, dit-il, si jamais ton amant, Santo Domingo, apprenait que tu m'as parlé, tu finirais comme ton mari.

Elle se décomposa.

– Je te jure, je ne dirai rien, promit-elle. Mais j'ai peur. J'ai envie de me sauver...

– Surtout pas, dit Malko. Il y a mieux à faire. Veux-tu m'aider à venger ton mari ?

– *Como no !*

– Alors, fais ce que je te dis. À mon avis, Santo Domingo va te mettre à l'abri pour que je ne puisse pas te retrouver. Il se doute bien que tu es la première personne que je vais tenter de joindre. Il faut que je sache où tu te trouves. Afin de pouvoir te protéger le cas échéant. Appelle-moi, dès demain matin, à mon hôtel. D'une cabine publique. Et dis-moi ce qui se passe.

– *Bueno.*

Elle demeura accrochée à son bras jusqu'à la porte, puis se colla à lui de tout son corps.

– Je te demande pardon pour ce que j'ai fait, murmura-t-elle. Je te jure que je ne savais pas...

Malko plongea dans la nuit tiède, regagna sa voiture, salué au passage par l'infirme. Il avait raté son avion, mais il se dit qu'il ne quitterait pas le Panama avant d'avoir rendu la monnaie de sa pièce au colonel Santo Domingo.

Partager les faveurs de la sulfureuse Angelina n'était vraiment qu'un hors-d'œuvre.

# CHAPITRE XVI

Miranda Ochoa avait une drôle d'expression lorsque Malko pénétra dans sa chambre.

– Qu'y a-t-il ? demanda-t-il.

Elle eut un sourire un peu contraint.

– D'abord, je pensais que tu avais quitté le Panama sans même me dire au revoir. Et puis...

Elle s'arrêta et des larmes perlèrent dans ses grands yeux qu'elle essuya rapidement.

– J'étais trop mal pour tout comprendre quand tu es venue m'arracher à cette brute d'El Guapo. Depuis, j'ai réfléchi et j'ai découvert pourquoi tu voulais tellement me connaître. Tu travailles avec ceux qui ont voulu tuer Emiliano.

Malko ouvrit la bouche, mais elle continua.

– Oh, je ne t'en veux pas. Surtout maintenant que je sais de quoi il est capable. Mais j'étais un peu triste. Parce que moi, j'étais vraiment tombée amoureuse de toi. Je dois être trop naïve. Toi, tu m'utilisais.

– Les choses ne sont pas aussi simples, dit Malko. Tu as raison sur le début. Ensuite, moi aussi, je suis tombé amoureux.

Elle eut un petit haussement d'épaules fataliste.

– Ça ne fait rien. C'était merveilleux quand nous avons fait l'amour. Mais qui es-tu vraiment ?

– Peu importe, dit Malko.

– Maintenant, tu vas repartir, disparaître...

– Non, dit-il. Pas tout de suite.

Le visage de la jeune femme s'éclaira :

– Tu restes ! À cause de moi ?

– Pas entièrement, avoua-t-il.

Il s'assit près de son lit et lui raconta sa dernière mésaventure. Le sang se retira du visage de l'ex-Miss Panama.

– C'est sûrement ce qu'Emiliano avait l'intention de me faire subir, murmura-t-elle. C'est horrible.

– Il n'est pas seul, remarqua Malko. Santo Domingo semble aussi dangereux que lui. Que sais-tu à son sujet ?

– Emiliano a une confiance totale en lui. C'est Santo Domingo qui se charge de toutes les affaires « réservées », des choses qu'il ne veut pas faire traiter par le G2. Les intimidations ou les exécutions d'opposants, les magouilles, les trafics.

– Le Colombien, celui qu'on appelait El Guapo, obéissait à Santo Domingo ?

– Bien sûr, approuva Miranda Ochoa. Coiba est trop puissant pour se mêler directement à ces basses besognes. Il donne ses ordres par l'intermédiaire de Santo Domingo.

– Comme pour l'exécution de Julio Chavarria ?

– Ah non, là, il était furieux ! J'étais avec lui quand on lui a appris que Chavarria avait été tué. Il est entré dans une colère terrible, prétendant qu'on l'avait mal compris, que c'était une faute énorme, que les Américains allaient être furieux. Chavarria l'agaçait, mais ne pouvait pas vraiment mettre son pouvoir en danger.

Malko enregistrait chaque mot.

– Tu es certaine de ce que tu dis ? demanda-t-il, stupéfait. Coiba ne voulait pas qu'on assassine Julio Chavarria ?

– Absolument, fit Miranda. Il était si contrarié que nous n'avons même pas fait l'amour. Il est reparti à son bureau.

Donc, le colonel Santo Domingo avait également menti à sa maîtresse, la femme de Chavarria. Ce qui ouvrait bien des horizons, puisque ce meurtre avait déclenché la vindicte des Américains contre Coiba.

Pourquoi Santo Domingo avait-il fait du zèle ?

Malko commençait à entrevoir les véritables lignes de force d'une lutte féroce pour le pouvoir. Miranda Ochoa n'avait aucune raison de mentir. Et si Santo Domingo avait manipulé Coiba dans l'histoire Chavarria, rien n'empêchait qu'il ait fait de même pour Duncan O'Hara et Malko.

– Donc, insista-t-il, El Guapo obéissait indifféremment à Coiba ou à Santo Domingo ?

– *Claro que si !*

– Il ne vérifiait pas qui donnait les ordres.

– Impossible, fit Miranda. Il n'avait pas accès à Coiba.

Un ange passa, effaré de tant de turpitudes. Une chose paraissait certaine. Le colonel Santo Domingo, le chéri de la CIA, semblait au centre des derniers événements...

– En dehors de ces affaires politiques, demanda

Malko, il y a d'autres liens entre Coiba et Santo Domingo ?

Miranda Ochoa marqua une petite hésitation avant de répondre :

– Oui. Ils exploitent ensemble un laboratoire de transformation de « pasta basica » en cocaïne.

De mieux en mieux... Décidément, la CIA avait vraiment misé sur le bon cheval...

– Tu en es certaine ?

– Oui, j'ai écouté des conversations téléphoniques.

– Où se trouve ce laboratoire ? À Panama-City ?

– Non, quelque part dans le Darien. Ils ont un autre associé, Virgilio Zuniga, qui leur procure l'éther nécessaire à la transformation.

– Qui est-ce ?

– Un commerçant de la *zona franca* de Colon.

– Politiquement, il est où ?

Miranda sourit en frottant son pouce contre son index.

– Politiquement, il est pour le balboa...

– Tu le connais personnellement ?

– Non.

– Comment pourrais-je entrer en contact avec lui ?

Miranda lui adressa un regard effrayé.

– Il ne parlera pas. Les Américains avaient essayé d'intervenir. Emiliano a lancé une opération militaire avec la Fuerza Especial Antinarcotrafico pour leur faire plaisir. Mais il a prévenu ses amis avant. Les soldats n'ont trouvé que des fûts vides d'acide chlorhydrique et d'éther. Zuniga est un homme dangereux et il dispose de la protection de la Guardia. Ne te frotte pas à lui.

– Merci, dit Malko. Je vais continuer mon enquête.

Des larmes envahirent de nouveau les yeux de Miranda Ochoa.

– J'ai peur, j'ai mal et je m'ennuie, dit-elle. Tu reviendras ?

– Promis, fit Malko.

Elle l'attira contre elle, jusqu'à ce que leurs lèvres se touchent pour un baiser qui se prolongea longtemps. Puis, Miranda prit la main de Malko, la glissa sous le drap et la posa sur sa poitrine.

– J'espère que tu resteras assez longtemps encore à Panama pour que nous puissions refaire l'amour.

– J'espère aussi, fit-il. Je reviendrai demain. Ici, tu ne risques rien.

***

Il était tard, mais Bruce Gonzales était encore à son bureau, seul. Il se leva et étreignit Malko.

– Ines vient de m'appeler. Quelle histoire ! Je ne comprends pas pourquoi Coiba s'acharne ainsi... Il va finir par énerver les Américains pour de bon...

– Ce n'est pas Coiba, dit Malko.

Il lui raconta l'épisode de la veuve. Le Panaméen tomba des nues.

– Pourquoi Santo Domingo veut-il vous tuer ?

– Je n'en sais encore rien, dit Malko, mais j'ai bien l'intention de le découvrir. Vous connaissez un certain Virgilio Zuniga ?

– *Claro que si* Pourquoi ?

– Que fait-il ?

– Il est dans le *narcotrafico* jusqu'au cou. C'est lui qui achète à l'extérieur des milliers de kilos d'acide chlorhydrique et d'éther pour transformer la cocaïne base ; on dit aussi qu'il contrôle un labo clandestin. C'est dans la zone où il n'y a pas de route, vers la Colombie. Il faudrait beaucoup d'hélicoptères.

– Et où va la drogue ensuite ?

Le Panaméen eut un geste évasif.

– Il paraît qu'elle est transportée par hélicoptère ou en avion jusqu'à l'Ile de Coco, dans la baie de Panama. Là, des bateaux viennent la chercher et partent dans les Caraïbes. Mais il ne faut pas toucher à cela, c'est très dangereux, plus que la politique.

– Vous n'avez jamais entendu dire que Santo Domingo était associé à cette affaire ?

– Non.

– Vous pourriez me faire entrer en contact avec ce Virgilio Zuniga ?

Le *stringer* de la CIA lui jeta un regard embarrassé et soupira :

– Écoutez, j'aime bien le Señor Lawn et je lui rends service chaque fois que je peux. On sait que je suis du côté des Américains, mais ici, au Panama, on est tolérant sur la politique. Nous sommes un petit pays. Seulement, les *narcotraficantes*, ce n'est pas la même chose. Là, je ne peux pas. Si je vous mène à Virgilio et qu'il y ait un problème ensuite, je suis mort. Ils m'enverront des tueurs colombiens, demain ou dans trois mois, ils tueront toute ma famille jusqu'au chien... C'est leur méthode pour punir ceux qui parlent trop.

– Bien, dit Malko, je comprends.

Il quitta le Panaméen un peu amer. Il se heurtait au mur d'acier des narcodollars, élément incontournable de l'Amérique latine. Si la puissante DEA s'y cassait les dents, ce n'était pas pour rien... Il avait hâte de retrouver Herbert Lawn pour lui faire part des événements des dernières heures, mais avant, il voulait recueillir un maximum d'informations.

Inès bondit vers lui comme un chat sauvage dès qu'il entra dans la chambre.

– Où étais-tu passé ! J'étais folle d'inquiétude. Elle s'était confectionné un Cointreau géant avec toutes les bouteilles du mini-bar et Malko le termina. La saveur suave et glacée lui fit du bien.

– J'ai essayé de savoir qui a voulu me tuer tout à l'heure, expliqua-t-il.

Il lui raconta ses deux visites, en omettant certains détails.

Le visage de la journaliste se rembrunit instantanément.

– Décidément, tu préfères les salopes, même quand elles essaient de te faire assassiner !

– Est-ce que tu connais Virgilio Zuniga ? demanda Malko pour détourner l'orage.

– Zuniga ? Ce porc ! J'ai écrit vingt papiers sur lui ! À cause de la drogue.

– Sais-tu s'il est lié à Santo Domingo ?

– Non. Pourquoi ?

– Je voudrais le rencontrer.

– La dernière fois que je l'ai vu, fit-elle, il m'a menacée de me faire jeter dans un bassin plein de requins, si je continuais à écrire dans *La Prensa* qu'il était un *narcotraficante*...

Évidemment, plus efficace qu'un procès en diffamation...

– Donc, c'est râpé.

– Il a tellement envie de me sauter qu'il acceptera

de me recevoir, corrigea-t-elle. Seulement, il ne te dira rien.

– Je sais, dit Malko. Ça ne fait rien...

Son idée était de faire la « chèvre ». Si Zuniga le voyait débarquer, il préviendrait ses amis qui risquaient de réagir et de se démasquer.

– Je repars, dit-il.

Inès de Castro poussa un hurlement.

– Non, tu restes ! Tu te rends compte de ce que j'ai fait ! J'ai tué deux hommes pour toi ! J'en ai mal partout, ça me brûle à l'intérieur.

– Je reviens très vite, promit Malko.

Il dut s'arracher aux bras d'Ines pour quitter la chambre, poussé par une énergie farouche. Impossible de chasser de sa mémoire la vision de la gueule rougeoyante de l'incinérateur... Dehors, le ciel s'était éclairci et la température était merveilleusement douce. Il respira profondément. C'était grisant d'être vivant ! Au loin, les tours de Punta Paitilla donnaient un air de fête à Panama-City avec leurs centaines de fenêtres éclairées.

Herbert Lawn allait tomber des nues.

Le chef de la station de la CIA n'en crut pas ses yeux.

– Vous n'êtes pas parti ? Qu'est-ce qui se passe ? J'ai appelé au *Marriott* pour vous dire au revoir et vous apprendre une bonne nouvelle.

– Laquelle ?

– Langley m'a répondu en fin d'après-midi. Le DG a eu une réunion de deux heures avec le National Security Council. Il les a convaincus de revenir à notre ligne originelle, en ce qui concerne Coiba ! Ce pauvre Duncan ne sera pas mort pour rien... Ils ont convenu qu'un homme qui reniait sa parole avec tant de cynisme ne pouvait être un partenaire valable. Dans les années qui viennent, le Panama va constituer un des objectifs essentiels des marxistes dans la région.

Stupéfié par cette nouvelle volte-face de l'administration US, Malko suivit l'Américain et s'assit sur le canapé du living, là où on avait étendu Miranda Ochoa deux jours plus tôt.

– Ce qui signifie ? demanda-t-il.

– Le colonel Santo Domingo sort d'ici. Je l'ai convaincu de participer directement à la mise à l'écart définitive du général Coiba.

Décidément, les hauts fonctionnaires ne pouvaient pas s'empêcher d'utiliser le jargon administratif. Malko sentit la tête lui tourner. Les choses allaient trop vite. Il eut chaud soudain, comme si sa peau avait conservé la brûlure de l'incinérateur.

– Comment a réagi Santo Domingo ?

Herbert Lawn eut un rire rocailleux et grave.

– Étonné, mais fou de joie.

Ainsi le colonel Santo Domingo redevenait le candidat officiel des Américains qui ignoraient encore ses turpitudes. À cette heure-ci, il devait savoir que Malko était vivant. Donc, à ses yeux, le plus urgent était de faire disparaître Angelina Chavarria qui le reliait à la tentative de meurtre. Sans elle, la piste s'arrêtait net et tout le monde continuerait à soupçonner le général Coiba. El Guapo mort, il n'y avait plus personne pour accuser le colonel Santo Domingo.

Bien entendu, Coiba allait nier mais personne ne le croirait.

Diabolique.

– Mais qu'est-ce que vous avez ? demanda l'Américain. D'où sortez-vous ?

Malko le regarda bien en face.

– Des feux de l'enfer, dit-il. Où m'avait jeté votre douce veuve.

Depuis longtemps, il n'avait pas vu un visage se décomposer ainsi, au fur et à mesure de son récit. Herbert Lawn était hagard. Il alluma une cigarette d'une main mal assurée.

– Ce que vous me dites est effroyable, fit-il, la voix blanche. Si vous avez raison, Santo Domingo est pire que Coiba. C'est donc lui qui aurait construit toute une machination pour nous dresser contre lui et prendre sa place.

– En gros, c'est ça, admit Malko. Mais il faut creuser le problème. Nous pouvons découvrir d'autres choses.

L'Américain tourna vers lui un regard pathétique.

– Je ne peux pas dire ça à Langley ! Vous êtes certain de ce que vous avancez ?

Malko le regarda froidement.

– Normalement, je ne devrais pas être ici. Ma voiture serait dans le parking de l'hôtel. On aurait pu vérifier que j'avais quitté la maison d'Angelina Chavarria sain et sauf. Je n'avais parlé à personne de ce rendez-vous. Donc, vous auriez été le premier à penser à une action du général Coiba. Ce qui aurait encore accru votre désir de le remplacer à la tête du pays.

Herbert Lawn demeura silencieux. Ce raisonnement était imparable. Il semblait totalement déstabilisé et

Malko ne voulut pas abuser de son désarroi. Le chef de station jouait son poste et il en était conscient.

– Que comptez-vous faire ? demanda l'Américain.

– Vous aider, dit Malko.

– Comment ?

– Regardons les choses en face. Votre problème est de mettre à la tête de ce pays un homme dont vous soyez relativement sûr, non ?

– Correct.

– Bien. Vous donniez la préférence à Santo Domingo et vous découvrez qu'il a les mêmes défauts que Coiba. Cela ne change pas fondamentalement le problème. C'est échanger une crapule neuve contre une vieille crapule.

– Où voulez-vous en venir ?

– À ceci, dit Malko. Si cette histoire n'était qu'une manip de Santo Domingo pour piquer la tirelire à Coiba, ce ne serait pas bien grave. Vous arriveriez à le tenir, comme vous teniez Coiba.

« Seulement, je me demande si cette manip n'en cache pas une autre, plus vicieuse et plus dangereuse pour vous.

Herbert Lawn fronça les sourcils.

– Expliquez-vous.

– C'est trop tôt, dit Malko. Je n'ai encore qu'un fragile indice et un sentiment diffus. Mais, si vous êtes d'accord, j'ai l'intention de creuser un peu.

L'Américain se gratta la tête, l'air perplexe. Malko avait l'impression qu'il mourait d'envie de poser une question, mais ne pouvait s'y résoudre, de peur d'obtenir une réponse dérangeante.

– OK, fit-il d'un ton un peu trop dégagé. Faisons comme cela. Je vais officiellement protester auprès du général Coiba pour la tentative de meurtre dont vous avez été victime. Sans mentionner Angelina Chavarria, bien entendu.

– J'aimerais revoir votre ami de la DEA, Patrick Stephens, dit Malko. Il va peut-être pouvoir m'aider dans mon enquête.

– Sans problème.

Bien que l'atmosphère se soit détendue, Malko avait l'impression que l'Américain ne lui avait pas tout dit.

– Qu'avez-vous prévu concrètement avec Santo Domingo ? demanda-t-il.

Herbert Lawn sembla aussitôt mal à l'aise.

– Je n'avais pas eu le temps de vous le dire. Il part demain matin au Honduras rencontrer des amis à nous qui doivent lui remettre de quoi accomplir ce qu'il souhaite.

Malko, agacé de tous ces faux-fuyants, demanda sèchement :

– C'est-à-dire ?

– Nous sommes obligés de donner l'apparence d'un accident à sa disparition.

– Quel genre d'accident ?

Le chef de station baissa pudiquement les yeux.

– Je crois qu'il s'agit d'un engin explosif avec une mise à feu à retardement. Seul, un homme comme Santo Domingo a la possibilité de le mettre en place avec des chances de succès.

Un ange passa, laissant derrière lui une traînée sulfureuse... Malko pensa à ses doutes et en eut froid dans le dos.

– Si vous annulez l'ordre de lui remettre votre

babiole explosive, il va se douter de quelque chose, remarqua-t-il.

– Je le crains, avoua l'Américain.

Il n'y avait plus qu'à prier pour qu'Angelina Chavarria n'ait pas été tout raconter à son amant et pour que Malko parvienne à confirmer ou à infirmer son hypothèse... Il fallait faire vite.

– Je me remets en campagne, fit-il en se levant. Mais tout cela n'est pas brillant. Au mieux, vous remplacerez une crapule par une autre. Cela fera beaucoup de morts pour rien.

***

Le colonel Santo Domingo était épuisé, la tête en feu. Depuis son plus jeune âge, il ne se souvenait pas d'un jour qui ait mis autant ses nerfs à l'épreuve.

Il ralentit avant de tourner dans la Via Italia, repassant dans sa tête le verrouillage de son affaire. Tout semblait parfaitement balisé et il allait s'envoler pour Tegucipalga, en toute sérénité. El Guapo était mort. Il avait reconstitué la scène en voyant le sang sur le tapis roulant de l'incinérateur. Un des hommes de Coiba avait assisté à l'arrivée d'Ines de Castro et au départ de la journaliste avec l'agent américain.

Angelina était à l'abri et ne réapparaîtrait qu'une fois Santo Domingo au pouvoir, ce qui n'allait pas tarder.

Quant à Coiba lui-même, pour le peu de temps qu'il lui restait à vivre, il serait bien obligé de croire à une vengeance personnelle d'El Guapo. Tout le monde savait que les Colombiens étaient des bêtes sauvages assoiffées de sang. Et ce n'était pas le tueur qui viendrait porter la contradiction...

Le colonel de la Guardia tourna dans la Calle Jean XXIII. Il voulait quand même s'assurer des mouvements de son adversaire. Il stoppa en face de la maison d'Angelina et fit deux appels de phare. Quelques instants plus tard, l'infirme aux citrons surgit de l'obscurité, poussant fiévreusement sur les poignées de sa chaise roulante. Santo Domingo avait baissé la glace de sa voiture.

– Où étais-tu tout à l'heure ? demanda-t-il.

– J'ai été à l'hôpital, *Señor Coronel,* pour mes prothèses.

Depuis longtemps l'infirme était son informateur. C'était un Cubain, réfugié, sans papiers en règle...

– Tu as vu des choses intéressantes ?

– Pas grand-chose, *Señor Coronel*. Simplement le visiteur de la Señora Chavarria est revenu, juste après vous.

Le colonel Santo Domingo eut l'impression que son sang se figeait dans ses veines.

– Tu es sûr que c'était le même ?

– *Si, si*. Il m'a même donné un billet de cinq balboas. Tenez.

Il extirpa le billet de sa poche et le montra à l'officier. Les pensées s'entrechoquaient sous le crâne de ce dernier. Un feu d'artifice de panique, de rage, de stupéfaction. Cette salope d'Angelina lui avait menti. Lorsqu'il était revenu la chercher pour la mettre à l'abri, elle lui avait juré n'avoir vu personne et surtout pas cet homme... Et si elle avait menti, cela signifiait qu'elle avait parlé... Donc, l'agent des

Américains savait qu'il avait joué un rôle dans le guet-apens. Alors qu'il touchait au but.

Santo Domingo étouffait de fureur.

Il fouilla dans sa poche, y prit un billet de dix dollars et le donna à l'infirme.

– Tiens, voilà dix balboas... Va-t'en maintenant.

L'autre, ravi d'une aussi bonne journée, salua et s'éloigna dans la Calle Jean XXIII, poussant sur sa chaise roulante. Santo Domingo le contempla quelques instants, pensif.

Puis, il enclencha une vitesse et démarra, accélérant dans la rue calme. L'infirme se retourna au moment où le pare-chocs de la BMW heurtait avec une violence inouïe sa chaise roulante. Son cri de terreur fut coupé net par la calandre qui lui brisa les reins, le projetant en avant. Une des roues passa encore sur lui, écrasant sa tête. Santo Domingo continua jusqu'au bout de la rue, fit un demi-tour et revint à petite allure. Il stoppa à côté du corps inerte, descendit et l'examina. Ce n'est qu'après s'être assuré qu'il était mort qu'il repartit.

Il se maudit d'avoir fait du zèle. S'il avait pensé que le meurtre d'un simple *stringer* comme Duncan O'Hara suffirait à faire bouger les Américains, jamais il ne se serait attaqué à Malko.

Maintenant, c'était trop tard pour avoir des regrets. Il allait faire le ménage.

Effacer systématiquement tout ce qui pouvait le faire échouer au dernier moment.

C'était une féroce course contre la montre qu'il avait bien l'intention de gagner.

# CHAPITRE XVII

Le téléphone sonna une première fois, puis la communication fut coupée. Malko allait plonger sous sa douche, agacé, lorsqu'il ressonna. La voix d'Angelina Chavarria semblait venir du bout du monde.

– Vous m'aviez dit de vous appeler, dit-elle.

– Où êtes-vous ? demanda Malko.

– Il m'a emmenée sur l'île de Contadora, dans un bungalow de week-end qui lui appartient, juste à côté de la piste d'atterrissage. Il est reparti ensuite.

– Que vous a-t-il dit ?

– Que j'étais en danger, à cause des Américains. Qu'il avait agi sur l'ordre du général Coiba, mais que la Guardia risquait de me rechercher officiellement pour faire plaisir à la CIA. Il fallait que je reste quelques jours ici, à me cacher.

– C'est à quelle distance de Panama-City ?

– Dix minutes en avion et une heure avec un bateau rapide... J'ai peur, toute seule ici.

– Donne-moi ton téléphone, dit Malko, je te rappellerai ce soir...

Il y avait peu de chance que le téléphone soit sur

écoute. Il nota le numéro et raccrocha. Encore un élément en place. Il ignorait encore à quoi servirait la pulpeuse veuve, mais c'était un joker dans son jeu tortueux contre le colonel de la Guardia. Il allait avoir une longue journée et la nuit avait été courte. Ines de Castro l'avait tenu éveillé bien au-delà de l'aube, se rassasiant de son corps, jusqu'à la dernière parcelle d'érotisme. Il avait repris un peu de force avec une grande tasse de café avec plusieurs morceaux de sucre, ce qui lui redonnait toujours du tonus. La journaliste était partie tenter de monter un rendez-vous avec le *narcotraficante* Virgilio Zuniga.

Lui avait encore à faire avant d'aller à Colon.

Le *special agent* de la DEA, Patrick Stephens, était sans illusions et plutôt amer, donnant à Malko un cours sur Panama.

– Grâce à la fiction du dollar déguisé en balboa, expliqua-t-il, les *narcos* ont pu faire entrer aux USA deux milliards de dollars l'année dernière. En passant par des banques panaméennes. Le circuit est facile. Un type dépose un million de dollars à Baranquilla ou à Bogota. La banque le vire à sa succursale de Panama-City et, de là, ça part sur Miami ou ailleurs. Parfois, sous forme de prêt immobilier... Toute la ville est construite comme ça.

– Est-ce que le colonel Santo Domingo est impliqué dans ces trafics ?

– Peut-être, mais nous n'avons jamais eu d'indices.

– Vous avez entendu parler d'un important laboratoire de transformation de cocaïne au Panama, qui appartiendrait au général Coiba ?

L'Américain eut un sourire désabusé.

– Évidemment ! J'essaie de le faire détruire depuis deux ans. En vain, puisque la Guardia le protège... Il en part plusieurs centaines de kilos de cocaïne chaque mois, en direction de chez nous... Et on ne peut rien faire, il faudrait les bombarder...

Dans l'Avenida Balboa, un haut-parleur crachait des salsas entrecoupées d'annonces publicitaires... L'agent de la DEA continua :

– Ces salauds ont des avions qui décollent de la jungle de Darien. Ils se posent à Coco Island et, là, les bateaux cubains viennent les chercher pour le relais...

– Cubains ? s'étonna Malko.

– Bien sûr, fit l'Américain, c'est ce qu'il y a de plus sûr. Ils vont d'abord déposer des armes au Nicaragua et, au retour, emmènent la cocaïne en passant par le canal, moyennant une honnête commission pour la DGI cubaine, bien entendu. Ensuite, tout est transbordé dans des *cays* autour de Cuba et la dernière étape du voyage se fait avec des cigarettes sur la Floride ou les Bahamas... La Guardia prétend qu'ils n'ont pas les moyens de laisser une garnison permanente à Coco Island. De toute façon, les types se feraient acheter, alors...

– Est-ce que je pourrais rencontrer Osiris Cordero de votre part ? demanda Malko.

Le *special agent* lui jeta un regard intrigué.

– Depuis quand la Company s'occupe-t-elle des *narcos ?* Vous n'avez pas assez avec vos voyous de politiciens ?

– Je cherche des informations sur le colonel Santo Domingo, expliqua Malko. J'ai l'impression qu'on se fait une fausse idée de lui...

– Bon, d'accord. Je vais prévenir Cordero. Allez-y quand vous voulez. Vous verrez, c'est un voyou, mais il ferait n'importe quoi pour sauver son fils.

« D'ailleurs, ajouta-t-il, il faut se dépêcher de l'utiliser. L'avocat de son fils est un mariolle et il va lui obtenir un non-lieu presque à coup sûr. Le juge a été acheté. Il a même promis un sauf-conduit pour qu'Osiris Cordero vienne voir son fils en prison. Seulement, il ne le sait pas encore, mais je ne pourrai pas bloquer l'information indéfiniment.

Le téléphone sonna. Patrick Stephens fit un signe à Malko.

– Herbert veut vous voir.

*
* *

Herbert Lawn invita Malko à entrer. Il était debout près de son bureau, un téléphone coincé contre son épaule.

– Le général Coiba dénie toute implication de la Guardia ou du G2 dans ce qui s'est passé hier, annonça-t-il. Il a demandé l'ouverture d'une enquête.

– Ce n'est pas étonnant, dit Malko. Je crois qu'il est innocent dans cette histoire.

– Vous avez du nouveau ?

– Pas encore, je vais me rendre à Colon.

– Faites attention...

Malko eut un léger haussement d'épaules :

– Si ma théorie est exacte, je ne risque rien pour l'instant. Santo Domingo ne bougera que si je découvre quelque chose de plus que ce que je crains.

– Je n'arrive pas à y croire, soupira le chef de station.

Évidemment : cela le forçait à se déjuger totalement. Malko décida de traiter cela par l'humour.

– Si on me met encore dans un incinérateur, dit-il, je compte sur vous pour qu'on répande mes cendres au cimetière d'Arlington, là où reposent les barbouzes les plus méritantes...

– Ce n'est pas drôle, fit Herbert Lawn. Vous vous rendez compte de la merde dans laquelle je me trouve si ce que vous dites de Santo Domingo est vrai. Cela se saura et on me le reprochera.

– Selon le principe de Peter, dit Malko, vous vous retrouverez à la tête d'une Division, à Langley.

Il n'attendit pas la réponse de Herbert Lawn.

Il repartit de l'ambassade US, gonflé à bloc. Presque tout était clair dans sa tête. Il restait à découvrir ce que les Américains appellent le « smoking gun » – la preuve formelle. Sinon sa théorie n'empêcherait pas l'irrésistible ascension du colonel Santo Domingo.

En prenant sa clef au *Marriott*, il trouva un mot lui demandant de rappeler d'urgence Ines de Castro. Ce qu'il fit. La journaliste trépignait au téléphone.

– Où étais-tu passé ? Nous avons rendez-vous à midi avec Virgilio Zuniga. À Colon. Viens me prendre au journal.

Malko fut inondé de reconnaissance. Ines était décidément formidable. Bien sûr, le trafiquant ne lui dirait rien. Mais sa visite risquait de faire peur à Santo Domingo.

Il jeta un coup d'œil sur *la Prensa*. L'incident de l'incinérateur était rapporté, mais personne ne parlait d'El Guapo.

Un énorme porte-containers japonais glissait lentement dans les écluses de Miraflores, tiré par six locomotives... Derrière, trois autres navires en provenance de l'Atlantique attendaient leur tour dans le lac artificiel. La route longeait d'abord le canal puis sinuait dans les petites collines séparant la zone atlantique du Pacifique, baptisée pompeusement « Cordillère »...

– Je te plais ? demanda Ines, avec inquiétude.

La journaliste s'était surpassée. Une jupe de soie verte moulante comme un gant érotique et un chemisier transparent. Elle se pencha pour embrasser Malko au risque de provoquer un accident... La circulation était intense sur l'unique route reliant Colon à Panama-City.

Quelques instants plus tard, voyant la jungle épaisse des deux côtés de la route étroite, Malko se dit que c'était l'endroit idéal pour une embuscade.

– Tu n'as parlé à personne de notre rendez-vous ? demanda-t-il.

– Bien sûr que non, fit Ines, mais je suis sûre que les communications de *la Prensa* sont écoutées... Quelle importance ? Que vas-tu demander à Virgilio Zuniga ?

– Tu lui as dit qui j'étais ?

– Un journaliste étranger enquêtant sur Panama.

– Il t'a cru ?

– Je ne sais pas...

Ils arrivaient à Colon, petite ville tropicale aux baraques en tôle ondulée, sorte de gros bourg à l'entrée atlantique du canal de Panama. Malko ralentit dans la calle principale. Presque à chaque mètre, il y avait un *rasta* appuyé à un mur, l'air endormi, ou accroupi entre deux voitures. Malko ouvrit la glace :

la chaleur était beaucoup plus intense et lourde qu'à Panama distant seulement de cent kilomètres...

– Tu vois ces types, fit Ines, ils attendent d'attaquer un passant. Ici, il ne faut pas sortir de la voiture.

Ils gagnèrent l'entrée de la zone franche où on avait regroupé tous les négociants, fermée par un haut mur et gardée par la police. Ines montra sa carte de presse et on les laissa passer. Les rues de la « zona franca » se coupaient à angle droit, toutes identiques, bordées d'entrepôts, de magasins plus ou moins luxueux, réservés aux acheteurs du continent latino-américain. Ici, on trouvait de tout, des montres japonaises aux ordinateurs en passant par les armes... Ines fit stopper Malko devant un grand bâtiment blanc où on lisait en lettres énormes : VIRGILIO ZUNIGA.

Un homme trapu, avec une chemise blanche ouverte jusqu'à l'estomac, un jeans retenu par une ceinture à l'énorme boucle en or, vint à leur rencontre, arborant un sourire éblouissant. Son nez très épaté lui donnait une apparence négroïde prononcée.

– Ines ! Quel plaisir de te revoir !

Il embrassa la journaliste, la serrant contre lui, lui caressant les fesses au passage et elle se dégagea avec une expression méprisante, comme si elle avait été touchée par une araignée.

– Virgilio, dit-elle, je t'ai amené un ami. Un journaliste autrichien...

Virgilio Zuniga se précipita sur Malko comme un séminariste sur le pape et prit sa main dans les siennes.

– *Con muchissimo gusto, Señor Linge !* Je suis très fier que vous soyez venu jusqu'à Colon pour voir mon modeste commerce. Je vais vous faire tout visiter... Venez.

– Tout, releva Ines, même la fabrique de cocaïne... Le Panaméen eut un sourire désolé à l'adresse de Malko et dit d'un ton plein d'indulgence :

– La Señorita de Castro veut absolument que je sois un *narco*. Elle a écrit des horreurs sur moi, mais je ne lui en veux pas...

– Virgilio m'avait menacé de me faire violer par des porcs, fit Ines d'un ton glacial, c'est ce qu'il appelle ne pas m'en vouloir...

– Oh, j'avais un peu bu ! fit le commerçant. Venez à l'intérieur, *amigos*, ici il fait une chaleur à ne pas mettre un rasta dehors...

Un froid sibérien régnait à l'intérieur. Ils commencèrent la visite : un bazar très bien tenu où officiait une Noire sculpturale, avec des empilements de téléviseurs et de magnétoscopes Akaï encore dans leur carton, puis des bureaux à la moquette épaisse, aux murs en boiserie, avec des ordinateurs et des montres en présentation. Une atmosphère cossue et bon enfant.

Une secrétaire aux cheveux aile de corbeau apporta des cafés. Virgilio Zuniga lissait sa moustache, essayant d'apercevoir les cuisses d'Ines chaque fois qu'elle croisait les jambes.

– Que voulez-vous savoir, Señor ? demanda aimablement Virgilio Zuniga. Nous travaillons beaucoup avec le Japon et...

– Je voudrais connaître le rôle du colonel Santo Domingo dans vos affaires, demanda poliment Malko.

Le sourire de façade s'effaça instantanément et une lueur dangereuse passa dans les yeux noirs, puis le Panaméen se reprit et ressortit ses dents éblouissantes.

– Señor, vous avez été mal informé. Santo Domingo est un ami, nous nous voyons beaucoup bien sûr, mais c'est un militaire, il ne fait pas de business...

Ines de Castro pouffa et Malko crut que le Panaméen allait lui sauter à la gorge. L'atmosphère s'était brutalement dégradée... Virgilio demanda soudain :

– À propos, pour quel journal travailliez-vous ?

– Un magazine autrichien, le *Kurier*. Señor Zuniga, enchaîna-t-il, on m'a dit que vous exploitiez un laboratoire de transformation de cocaïne avec le colonel Santo Domingo... Je voudrais savoir si c'est exact.

Cette fois, le sourire disparut pour de bon. Virgilio Zuniga lança un regard furibond à Ines et dit d'un ton à peine poli :

– Si j'avais su que vous me poseriez ce genre de question, Señor, je ne vous aurais pas reçu. Cette petite garce...

– Tiens, fit Ines, le vernis craque... Ce gros porc redevient lui-même. Il va finir par avouer.

Virgilio Zuniga se dressa, tremblant de rage.

– Je ne me laisserai pas insulter, fit-il. Je vous demande de quitter ce bureau !

Malko n'insista pas. Cela se terminait comme prévu. On ne faisait pas craquer un homme comme Virgilio Zuniga avec une conversation mondaine. Ils redescendirent dans le hall. Une secrétaire surgit et dit d'un ton onctueux :

– J'ai réservé le restaurant, Señor Virgilio.

– Il n'y a plus de restaurant ! coupa sèchement Zuniga.

Il salua Malko et Ines de Castro d'un bref signe de tête et rentra dans ses bureaux, les abandonnant dans la fournaise.

La journaliste eut un rire ironique.

– Je t'avais prévenu...

– Je ne suis pas surpris, dit Malko, mais je pense qu'en ce moment, il est en train de se ruer sur son téléphone...

Ils regagnèrent la voiture transformée en four. Ines semblait intriguée par le comportement de Malko.

– Qu'est-ce que tu cherches au juste ? demanda-t-elle.

– Je veux savoir si le colonel Santo Domingo désire le pouvoir pour lui ou s'il est manipulé, dit Malko.

– Et tu vas trouver la réponse ici, à Colon ?

– Peut-être, dit-il. Je dois voir une autre personne, Osiris Cordero.

Au moment où il démarrait, Malko remarqua un jeune homme qui le regardait fixement, appuyé à un camion en train de charger. Des lunettes noires enveloppantes, un T-shirt jaune, un vieux jeans et des baskets usées jusqu'à la corde. Il se dirigea vers une moto et grimpa dessus. Machinalement, Malko vérifia la présence du Beretta 92 sous son siège, à portée de la main.

– Décidément, tu ne veux voir que des *narcos*, remarqua Ines. Cordero en est un aussi. Son entrepôt se trouve dans l'Avenida Santa Isabel, à deux blocs. Prends à droite.

Malko obéit. Osiris Cordero occupait la moitié d'un bloc et ses bureaux semblaient encore plus luxueux que ceux de Zuniga. Une secrétaire affable les accueillit, désolée. Le Señor Cordero ne serait là que dans l'après-midi.

– Allons déjeuner, suggéra Malko.

Ils ressortirent de la *zona libre* et gagnèrent le centre de Colon.

– Je connais un restaurant de langoustes, Avenida del Frente, dit Ines. Le *V.I.P.*

Les baies vitrées du restaurant donnaient sur un terrain vague et le port où stationnaient les navires attendant d'entrer dans le canal. Pas gai...

– Allons-y, dit Malko.

Leurs langoustes semblaient avoir été cuites à l'huile de vidange et le reste ne valait guère mieux.

Ils repartirent vers la *zona libre*. Une superbe Cadillac était garée devant l'entrepôt Osiris Cordero, Avenida Santa Isabel. À peine Malko eut-il mis pied à terre que la porte s'ouvrit sur une apparition étrange.

Un homme à la tête momifiée, la peau tirée sur les os, avec quelques cheveux noirs plaqués et un nez crochu comme un bec de perroquet, aux yeux ronds et noirs, très enfoncés. Son corps maigre flottait dans une chemise mexicaine d'un blanc éblouissant. Il s'avança vers Malko, tout aussi chaleureux que Virgilio Zuniga.

– On m'a prévenu de votre visite, fit-il. Justement, j'ai vu notre ami ce matin à Panama-City.

Malko n'eut pas le temps de lui répondre. Le jeune homme au T-shirt jaune qu'il avait déjà repéré le matin venait d'arrêter sa moto derrière eux. Il descendit de sa machine, passa la main droite derrière son dos, la ressortit avec un pistolet et visa, le bras tendu.

Une détonation claqua et un trou apparut dans la porte vitrée derrière Malko.

# CHAPITRE XVIII

Malko tourna la tête et vit deux yeux noirs angoissés et le canon d'un gros pistolet qui tremblait légèrement. Une flamme rouge en sortit et, instinctivement, il se rejeta de côté puis plongea vers sa Toyota pour y récupérer le Beretta 92.

Ines de Castro demeura figée sur place, tandis que les détonations continuaient à claquer. Le tueur semblait affolé : il ne tenait même pas son arme à deux mains, comme un professionnel, et à chaque coup, le recul et l'éjection faisaient dévier le canon... Deux autres projectiles s'écrasèrent sur la façade de l'entrepôt.

Osiris Cordero replia un bras, protégeant son visage, un rictus de terreur aux lèvres. Il hurla :

– Carlos ! Carlos !

Ce qui restait de la porte de verre s'écarta violemment sur un homme corpulent, aux cheveux grisonnants soigneusement plaqués, avec un faciès de bon retraité. Il plongea la main sous sa chemise mexicaine et en retira un énorme revolver.

À ce moment, la culasse de l'arme du tueur claqua

à vide. Il demeura une fraction de seconde immobile, puis jeta son pistolet en direction du petit groupe et enfourcha sa moto.

Carlos, la crosse du revolver solidement ancrée dans le creux de sa main gauche visa et tira.

Le fugitif boula avec un cri de douleur et Osiris Cordero cria aussitôt :

– *No lo mata! No lo mata*[1] !

Carlos et lui se ruèrent sur le jeune tueur en train de ramper au milieu de l'Avenida Santa Isabel, handicapé par sa jambe blessée et l'attrapèrent par les deux pieds. Il se mit à crier comme un chien écrasé, tandis que les deux hommes le traînaient jusqu'à l'entrée du building. Malko aperçut au passage son visage rond et presque enfantin crispé de terreur, avec des incisives en métal et une tache de sang qui s'élargissait sur son jean. Sa nuque heurta une marche et il poussa un ultime cri avant de s'évanouir.

Ines et Malko suivirent le groupe à l'intérieur.

– Fermez la porte ! glapit Cordero.

Une secrétaire terrifiée se précipita.

Osiris Cordero était livide, marmonnait des mots sans suite. La peau de son visage était si tendue qu'elle semblait prête à éclater. Ils entendirent une sirène de police qui se rapprochait. Ines échangea un regard avec Malko. Le vieux Carlos avait ouvert une porte commandant un escalier menant au sous-sol. Il chargea le corps inanimé du jeune tueur sur son épaule et disparut au moment où une voiture à gyrophare s'arrêtait devant les établissements Cordero.

1. Ne le tue pas !

Osiris Cordero se composa instantanément un visage paisible et souriant pour aller à leur rencontre.

Un policier en uniforme descendit et s'approcha.

– *Buenos* ! fit le policier... On a entendu des coups de feu.

– *Claro que si*, dit Cordero. On a essayé un pistolet.

L'autre désigna la glace brisée.

– Et ça ?

– Une erreur...

Il fouilla dans sa poche, en sortit une liasse de billets et mit une boule froissée dans la main du policier.

– Merci d'être venu. *Hasta luego*.

– *Hasta luego*, fit en écho le policier.

Pas vraiment convaincu, mais il remonta dans sa voiture et s'éloigna.

D'un bond, Osiris Cordero fut à l'intérieur.

– Où est cet *hijo de puta* ?

De nouveau, ses traits étaient convulsés de rage. Il aperçut l'escalier du sous-sol et plongea dedans, sautant les marches quatre à quatre.

Ines de Castro et Malko s'y engouffrèrent à sa suite, débouchant dans une grande pièce encombrée de cartons et de caisses, violemment éclairée. L'agresseur était allongé par terre dans un coin, tenant à deux mains sa jambe ensanglantée, sous la garde du vieux Carlos, impassible comme un maître d'hôtel bien stylé. Avec sa petite moustache grise, son allure convenable et son visage aux traits lourds, il ressemblait aux vieux mafiosi qu'on voit traîner à Palerme à l'heure du Martini.

Osiris Cordero se rua sur le blessé et lui expédia

une ruade en plein visage. L'autre poussa un jappement de douleur et se recroquevilla pour échapper aux coups.

Cordero le prit au collet, lui criant des injures, lui crachant :

– Qui t'a envoyé ? Qui t'a envoyé ?

Les yeux lui sortaient de la tête.

Le jeune tueur balbutia quelques dénégations. Cordero le laissa tomber brutalement et se retourna vers Carlos.

– La *máquina* !

Le vieux, docilement, repartit dans l'escalier.

Ines avait pâli.

– Il est fou, murmura-t-elle. Il ne faut pas rester ici.

Malko n'eut pas le temps de se demander ce qu'elle avait voulu dire. Le vieux voyou revenait, tenant à bout de bras une petite tronçonneuse à moteur.

– Vas-y, on va lui faire cracher ses tripes ! hurla Osiris Cordero.

Le vieux tira sur la cordelette actionnant le démarreur. Au troisième essai, l'engin démarra, dans un nuage de fumée bleue.

Malko se précipita vers Cordero.

– Arrêtez ! Vous n'allez pas...

L'autre se retourna avec la rapidité d'un serpent, arrachant de sa ceinture un petit « 38 » à cinq coups. Ses yeux noirs avaient une expression féroce, inhumaine.

– Señor, fit-il, ne vous mêlez pas de ça. Cette ordure a voulu me tuer et je vais savoir qui l'a envoyé.

– Et si c'était moi qu'il avait voulu tuer ? demanda Malko.

Osiris Cordero haussa les épaules.

– *Bullshit* ! Je sais ce que je dis. Maintenant, si ça ne vous plaît pas, remontez, je vous rejoindrai. Sinon, ne jouez pas au con.

Le « 38 » dans son poing, tellement serré que les jointures en avaient blanchi, était encore plus éloquent que ses paroles. Ines de Castro recula vers l'escalier. Malko ne bougea pas, sachant que l'autre n'hésiterait pas à l'abattre dans l'état de nerfs où il se trouvait.

La tronçonneuse pétaradait avec un bruit de motocyclette. Cordero l'arracha des mains du vieux Carlos et marcha vers le blessé qui poussa un cri terrifié. Malko voulut retenir Cordero par le bras. Aussitôt, le canon du gros revolver de Carlos lui heurta durement les côtes.

– *Señor*...

L'air faussement poli de vieux mafioso dissimulait une férocité tranquille. Sans un mot, Osiris Cordero se pencha et promena la tronçonneuse sur la jambe blessée du tueur.

Un hurlement abominable emplit le sous-sol, le pantalon fut instantanément inondé de sang et le prisonnier se tordit sur le sol, rampant comme une chenille coupée en deux. Osiris Cordero, le visage crispé par la fureur, poursuivit sa victime, brandissant son engin de mort et cria pour dominer le bruit du moteur :

– *Carajo*, qui t'as envoyé ? Je vais te découper en morceaux...

Le blessé se mit à glapir des mots décousus où revenait le nom de Mercedes. La tronçonneuse hachait l'air à quelques centimètres de son visage. Cordero ne bougeait plus, comme s'il hésitait encore à faire une horreur de plus...

Inès de Castro, la main devant la bouche, était sur le point de défaillir. Malko bouillait de rage impuissante. L'odeur de combustible brûlé se mélangeant à celle, plus fade, du sang soulevait le cœur.

Osiris Cordero répéta sa question, visiblement incrédule et le jeune tueur se lança dans un flot d'explications, parlant un argot dont Malko saisissait un mot sur cinq.

Plusieurs fois, les dents de la tronçonneuse se rapprochèrent encore, déclenchant une vague de glapissements. Puis, d'un geste sec, Osiris Cordero stoppa la machine et la jeta dans un coin. Il tourna vers Malko son visage parcheminé.

– Venez en haut.

Le vieux Carlos fit signe à Malko de passer devant lui, avec une politesse sinistre. Ils se trouvaient à mi-escalier lorsqu'ils entendirent claquer un coup de feu. Inès de Castro poussa un cri étranglé. Malko se retourna. Carlos montait à son tour, l'air toujours aussi impassible. Il adressa une grimace complice à Malko.

– Il était trop abîmé, Señor.

Osiris le mena directement à son bureau, une pièce cossue et climatisée dont il ferma la porte à clef. Puis, il se planta en face de Malko.

– Qu'est-ce que c'est que cette salade ?

– Que voulez-vous dire ?

Cordero ne cilla pas.

– Cette ordure m'a donné le nom de celle qui l'a envoyé ici. Mercedes. Une fille qui tient un hôtel à El Chorrillo. Il ne savait rien d'autre, il avait trop peur pour mentir. On lui a promis cinq mille balboas pour vous tuer.

– Pour me tuer, répéta Malko.

Il ressentait une impression curieuse. D'abord, la joie d'avoir eu raison. Sa visite à Virgilio Zuniga avait eu une répercussion immédiate. Donc, il était sur la bonne piste. Mais comment le colonel Santo Domingo avait-il pu réagir si rapidement ?

Et que craignait-il tant que l'on découvre ?

– Pourquoi veut-on vous tuer ? Et qui ? insista Osiris Cordero. Je n'aime pas beaucoup fréquenter les gens comme vous.

– J'ai une petite idée, dit Malko, mais je veux vous parler seul.

D'un geste Osiris Cordero congédia Carlos qui s'éclipsa avec un sourire bien servile. Inès s'assit, les jambes coupées et alluma une cigarette.

– Señor Cordero, dit Malko, je tiens à savoir de façon certaine qui a envoyé ce tueur. Remonter les différents intermédiaires.

Le Panaméen secoua lentement la tête.

– Ce ne sont pas mes affaires, Señor Linge. Je vous ai reçu parce qu'on m'a demandé de le faire. Mais je pensais que vous vouliez certains renseignements. C'est tout.

– Señor Cordero, coupa Malko, avez-vous envie de revoir votre fils avant une vingtaine d'années ?

Une taie obscurcit brutalement le regard fixe du *narcotraficante*. Malko se dit que s'il avait pu le tuer sur-le-champ, il l'aurait fait.

– Qu'est-ce que vous voulez dire ? jappa-t-il.

– Que si vous m'aidez, cela influera considérablement sur le sort de votre fils...

Cordero secoua la tête.

– On m'a déjà dit cela. Vous êtes de la DEA ?

– Non, mais Patrick Stephens vous le confirmera. Une chose concrète : si vous m'aidez vous obtiendrez un sauf-conduit pour aller rendre visite à votre fils à Fort Lauderdale. Rien ne sera tenté contre vous.

– C'est vrai ?

C'était parti trop vite et il se maudit de s'être ainsi découvert. Malko le sentait accroché. Dans sa lutte contre le colonel Santo Domingo, il lui fallait un allié local. Osiris Cordero regarda Malko fixement.

– Si jamais vous me racontez des salades, je vous ouvrirai le ventre, à vous et à cet enculé de Stephens ainsi que toute sa famille. Et je veux qu'il me répète votre promesse.

– Il le fera, dit Malko.

Il y eut quelques secondes de silence tendu, puis le Panaméen laissa tomber d'une voix plate :

– OK, vous avez un deal.

Malko se détendit imperceptiblement.

– Avant tout, demanda-t-il, savez-vous si Santo Domingo est associé dans une affaire de raffinage de cocaïne avec le général Coiba ?

Cordero fit la moue.

– On le dit. Je n'ai rien de précis.

– Vous savez où se trouve ce laboratoire clandestin ?

– Oui. À peu près.

– Vous pourriez m'y mener ?

– Non. Sauf si vous avez des hélicoptères de combat et cinquante types.

Un ange passa.

– Bon, oublions, dit Malko.

Osiris Cordero s'agita sur sa chaise.

– OK, si vous voulez qu'on avance, faut y aller

maintenant. Avant qu'ils se rendent compte que leur truc a foiré. Mais d'abord, on passe voir votre ami Stephens...

– D'accord, dit Malko. Pourquoi avez-vous fait tuer ce jeune homme ?

Cordero lui jeta un regard froid.

– Señor, il faut en tuer un pour en éduquer cent... Si on apprend en ville que n'importe quel *hijo de puta* peut venir faire un carton sur moi sans risquer plus qu'une jambe cassée, je ne serai pas là longtemps.

– Encore une chose. Cette Mercedes va collaborer ?

Cette fois, le sourire d'Osiris Cordero aurait donné froid dans le dos à un crocodile.

– *Claro que si, Señor Linge, claro que si*. Je sais parler aux femmes. Surtout à une pute comme Mercedes. *Vamos*.

L'Avenida de las Poetas était une ruelle sordide qui longeait une lagune boueuse d'où émergeaient quelques carcasses de bateaux pourris. Le cœur du vieux quartier de Chorrillo dans le vieux Panama, à quelques blocs du QG de la Guardia, composé de vieilles masures décrépites en bois, d'anciennes demeures de l'oligarchie rongées par l'humidité et l'âge et d'hôtels minables. Carlos qui conduisait faillit écraser un vendeur de citrons qui agitait frénétiquement sa pauvre marchandise devant le pare-brise. Les gens vivaient dans la rue, au milieu des immondices et d'une circulation démente. Les innombrables bus s'engouffraient sans arrêt dans les ruelles étroites, faisant trembler les vieilles maisons. Curieusement, la présidence de la République se tenait un peu plus loin, isolée par des soldats de la Guardia interdisant le trafic.

Carlos annonça respectueusement :

– *Esta aqui, Señor.*

Une enseigne aux trois quarts effacée, pendant par son dernier boulon, annonçait : *Hotel Estrella del Mar*. Dans ce coin, les chambres se louaient dix balboas par mois, cafards, punaises et lézards inclus. Ce n'était pourtant que le second cercle de l'enfer, là où venaient s'installer les miséreux du grand bidonville de San Miguelito, dès qu'ils avaient réussi leur premier cambriolage.

Carlos gara la voiture dans un renfoncement. Un gosse mâchouillait un morceau de canne à sucre, assis devant l'hôtel, puisant dans le sucre assez de force pour survivre. Il se précipita pour garder la Cadillac, espérant de quoi s'acheter une brassée de cannes, assez pour vivre une semaine. Même broyées, les cannes se vendaient encore, tant était grand le pouvoir nutritif du sucre, l'énergie la moins chère.

Deux putes qui sirotaient une bière regardèrent la grosse voiture avec concupiscence.

– Attendez-moi, fit Osiris Cordero à Malko.

Ils étaient venus de Colon à tombeau ouvert. Première halte l'ambassade US où Malko avait laissé la Toyota. Par chance, Patrick Stephens était là. Il avait bien entendu cautionné le deal avec Cordero.

Prudente et ayant vu assez d'horreurs pour la journée, Ines de Castro avait regagné *la Prensa*.

Malko regarda les deux hommes s'engouffrer dans le petit hôtel. Il avait eu beau répéter à Osiris Cordero qu'il ne voulait plus d'abominations, il s'attendait au pire. Hélas ! il fallait parfois se salir les mains. Sinon, le colonel Santo Domingo continuerait sa fulgurante ascension sans problème.

Osiris Cordero et Carlos pénétrèrent dans le minuscule hall de l'hôtel *Estrella del Mar*. Une seule personne se trouvait derrière la caisse.

Une fille brune vêtue d'une combinaison en lastex blanc qui moulait des formes généreuses, fermée sur le devant par un zip se terminant au bas-ventre... Le visage ovale, avec des cheveux très noirs réunis en queue de cheval était plutôt harmonieux, éclairé par une grosse bouche rouge. Le regard accrocheur et froid. Évidemment, les cicatrices de petite vérole marbrant les joues et les yeux durs, presque invisibles sous des paupières gonflées lui ôtaient beaucoup de charme... Elle ouvrait la bouche pour annoncer les prix quand elle reconnut Osiris Cordero.

Elle lui adressa aussitôt un sourire servile plein de surprise. Un homme de son importance venait rarement se perdre à Chorrillo.

– *Que tal Señor Osiris !* fit-elle.

Osiris Cordero s'approcha de la caisse, souriant lui aussi.

– *Buenas, Mercedes. Que tal ?*

Carlos, lui, ne dit rien, immobile à côté de la caisse.

– Tu veux savoir ce que je viens faire chez toi, fit d'un ton léger Osiris Cordero. Je passais juste te demander un renseignement. Tu veux bien m'aider ?

– *Como no !* fit Mercedes se trémoussant déjà.

Osiris Cordero se pencha vers elle, le visage durci.

– Je veux savoir pourquoi tu as envoyé à Colon une petite ordure qui s'appelait Felipe quand elle respirait encore et qui a osé tirer sur moi, Osiris Cordero ?

Les traits de Mercedes se défirent, son regard chavira. Instinctivement, elle fit un pas de côté pour s'enfuir.

La lame d'un poignard s'abattit sur son poignet, le clouant au bois du comptoir. Le vieux Carlos avait encore de bons réflexes.

Mercedes regarda sa main stupidement, poussa un hurlement et devint crayeuse.

Tranquillement, Osiris Cordero prit le manche du poignard, l'arracha du bois, libérant la main, en essuya la lame sur la belle combinaison blanche de lastex et le tendit par la pointe au vieux Carlos.

Serrant sa main blessée dans l'autre, Mercedes avait reculé jusqu'au mur. Le Panaméen dit d'une voix douce :

– Mercedes, je suis venu bavarder avec toi. Je ne te veux pas de mal. Juste un petit renseignement.

Elle ne répondit pas.

Alors, avec une lenteur glaçante, Cordero passa son index le long de sa gorge et demanda :

– Tu ne veux vraiment pas...

Un client surgit de l'escalier, jeta un coup d'œil terrifié au petit groupe et disparut dans la rue. La rumeur du quartier de Chorrillo, les cris, les klaxons semblaient parvenir d'un autre monde.

– Je ne sais pas le nom, finit par lâcher Mercedes. Sur la tête de mon fils, je ne sais pas.

– Tu n'as pas un endroit tranquille pour bavarder ? demanda Osiris Cordero.

Sans attendre la réponse, il poussa une porte donnant sur un petit living ressemblant à une loge de concierge avec des lithos et des ex-voto partout... Un bébé se trouvait dans un berceau, près de la fenêtre. Avant que Mercedes eût le temps de réagir, Cordero était près du berceau.

La métisse se rua dans la pièce, serrant sa main ensanglantée, bloquée aussitôt par le vieux Carlos qui, sans ménagement, lui tordit les mains derrière le dos... Osiris Cordero se pencha avec un intérêt feint vers le berceau.

– Ah, *buenos*, c'est ton fils ?

Mercedes hocha affirmativement la tête.

– Mignon, hein ? fit Cordero.

Toujours souriant, il pointa son gros index sur la gorge du bébé et le posa juste sur la trachée artère, se retournant vers Mercedes.

– Tu sais, Mercedes, je pourrais la tuer avec un seul doigt, cette petite grenouille...

Très doucement, le doigt pressa sur la gorge. Le bébé se réveilla et se mit aussitôt à hurler. Les yeux d'Osiris Cordero faisaient penser à ceux d'un saurien. Mercedes poussa un cri inarticulé. Méchamment, Carlos serra sa main blessée, ce qui la fit glapir de nouveau... Le bébé se mit de la partie.

– Tu vois, il est encore bien vivant, fit Cordero. Mais peut-être pas pour longtemps....

– *Tien piedad !* gémit Mercedes.

– *Tien piedad*, mon cul ! fit Osiris Cordero.

Cette fois, l'index s'enfonça d'un centimètre... Le bébé s'étrangla de terreur... Mercedes glapit :

– Laisse-le, je vais te dire...

– Dis d'abord.

– Je ne sais pas son nom, balbutia Mercedes, je l'ai

vu seulement une fois. Il avait l'accent cubain, c'est tout.

Comme il y avait deux cent mille réfugiés cubains à Panama, c'était vague comme signalement.

– Où l'as-tu rencontré ?

– Au bar *Mandarin*, sur l'Avenida Ecuador. Il était à la terrasse, hier soir...

– Il ne t'a pas abordée tout seul, non ?

Mercedes ravala ses larmes.

– Non, il était avec un pensionnaire de l'hôtel, un jeune, Hugo. Celui-là, je le connais bien. Il m'a dit que son copain pouvait me faire gagner de l'argent. Alors, j'ai bu un café avec lui et il m'a expliqué ce qu'il voulait...

– Quoi...

– Quelqu'un pour un contrat. Il offrait cinq mille balboas... La moitié payée d'avance.

– Un contrat sur qui ?

– Je ne sais pas. Il n'a pas voulu me le dire. J'ai dit que je connaissais quelqu'un. Il m'a donné deux mille cinq cents balboas et j'ai été chercher Felipe.

– Combien lui as-tu donné ?

– Mille balboas, murmura-t-elle.

Cordero s'approcha de la métisse. Sa main partit avec une force incroyable, la giflant à lui arracher la tête.

– Salope ! Et le reste, il devait le donner quand ?

– Ce soir, au *Mandarin*, mais pas à moi, à Hugo.

– Où il est, cet Hugo ?

Elle fut tentée de ne pas répondre, mais quand elle vit le regard d'Osiris Cordero posé sur le berceau de son fils, elle se hâta de dire :

– Il est en haut, je crois. En train de travailler.

– Conduis-nous.

Il la poussa hors de la pièce et la suivit dans l'escalier étroit. Au second, Mercedes prit une clef dans sa poche et ouvrit une porte. La pièce était plongée dans l'obscurité et automatiquement Carlos sortit son gros revolver. Leurs yeux s'habituèrent à la pénombre et ils distinguèrent une demi-douzaine d'hommes debout, face à une baie vitrée, éclairée de l'intérieur.

Ces spectateurs bougeaient avec des mouvements bizarres et saccadés. L'un d'eux protesta quand Cordero le bouscula. Aussitôt, Carlos lui mit son arme sous le nez.

– Fous le camp !

Ils étaient tous en train de se masturber... Carlos et Cordero les chassèrent sans ménagement aidés par les imprécations de Mercedes clamant que la Guardia allait venir. La pièce se vida rapidement. Il régnait une odeur lourde dans la pièce, faite de sperme, de tabac et de sueur. Cordero et Carlos parvinrent à la baie vitrée. C'était une glace sans tain. De l'autre côté, il y avait une estrade. Une Noire entièrement nue était à quatre pattes, de profil par rapport à la glace. Agenouillé derrière elle, un jeune homme très maigre faisait lentement entrer et sortir de ses reins un sexe disproportionné avec sa taille, les mains crispées sur ses hanches, une expression de béatitude absolue sur ses traits grossiers. Osiris Cordero se tourna vers Mercedes.

– C'est Hugo ?

– *Si*.

– Il te baise aussi de temps en temps, hein ?

– *Si*.

Voilà pourquoi elle avait confiance en lui...

Osiris Cordero prit le revolver des mains de Carlos et assena un violent coup de crosse sur la glace. Celle-ci se brisa aussitôt dans un fracas épouvantable. Les deux participants du show s'immobilisèrent instantanément. Osiris Cordero passa dans l'autre pièce, attrapa Hugo par l'épaule et l'arracha de sa partenaire qui se remit debout en hurlant de terreur.

– Fous le camps, toi ! ordonna le *narcotraficante*.

La fille ne se le fit pas dire deux fois. Carlos avait commencé à bourrer de coups le malheureux Hugo dont l'érection disparut en un clin d'œil. Cordero le laissa faire un peu, puis quand Hugo eut le visage en sang, il le stoppa d'un geste et s'approcha.

– C'est toi, Hugo ?

– *Si*.

– Moi, je suis Osiris Cordero. Tu me connais.

L'autre blêmit.

– *Si, si, pero...*

Un coup de pied dans le bas-ventre lui coupa la parole. Le temps qu'il vomisse un peu, Cordero le releva par sa tignasse et énonça calmement :

– Tu as un copain à l'accent cubain qui a offert cinq mille balboas à cette pute pour me faire flinguer.

L'autre tomba à genoux, s'accrocha aux jambes de Cordero et cria :

– Je ne savais pas que c'était toi, sur l'âme de Dieu...

Le vieux Carlos enfonça délicatement le canon de son arme dans son oreille droite et dit d'une voix sépulcrale :

– Puisque tu parles à Dieu, demande-lui de t'aider un peu.

Hugo protesta de plus belle.

– Non, non, ne me tuez pas, je ne sais rien ! Il l'a seulement dit à Felipe.

Osiris Cordero le laissa supplier quelques instants, puis lança :

– Écoute, toi tu ne m'intéresses pas. C'est ton copain que je veux. Comment s'appelle-t-il ?

– Je sais seulement son prénom : Justo.

– Où l'as-tu rencontré ?

– Au *Mandarin*. Je lui ai proposé le spectacle. Et après je lui ai trouvé des filles.

– Tu sais où il crèche ?

– Non, il ne me l'a jamais dit. Il vient ce soir au *Mandarin* de l'Avenida Ecuador. Vers six heures...

Osiris Cordero consulta sa montre. Cinq heures trente. Il releva sa victime d'une bourrade et dit d'un ton jovial :

– Eh bien, tu vas te faire beau et on va aller prendre le café, *bueno* ? Mais s'il ne vient pas, on t'emmène directement au Puente de Las Americas. Que tu apprennes à plonger.

# CHAPITRE XIX

Malko examina pour la vingtième fois, afin de tromper son impatience, la façade verdâtre de l'Edificio Amparo, juste en face du *Mandarin*, un vieil immeuble pourrissant et hideux. Les voitures se suivaient à toute vitesse sur l'Avenida Ecuador, dans un vacarme d'enfer.

Pourvu que le mystérieux Justo soit au rendez-vous !

Hugo en était à son troisième café et à sa nervosité, il était visible qu'il avait du mal à ne pas se lever et s'enfuir. Sa tête semblait montée sur roulements à billes. Il s'essuyait sans cesse le front bien que la température ne soit pas plus abominable que d'habitude. Sa pomme d'Adam, prise de folie, montait et descendait. Chaque fois qu'il croisait le regard glacial d'Osiris Cordero, assis à trois tables de lui, il faisait une grimace terrifiée.

La terrasse du *Mandarin* permettait de respirer en prime les gaz d'échappement des voitures défilant sur l'Avenida Ecuador et les clients s'y succédaient sans trop s'y attarder.

Carlos lui, planquait dans la Cadillac de Cordero, garée le long du trottoir d'en face.

Malko jeta un coup d'œil à sa Seiko-Quartz. Sept heures moins le quart...

Malko essayait de faire mentalement le point. Si on avait essayé de le supprimer, c'est qu'il gênait. Mais en quoi ? Pour l'instant, il n'y avait que l'implication du colonel Santo Domingo dans l'attentat qui aurait dû lui coûter la vie... Or, l'officier de la Guardia n'était pas au courant de ce que savait Malko.

Sauf si Angelina Chavarria avait de nouveau trahi...

Impossible de la joindre pour la sonder. Et, de toute façon, il valait mieux des preuves concrètes. Comme Justo, celui qui avait loué le jeune tueur.

Osiris Cordero quitta sa table et vint s'asseoir à côté de Malko. Mâchonnant une allumette, l'air sombre.

– Je me demande quand même si ce petit con n'a pas menti, dit-il. En disant que c'était vous son contrat. Il a peut-être pensé que je ne lui pardonnerais pas d'avoir tiré sur moi.

– Je. ne le crois pas, fit Malko, mais nous allons le savoir très vite. Du moins, si Justo vient au rendez-vous.

– Sinon, continua le *narcotraficante*, ce petit con d'Hugo ne baisera plus jamais.

Toujours la saine férocité. Décidément, Patrick Stephens avait de drôles de fréquentations... Malko toussa, asphyxié par la fumée noire d'un bus. Comment pouvaient survivre les pélicans perchés sur les arbres de l'Avenida Ecuador ?

– Attention ! fit soudain à mi-voix Osiris Cordero.

Hugo n'était plus seul : il avait été rejoint par un homme élégant, avec une veste claire, une cravate et une pochette, une moustache en croc. Des chaussures pointues. Un vrai dandy tropical. Les deux bavardaient avec animation. Hugo se retourna et croisa le regard de Malko, clignant plusieurs fois des yeux. C'était l'homme qu'ils attendaient. Le mystérieux Justo. Cordero le fixait. Férocement. Il marmonna :

– C'est ce salaud ?

– Vous le connaissez ?

– Non.

Encore un intermédiaire. C'était long et difficile de tirer ce genre de fil...

Le vieux Carlos était sorti de la Cadillac et fumait sur le trottoir...

– Qu'allons-nous faire ? dit Malko.

– L'emmener chez moi pour bavarder, fit Cordero sans tourner la tête.

– Où ? À Colon ?

– Non, ici, chez moi.

Malko se sentit mal à l'aise.

– Il y a des choses que je réprouve, dit-il.

Cordero lui adressa un sourire féroce.

– Señor Linge, je n'aime pas la violence pour la violence... Je peux vous dire que lorsque ce garçon saura où il se trouve et qui je suis, il sera capable de me réciter l'annuaire téléphonique à l'envers après l'avoir lu une seule fois. Sans même le toucher du bout du doigt. Vous avez entendu parler des Martinez, de Bolivie ?

– Bien sûr.

Une famille de féroces Boliviens qui avaient défrayé la chronique en massacrant à la mitrailleuse des centaines de paysans qui s'opposaient à la culture de la coca.

– Je leur ai racheté leur maison à Panama-City. Quand ça chauffait pour eux, ils sont venus se réfugier ici avec des passeports panaméens. Courtoisie du général Coiba... Maintenant, ils sont retournés chez eux, et j'occupe leur maison. Notre ami Justo va découvrir leur piscine.

– Vous voulez le noyer ?

Cordero eut un sourire à faire claquer des dents un requin.

– Non. D'ailleurs on ne peut pas s'y baigner.

– Pourquoi ?

– Elle est pleine d'acide sulfurique, expliqua Cordero. Lorsque un revendeur l'avait doublé, Martinez le faisait jeter dedans.

Malko demeura muet devant cette horreur programmée. Les sommes colossales gagnées avec le trafic de drogue avaient créé une nouvelle race de criminels dont la férocité dépassait l'imagination. À côté d'eux, les gens de la Mafia étaient des philanthropes... À la table voisine, Justo le dandy venait de donner une enveloppe à Hugo. Les deux hommes se levèrent et traversèrent l'Avenida Ecuador en biais, sans se presser. Un peu plus loin se trouvait un petit square bordé de vieilles maisons coloniales. Hugo avait reçu l'ordre d'y entraîner son ami...

La Cadillac avait démarré. Malko et Cordero s'ébranlèrent à leur tour.

Hugo et son compagnon s'étaient arrêtés près d'un gros banian et bavardaient. Visiblement, le jeune Hugo faisait tout ce qu'il pouvait pour retenir l'élégant commanditaire en mort subite.

La Cadillac glissa silencieusement le long du trottoir et stoppa derrière eux. Carlos en émergea, se dirigeant vers les deux hommes. À ce moment, Justo se retourna et le vit.

Il devait posséder un sixième sens, car, sans hésiter, il planta là le jeune homme et fila à toutes jambes vers une villa entourée d'un petit jardin. Hugo demeura figé sur place tandis que le vieux Carlos fonçait. Étonnamment agile pour son âge.

Il rattrapa le dandy au moment où ce dernier escaladait la grille de la villa et le ceintura, le faisant retomber sur le sol.

Osiris Cordero avait bondi au volant de la Cadillac et la rapprocha. Au moment où l'homme poursuivi se mit à hurler, il déclencha son Klaxon, attirant l'attention sur la voiture. Carlos balaya d'un coup de crosse la tête du fugitif. La Cadillac était là, le coffre ouvert de l'intérieur, entrebâillé. Carlos se pencha et d'un violent effort chargea le corps inanimé sur ses épaules. En deux enjambées, il eut rejoint la voiture et le dandy bascula dans le coffre ouvert. Quelques badauds regardaient, mais personne ne pensa à s'interposer.

Malko eut juste le temps de monter à côté de Cordero. La Cadillac dévalait déjà la Calle 21 en direction de l'Avenida Balboa.

Osiris Cordero conduisait à tombeau ouvert. Malko comprenait son empressement à l'aider : il n'était pas vraiment sûr que cela ne le concerne pas...

Ils remontèrent vers la Via España jusqu'aux élégantes villas de La Cresta, petit quartier résidentiel sur une colline en contrebas de l'Université.

Trois cents mètres plus loin, la Cadillac stoppa devant un portail noir, encadré de hauts murs. Un coup de Klaxon et la grille s'ouvrit sur trois pistoleros, dissimulant à peine leurs armes sous des chemises mexicaines... La maison blanche, très belle, s'étalait au milieu d'une pelouse en pente et la vue magnifique dominait toute la ville et la baie. Osiris Cordero fit entrer la voiture dans le garage et on ouvrit le coffre.

Le dandy était plutôt chiffonné. Il sortit en titubant, les yeux hors de la tête, du sang sur le visage, encore groggy et commença à injurier tout le monde. Le vieux Carlos s'approcha alors, et, posément, lui envoya un coup de pied dans le bas-ventre à lui faire rentrer les testicules dans la gorge. Le beau Justo s'effondra avec un cri aigu, plié en deux par la douleur, vomissant sur le sol en ciment du garage. C'est Osiris Cordero qui le redressa et l'appuya à la voiture, toujours assis par terre.

– Tu sais qui je suis ? demanda-t-il.

L'autre secoua la tête négativement.

– Osiris Cordero, annonça le *narcotraficante*. Ça te dit quelque chose ?

Le dandy leva un œil torve et terrifié.

– Non. Qui êtes-vous ? Pourquoi m'avez-vous enlevé ?

La peau diaphane de Cordero se tendit encore plus sur ses pommettes ; il saisit le jeune homme par sa cravate.

– *Maricon !* Parce que tu m'as envoyé *un torpedo...*

Il leva le bras, menaçant, et le jeune Justo cria aussitôt :

– *No me toques ! No me toques*[1] !

1. Ne me frappe pas !

Cordero n'en revenait visiblement pas que quelqu'un vivant à Panama-City ne connaisse pas sa réputation. Il plongea la main dans la poche de la veste froissée, et en tira un portefeuille qu'il ouvrit, examinant son contenu. Malko le vit prendre une carte et siffler de stupéfaction.

– *Madre Dio !* C'est un Cubain ! Un diplomate.

Malko lut la carte agrémentée d'une photo. Une accréditation diplomatique de la république de Panama au nom de Rodolpho Sanchez, second conseiller à l'ambassade de la république démocratique de Cuba ! Qu'est-ce que ce diplomate cubain venait faire dans ce sombre règlement de comptes ? Malko, abasourdi, se demanda s'il n'y avait pas eu confusion de personne. L'horreur absolue...

Il examina les autres papiers du portefeuille, mais tous correspondaient : ce n'était pas une fausse identité. Osiris Cordero semblait désarçonné aussi. Il jeta un sombre coup d'œil à Malko, comme si ce dernier l'avait entraîné dans un coup fourré. Puis, il aida le Cubain à se relever et se planta en face de lui.

– Pourquoi as-tu remis de l'argent à cette petite salope d'Hugo ?

– Je ne comprends pas, vous vous trompez...

De nouveau la peau bistre se tendit sur les pommettes.

– On t'a vu, dit Cordero.

– Je le lui devais, il me l'avait prêté, fit l'autre, terrifié.

La lueur dangereuse reparut dans l'œil noir d'Osiris Cordero.

– Ce petit con n'a jamais eu plus de dix balboas

en même temps, fit-il, tu te fous de ma gueule. C'était pour lui payer la *torpille* que tu m'as envoyée...

Le diplomate essuya le sang qui coulait dans son cou, essayant de faire face.

– Je ne comprends rien à tout ce que vous dites, fit-il d'une voix un peu plus ferme. Ce que vous avez fait est un acte criminel. Relâchez-moi immédiatement, sinon les conséquences seront très graves pour votre pays.

– Elles vont d'abord être graves pour toi, *maricon !* lança le Panaméen. Carlos, il est fatigué, il a besoin de se détendre. Emmène-le à la piscine...

Carlos poussa le diplomate vers la sortie du garage et comme il regimbait, lui envoya dans une cheville un coup de pied qui lui arracha un hurlement. Puis, il le traîna à l'extérieur.

– Je vous interdis de..., avertit Malko.

Cordero eut son sourire venimeux.

– Non, on va juste lui montrer. À mon avis, ça suffira. Ce type-là n'est pas un dur.

– J'ai besoin de téléphoner, dit Malko.

– Venez.

Il le mena dans un salon et l'installa dans un somptueux canapé de style Louis XV signé Romeo, aux bois laqués rehaussés de dorures avec des coussins de soie brochée bleue. Un téléphone plaqué or trônait sur la table basse.

– Vous savez que j'exporte même ces meubles-là à Cuba ; pour la Nomenklatura, dit-il, comme pour détendre l'atmosphère, montrant un meuble combiné en laque noire avec un ensemble télé-chaîne hifi Akaï.

Malko composa sur le téléphone en or le numéro

personnel d'Herbert Lawn. L'Américain décrocha lui-même.

– Vous avez du nouveau ? demanda-t-il. Ça s'est bien passé à Colon ?

– Très bien, dit Malko. J'ai rencontré quelqu'un aujourd'hui, je voudrais que vous me disiez si vous le connaissez.

– Bien sûr. Qui ?

– Un certain Rodolpho Sanchez, un diplomate cubain.

Malko sentit la surprise de l'Américain.

– Vous êtes sûr que c'est le Sanchez de l'ambassade cubaine ? demanda Herbert Lawn.

– Absolument. Vous le connaissez ?

– *Holy shit !* Oui. C'est mon homologue.

– Que voulez-vous dire ?

– C'est le chef de poste de la DGI cubaine à Panama.

Malko demeura silencieux quelques instants. D'un coup, tout se mettait en place, devenait cohérent. Son intuition se vérifiait.

Il restait à obtenir le principal : des aveux.

– Vous en êtes certain ? insista-t-il.

– Évidemment, c'est un type que nous surveillons depuis des mois. Il est très actif à Panama et je peux vous donner tout son curriculum vitae.

– Je me demande si nous ne tenons pas la clef de toute notre histoire, dit Malko. Je vous rappellerai...

Inutile de lui dire qu'il avait kidnappé le faux diplomate cubain. Herbert Lawn en aurait fait un infarctus.

Il raccrocha et rejoignit le local où se trouvait la piscine couverte. Carlos avait déjà déchaussé le Cubain qui regardait, horrifié, le bain d'acide sulfurique. Le diplomate, livide, ne se débattait même plus. Malko s'approcha de lui.

– Señor Sanchez, dit-il, je sais que vous êtes le chef de poste de la DGI à Panama.

Le Cubain leva sur lui un regard affolé, noyé de panique.

– Qui êtes-vous ? Que signifie cette sinistre comédie. Je suis un diplomate et...

– Vous êtes un agent de la DGI, coupa Malko et ce n'est pas une comédie. Vous avez voulu me faire abattre. Je veux savoir pourquoi...

– Qui êtes-vous ? répéta le Cubain, je ne comprends rien à ce que vous me dites.

– Vous devriez répondre, dit Malko, mon ami a peu de patience.

– Relâchez-moi, vous êtes un bandit ! vomit le Cubain.

– Très bien, dit Malko. Je vous laisse avec le Señor Cordero. Je crains qu'il ne vous traite plus mal que moi.

Il sortit de la pièce. À peine eut-il le temps de faire trois mètres, qu'il entendit un hurlement horrible.

– Arrêtez ! Revenez ! Señor ! Señor !

Il revint sur ses pas. Les pieds nus du diplomate cubain étaient à quelques centimètres de la surface fumante. Impassible, les bras croisés, Osiris Cordero contemplait la scène.

– Arrêtez ! Je vais tout vous dire ! s'égosilla l'homme de la DGI.

– Parlez d'abord, dit Malko.

– Que voulez-vous savoir ?

– Pourquoi avez-vous envoyé un tueur à Colon ?

– Pour protéger un de nos agents.

– C'est-à-dire ?

– Cet homme est en possession de certaines informations très dangereuses pour une de nos opérations.

– Qui est-ce ?

– Je ne peux pas vous le dire.

Nouveaux hurlements. Cette fois, les pieds avaient effleuré l'acide. Le temps de reprendre son souffle et le faux diplomate se mit à parler sans interruption.

– Il s'agit du colonel Santo Domingo, commença-t-il.

Malko sentit sa poitrine se dilater de joie.

– Le colonel Santo Domingo est donc un agent cubain ? insista-t-il.

– Oui, confirma Rodolpho Sanchez. Il a été recruté depuis plusieurs années.

– C'est vous qui le traitez ?

– Non, il a toujours été traité à partir du Mexique ou de la Colombie.

– Pourquoi êtes-vous intervenu, dans ce cas ?

– C'est un ordre de la Centrale, expliqua le Cubain. Une priorité absolue. Sinon, je ne me mêle jamais d'affaires spéciales et violentes... Mais c'est venu de La Havane.

Osiris Cordero l'interrompit d'un ton incrédule :

– Tu veux dire que c'est cet enculé de Fidel Castro qui a donné l'ordre de me faire descendre !

– Pas vous, dit-il.

– De quoi voulait-on protéger Santo Domingo ? demanda Malko.

– Je l'ignore, je vous le jure. C'est La Havane qui a donné l'ordre. Je sais seulement qu'il est très important et que Lider Maximo s'en est occupé lui-même...

Tout était clair maintenant pour Malko. Santo Domingo privé de ses tueurs habituels par la disparition d'El Guapo avait fait appel à ses protecteurs pour liquider Malko qui se rapprochait trop. Et l'enjeu était tel pour les Cubains qu'ils avaient mis le paquet, avec une certaine imprudence. Rodolpho Sanchez n'était visiblement pas habitué aux opérations « action ».

– Vous allez me relâcher maintenant ? demanda anxieusement le Cubain. Je ne suis qu'un exécutant...

C'était le cas de le dire.

– Pourquoi tu as utilisé ce Hugo ? demanda Cordero. Il travaille avec toi ?

– *Clam que no !* Mais il m'a souvent emmené voir son show à l'hôtel et il me présentait des filles.

De ce côté, tout était clair. Malko se tourna vers Osiris Cordero. Impossible de remettre l'agent cubain dans la nature.

– Pouvez-vous le garder ici quelque temps ?

Cordera exhiba ses canines en un sourire un peu trop gentil.

– *Como no !* C'est un hôte d'honneur. Un espion cubain. Je pourrais peut-être l'échanger contre quelques kilos de *pasta*. Combien ça vaut un espion ?

Le diplomate n'avait pas envie de rire du tout. Il adressa un regard suppliant à Malko :

– Vous n'allez pas me laisser entre leurs mains ?

– Vous serez relâché plus tard. Cordero, je veux votre parole que rien ne lui arrivera.

Osiris Cordero jura, la main sur le cœur.

– Je vous jure sur la tête de ma mère bien-aimée, que Dieu ait son âme, que je déposerai ce *lagarto* devant l'ambassade de Cuba dès que vous me le direz...

Le vieux Carlos hocha la tête, visiblement impressionné par ce serment solennel.

– On va s'apercevoir de ma disparition, objecta le diplomate. Cela va créer des problèmes.

– Mais non, fit Cordero avec bonhomie, ce n'est pas pour longtemps. Et puis tu vas téléphoner pour dire que tout va bien.

Malko était déjà en train de s'en aller, Osiris Cordero le rattrapa :

– Il va falloir que nous ayons une petite conversation. Je vous rends un sacré service...

– Plus tard, dit Malko. Faites-moi déposer chez Herbert Lawn.

– Facile, il habite à côté, fit le *narcotraficante*. Carlos va vous conduire.

Malko monta dans la Cadillac et le vieux Carlos prit le volant. Cinq minutes plus tard, il descendait devant le portail de la résidence d'Herbert Lawn.

L'Américain vint à sa rencontre, visiblement soucieux.

– Qu'est-ce que c'est que cette histoire à propos de Sanchez ? demanda-t-il.

– Je vais vous expliquer, dit Malko. Mais avant, je voudrais vous poser une question. La Company est toujours décidée à mettre le colonel Santo Domingo à la place du général Coiba ?

– Oui, je vous l'ai dit.

– Eh bien, vous serez certainement heureux d'apprendre que vous allez placer un agent cubain à la tête du Panama.

## CHAPITRE XX

La mâchoire de Herbert Lawn sembla se décrocher. Il blêmit et alluma nerveusement une cigarette.

– Que voulez-vous dire ?

– Que le colonel Santo Domingo est un agent d'influence cubain, expliqua Malko. Les événements des dernières semaines sont une manip de la DGI pour vous amener à prendre la décision que vous venez de prendre... Vous aurez votre statue à La Havane.

– Expliquez-vous !

L'Américain était défait.

– Santo Domingo a été recruté par les Cubains depuis longtemps, continua Malko, parce qu'il a le profil d'un gagneur et qu'il est vénal. Les Cubains l'ont impliqué dans un énorme trafic de drogue entre la Colombie, Panama, Coco Island et Cuba. Ils le tiennent comme ça. Puis, ils ont eu l'idée de remplacer Coiba – une crapule, mais qui nous est plutôt favorable – par une autre crapule, mais qui leur est toute dévouée. Pour la suite, je n'ai pas besoin de vous faire un dessin... Le Panama risque de devenir au mieux une source de problèmes et, au pire, un nouveau Nicaragua... N'oubliez pas que nous perdons le contrôle du canal dans quinze ans et que les troupes US devront évacuer le pays.

– Écoutez, fit l'Américain, c'est si énorme que...

– Ce n'est pas Coiba qui a fait assassiner Julio Chavarria, dit Malko. Santo Domingo était au courant des menaces de Chavarria à l'égard de Coiba. Il savait aussi que cela ne suffisait pas à déboulonner le général. Il était aussi l'amant d'Angelina Chavarria, ce qui lui a permis de monter un guet-apens contre son époux. Et d'en avertir Coiba *après*, en prétendant avoir fait du zèle. Bien entendu, Coiba n'allait pas le désavouer. Il en était même plutôt content ; mais il ne se serait jamais lancé dans cette opération, car il a trop de sens politique.

– Tout cela pour le brouiller avec nous.

– Exactement. Et ça a marché... Sans le RPG7 défectueux, le plan des Cubains fonctionnait à merveille. La Company éliminant leur adversaire et mettant à sa place leur copain. Avouez que ce n'est pas mal.

– *Holy shit*, fit Lawn, effondré. C'est diabolique...

– Et Coiba, juste retour des choses, doit la vie à un obscur ouvrier soviétique qui avait bu trop de vodka le jour où il a assemblé son RPG7...

Un ange drapé dans les pans du drapeau soviétique traversa la pièce au son de l'*Internationale*...

– Vous êtes totalement certain de tout cela ?

– À cent cinquante pour cent, affirma Malko.

– Alors, c'est épouvantable, laissa tomber l'Américain.

– Pourquoi ?

– Parce que je ne peux plus rien arrêter. Le coup

d'État en faveur de Santo Domingo doit avoir lieu après-demain. Je n'ai plus de contacts prévus avec lui et nous avions convenu que je ne chercherai à le joindre sous aucun prétexte, afin de ne pas alerter Coiba.

– Vous pouvez être sûr qu'il fera tout pour vous éviter, dit Malko. Il a trop peur d'un contre-ordre...

– J'ai sa ligne directe à son bureau de la Guardia.

– Essayez, suggéra Malko.

L'Américain composa le numéro et se fit connaître, demandant à parler au colonel Santo Domingo.

– Une seconde, fit son interlocuteur, le major Mela.

Lawn mit la main sur l'écouteur et dit à Malko.

– Je l'entends parler... Il va me prendre...

La voix du major revint, polie et doucereuse.

– Le colonel Santo Domingo vient de partir pour une mission importante. Il vous rappellera dès son retour.

Le chef de station de la CIA raccrocha, défait et lança un long regard à Malko :

– L'enfoiré !

– Il vous reste à prendre votre courage à deux mains et prévenir le général Coiba, suggéra Malko.

L'Américain ne sembla pas évaluer cette idée avec enthousiasme.

– Difficile, dit-il, je ne le ferai qu'en toute dernière extrémité. D'abord, Coiba ne croira jamais à mon innocence. Ensuite, s'il trouve ce que je lui ai donné, c'est une crise majeure qu'il exploitera au maximum.

– Quoi ?

– L'explosif. Trois livres de C4 qui viennent de chez nous. Plus un détonateur à minuterie dissimulé dans une calculatrice électronique. Une fabrication de la TD[1].

– Comment l'attentat doit-il avoir lieu ?

– Je l'ignore.

Malko comprenait l'effondrement du chef de station. Une histoire comme ça et c'était non seulement la fin de sa carrière, mais un coup grave porté à la Company...

– Donc, conclut Malko, il faut éliminer Santo Domingo en lieu et place du général Coiba...

– C'est une solution, admit Herbert Lawn. Mais je ne vois pas comment. Je n'ai plus personne ici pour une action de ce genre. En plus, il faut un dossier d'objectif, du temps et des spécialistes. Toutes choses que nous n'avons pas. Inutile de faire la même gaffe que les Cubains. De plus, Santo Domingo doit être sur ses gardes.

– Donnez-moi quelques heures, demanda Malko. J'ai besoin de réfléchir. Pour l'instant, nous avons des atouts. Santo Domingo ne sait pas que je suis au courant pour l'attaque dont j'ai été victime et surtout pas, que nous avons démonté sa connexion avec les Cubains. Je vais voir notre ami Stephens, il aura peut-être une idée.

– Que Dieu vous entende, soupira Herbert Lawn. En attendant, je ne fais pas de compte rendu. Il sera toujours assez tôt.

Patrick Stephens, le *special agent* de la DEA, jubilait. Et il dut, à l'évidence, faire un gros effort sur lui-même pour participer aux malheurs de la CIA.

1. Technical Department.

– Je suis sur le coup de l'année, annonça-t-il. Grâce à notre copain Osiris. Demain soir, cinq cents kilos de cocaïne pure vont partir en avion du Darien vers Coco Island. De là, elle sera transbordée sur un bateau cubain, le *Santa Monica*. Et, en route pour les Bahamas !

– Pourquoi n'intervenez-vous pas ici ? demanda Malko, intrigué.

– Pour ne pas griller Cordero, d'abord. Il a eu l'information par ses copains cubains à qui il livre des ordinateurs de chez nous, interdits d'exportation. Il m'a même donné l'immatriculation du Beechcraft qui va transporter la came : HP 818. C'est celui de Virgilio Zuniga, qui est basé à l'aéroport Marco Gelabert.

Un petit terrain pour avions privés et vols domestiques situé juste à côté de Paitilla. L'Avenida Brasil le longeait, en pleine ville.

– Où allez-vous intervenir ? demanda Malko.

– Beaucoup plus loin. Nous allons le suivre avec des appareils de reconnaissance et le faire arraisonner en pleine mer.

– Comment avez-vous pu ignorer que Santo Domingo était l'associé de Coiba dans le trafic de drogue ?

Patrick Stephens hocha la tête.

– Il y a eu des rumeurs, mais jamais rien de précis. C'est Osiris qui vous a appris cela ? Pourquoi ce salaud ne me l'a-t-il pas dit ?

– Il l'ignorait lui-même, dit Malko. Ce n'est pas par lui que je l'ai appris.

– Quand je pense qu'on va le mettre à la tête du

pays, grommela le *special agent*. Ils sont tous pareils dans ce putain de pays. Si je peux vous aider...

– Vous l'avez fait, dit Malko.

Une ébauche de plan commençait à se faire jour dans sa tête, avec encore beaucoup de rouages à mettre en place et très peu de temps pour le faire. L'objectif étant double : sauver Coiba et éliminer Santo Domingo.

Le colonel Santo Domingo, enfermé dans son bureau, prit dans sa poche les piles qu'il venait d'acheter et ouvrit le ventre de la petite calculatrice qu'on lui avait remis à l'*Intercontinental* de Tegucigalpa. Il y avait des piles à l'intérieur, mais il n'était pas à cent pour cent certain qu'elles soient bonnes. Autant ne pas prendre de risques. Il les mit en place, referma l'engin, après avoir de nouveau regardé comment fonctionnait la minuterie. C'était d'une simplicité enfantine : il suffisait de déplacer deux aiguilles et d'enfoncer un fil dans une fiche pour déclencher la machine infernale.

Il replaça la calculatrice dans une grosse serviette en cuir au fond de laquelle il avait mis les trois livres de C4 et dont il ne se séparait jamais.

Dans moins de quarante-huit heures, il serait le maître du Panama. À cette idée, il alluma un cigare et se détendit, repassant tous les points délicats de son opération.

Certes, l'élimination de l'agent américain avait échoué, mais ce dernier n'aurait pas le temps de réagir en vingt-quatre heures. Le fait que le chef de station de la CIA ne se soit pas précipité chez le général Coiba était plutôt bon signe...

Il restait Angelina Chavarria. Son évocation amena un petit pincement au creux de l'estomac de Santo Domingo. La pulpeuse veuve allait lui manquer. Mais il n'avait pas le choix. Elle l'avait trahi et représentait un risque de sécurité énorme par ce qu'elle savait. Dans vingt-quatre heures, elle serait hors de portée de quiconque, deux balles dans la tête, flottant dans le Pacifique.

Et le lendemain de son élimination, le général partirait en déplacement en Colombie. Normalement, son voyage aérien devait se terminer bien avant sa destination finale.

Rasséréné, le colonel Santo Domingo tira sur son cigare. Il allait enfin toucher les dividendes des risques pris depuis des années.

Malko retrouva le *Marriott* presque avec plaisir. Il avait besoin de prendre un bain et de faire le point. Trois messages d'Ines de Castro l'attendaient, mais il ne rappela pas. Il fallait d'abord mettre de l'ordre dans ses idées.

Il était dans sa baignoire quand le téléphone sonna un peu plus tard.

C'était Angelina Chavarria et sa voix semblait venir de très loin.

– Je t'appelle de l'hôtel *Contadora*, dit-elle. Je viens d'avoir Ignacio. Il m'a annoncé qu'il viendrait me chercher demain soir pour m'emmener quelques jours hors du Panama.

– En bateau ?

– Non, en avion, il y a une petite piste à Contadora.

– Et ensuite, où irez-vous ? Elle marqua une hésitation.

– Je ne sais pas. Mais c'est un petit avion, il ne peut pas voler très loin.

– À quelle heure doit-il venir ?

– Vers neuf heures. Nous repartirons aussitôt.

Le cerveau de Malko travaillait à toute vitesse.

Quelques pièces du puzzle venaient encore de se mettre en place...

– Angelina, dit Malko, rappelle-moi demain matin, à midi. Du même endroit. Je te donnerai des instructions.

– J'ai peur. Est-ce que je dois le suivre ?

– Nous verrons, dit Malko. Ne crains rien.

Après avoir raccroché, il se replongea dans sa baignoire. Cette fois, son idée prenait forme. En rapprochant les informations dont il disposait, il avait un tableau exact de ce qui allait se passer. C'est le colonel Santo Domingo qui allait vraisemblablement convoyer la drogue du Darien à Coco Island. Et sur sa route, il stopperait à Contadora pour récupérer Angelina et la mettre à l'abri chez ses amis cubains, le temps qu'il prenne le pouvoir.

Peu à peu, une idée diabolique germa dans l'esprit de Malko. S'il parvenait à la réaliser, il faisait d'une pierre trois coups.

Seulement, il avait besoin pour cela de quelques aides.

Osiris Cordero dînait seul, installé à une table transparente faite d'une immense dalle de verre aux bords biseautés, soutenue par deux colonnes à la romaine en perpex transparent.

– Vous aimez ma table ? demanda le Panaméen. Elle vient de chez Claude Dalle, à Paris.

La lumière se reflétait dans ses pommettes lui donnant un air momifié.

– Superbe, dit Malko. Mais où est le Cubain ?

Le Panaméen le calma d'un sourire qui, pourtant, n'avait rien de rassurant.

– À la cave. On l'a même nourri et il a téléphoné à sa bonne pour prévenir qu'il ne rentrerait pas. Il n'est pas marié. C'est pour cela que vous êtes revenu ?

– Non, dit Malko. J'ai encore besoin de vous.

– Qu'est-ce que vous me donnez ?

– Cela dépend. Si vous faites tout ce que je veux, votre fils.

Osiris posa sa fourchette. Ses yeux noirs avaient pour la première fois une expression humaine, teintée d'incrédulité.

– Mon fils ! répéta-t-il. Vous vous moquez de moi. C'est impossible.

– Si vous nous rendez ce service, dit Malko, ce sera faisable.

Un maître d'hôtel entra avec un plateau et le Panaméen le renvoya brutalement, tournant sa tête de momie vers Malko.

– Quel service ? demanda-t-il d'une voix froide.

– Il y en a deux, dit Malko. Le premier, c'est de me procurer un double des clefs d'un Beechcraft immatriculé HP 818, qui est stationné en général à l'aéroport Marco Gelabert.

– Mais c'est l'avion de Virgilio Zuniga ! s'exclama Cordero. Vous voulez le voler ?

– Non, dit Malko. Ne posez pas de questions. La seconde chose est probablement plus difficile. Demain, le colonel Santo Domingo se rend avec cet avion dans le Darien chercher un chargement de cocaïne. J'ignore s'il sera seul ou non. Je veux savoir ce que contient la serviette en cuir qu'il a toujours avec lui.

Osiris Cordero repoussa sa chaise, une lueur étonnée dans ses yeux noirs.

– Ainsi, c'est Santo Domingo qui va chercher la came... Et qu'est-ce que vous voulez faire ?

– Ce n'est pas votre problème, dit Malko.

Osiris Cordero le fixa longuement. En proie visiblement à des sentiments partagés. Malko sentait qu'il était accroché. Il voulut pousser son avantage.

– Dites-moi d'abord si ce que je vous ai demandé est possible. L'une ne va pas sans l'autre.

– Ça l'est, laissa tomber Cordero, bien que très difficile. Mais comment vais-je être sûr que vous tiendrez votre promesse ?

– Ma parole, dit Malko, et celle de Patrick Stephens.

– Avez-vous le pouvoir de faire libérer mon fils ?

– Oui.

Nouvelle pause. Le Panaméen faisait une boulette avec du pain, le regard absent. Il finit par tourner la tête vers Malko :

– J'accepte. Mais si vous me racontez des coups, souvenez-vous que j'ai un otage... Quand vous faut-il l'information et les clefs ?

– Demain avant six heures du soir.

– Qu'y a-t-il dans la serviette en cuir du colonel Santo Domingo ?

Il avait posé sa question d'un ton détaché.

– C'est à vous de me l'apprendre, dit Malko. Vous m'énumérez le contenu, je saurai si vous avez répondu à la question.

– Et s'il n'y a pas ce que vous cherchez ?
– Le deal tient quand même pour votre fils.
Osiris Cordero se leva.
– Demain, je vous attends ici à six heures.

Ines de Castro, sans souci des clients du *Rincon Suizo*, une gargotte de la Calle 62, se conduisait comme une chatte en chaleur, enroulée autour de Malko, le caressant sans vergogne. Elle lui souffla à l'oreille :

– Viens, j'ai envie de toi. Je n'ai jamais eu autant envie de quelqu'un.

Les autres clients en étaient également persuadés...

Le couple partit, enlacé. Malko, le Beretta glissé dans sa ceinture. Le colonel Santo Domingo pouvait avoir amorcé un autre piège. Mais pour son plan, Malko avait décidé de se vider le cerveau pendant quelques heures.

Dans la Toyota, Ines se pencha vers lui et commença à le caresser. Lorsqu'il entra dans le parking du *Marriott*, il aurait fait honte à un singe en rut... Ines était ravie. Dans l'ascenseur, elle lui glissa à l'oreille devant un couple choqué :

– Je veux que tu me violes.

C'était une façon de parler... À peine dans la chambre, elle l'étreignit et c'est elle qui le fit basculer sur le lit, se tortillant pour relever sa jupe de velours. Dessous, elle ne portait qu'un porte-jarretelles assorti à ses bas marron glacé. Son ventre vint à la rencontre de Malko qui s'enfonça en elle avec un soupir de soulagement. Ils firent l'amour tout habillés, avec une violence contenue jusqu'à ce qu'ils explosent tous les deux.

Ines continua à gémir.

– C'est terrible, j'ai encore envie de toi...

Ce n'est que beaucoup plus tard que Malko put s'endormir, Ines collée à lui.

Ines de Castro était partie depuis dix minutes lorsque Angelina Chavarria appela. La communication était toujours aussi mauvaise.

– Tu as réfléchi ? demanda-t-elle.

– Oui, dit Malko, je viendrai te rejoindre vers huit heures et demie. Il a donné des nouvelles ?

– Oui. Il vient de m'appeler, pour me dire qu'il arriverait comme prévu vers neuf heures, mais qu'il ne pourrait pas m'appeler entre-temps.

Évidemment, il serait dans le Darien.

– Ne fais rien, dit Malko, ne parle à personne de ma visite. Explique-moi où se trouve ton bungalow.

– Quand on sort de l'aéroport, dit-elle, il y a un chemin qui monte et dessert toute l'île. Tu passes devant une hutte ronde qui sert de salle d'attente et tu continues jusqu'au troisième sentier sur la droite qui redescend le long de la colline. Le bungalow est tout au bout, dominant la mer. Je laisserai de la lumière. Tous les autres sont vides, les gens ne viennent que pendant le week-end.

– Alors, à ce soir, dit Malko.

Juste avant le pont des Amériques, un grand panneau exhortait les Panaméens à dénoncer au gouvernement les contrebandiers, contre une prime de cinquante pour cent...

Malko fila à droite, le long du canal, rejoignant le restaurant du golf, une baraque plantée en plein green.

Herbert Lawn l'y attendait devant un J & B and soda. L'Américain dissimulait mal sa nervosité et n'attendit pas que Malko soit assis, face au lointain canal, pour demander :

– Vous avez fait des progrès ?

– Il y a une chance sur deux pour que vous n'ayez pas à demander l'aman au général Coiba, annonça-t-il.

– Et Santo Domingo ?

Tandis qu'on leur apportait des steaks immondes, Malko expliqua son plan. L'Américain l'écouta attentivement avant de remarquer :

– C'est un meurtre...

– Parce que l'élimination de Coiba, ce n'était pas un meurtre ? rétorqua Malko. Je ne pense pas qu'on pleure beaucoup le colonel Santo Domingo.

– Bon, admettons. Et si un des trois éléments est non conforme ?

– Dans ce cas, dit Malko, vous n'aurez plus qu'à vous trouver en robe de bure demain matin à huit heures chez le général Coiba.

Perspective, qui, visiblement, n'enchantait pas le chef de station.

– Je suis obligé de vous faire confiance, dit-il. Mais si cela réussit, il faudra que personne, jamais, ne sache ce qui s'est passé...

– Il n'y aura que vous et moi, dit Malko, plus une demi-douzaine de gens comme Stephens et Cordero qui se douteront de quelque chose, mais ne pourront rien prouver...

– Que le ciel vous entende, soupira l'Américain. Dans ce cas-ci, je n'ai pas demandé d'instructions à Langley. Je ne vous fais pas de dessin sur ce qui pourrait nous arriver.

– Je peux annuler, dit Malko. Et prendre ce soir le premier avion pour Mexico.

– Non, non, fit Herbert Lawn avec vivacité, ce n'est pas ce que je voulais dire.

– Alors, ce soir, restez chez vous. Je vous donnerai des nouvelles. Bonnes ou mauvaises.

***

Bruce Gonzales se leva pour donner l'*abrazo* à Malko, sous l'œil attendri de la secrétaire aux gros seins.

– Chaque fois que je vous vois, dit-il, vous venez d'échapper à la mort... Ines m'a tout raconté sur Colon. Que puis-je faire pour vous ?

– Quelque chose de pas dangereux. J'ai besoin de quelqu'un de sûr pour me conduire ce soir à l'île de Contadora en bateau et m'y reprendre quelques heures plus tard.

– À Contadora ! Mais il n'y a personne en semaine là-bas.

– Peu importe.

– J'ai un *speed-boat*, je peux vous conduire. Il y a environ une heure de mer. Aujourd'hui, le temps a l'air bon.

– On peut amarrer facilement ?

– Oui, il y a des pontons et je connais le coin. Mon bateau est à la marina de Punta Patilla.

– Très bien, je peux vous retrouver là-bas vers sept heures ?

– *No problem*.

Malko sonna chez Osiris Cordero à six heures moins cinq. Si le *narcotraficante* avait échoué, sa mission était fichue avant d'avoir commencé. La grille s'ouvrit électroniquement et il pénétra dans la propriété au volant de la Toyota Crown.

Osiris Cordero l'attendait devant la maison, avec son éternelle chemise mexicaine brodée, le visage aussi impénétrable que celui d'une momie. Malko le suivit dans le grand salon blanc. Une télé Akaï, couplée à un magnétoscope, passait un film en cassette. Le Panaméen coupa le son avec la commande à distance et sans un mot, jeta sur la table basse un trousseau de deux clefs.

– La carrée pour le contact, l'autre pour les portes et les soutes, dit-il. Mais l'avion ne se trouve pas à Patilla airport... Il est parti ce matin.

– Je sais, dit Malko. Et le reste ?

Cordero sortit un papier d'une de ses quatre poches et le déplia, puis commença à lire :

– Trois dossiers, un numéro de *Penthouse*, un pistolet Colt 45, trois chargeurs, des documents administratifs de la Guardia, trois mille balboas, un carnet d'adresses, des photos, une calculatrice électronique et un sac contenant une matière qui ressemble à de l'explosif.

Malko eut l'impression que ses poumons éclataient.

– Fantastique ! ne put-il s'empêcher de dire.

– Nous avons des amis là-bas, fit le *narco*. Vous voulez aussi l'heure de départ du Darien ? Environ sept heures et demie.

Malko ne tenait plus en place.

– À demain, dit-il. Dix heures à l'ambassade. Nous remplirons notre part du contrat.

– Et si vous vous faites flinguer ce soir ?

– Patrick Stephens et Herbert Lawn sont au courant.

Deux minutes plus tard, il dévalait l'allée en pente de La Cresta, direction la mer. Il manquait juste un petit truc pour sceller le sort du colonel Santo Domingo.

## CHAPITRE XXI

Malko n'aurait jamais pensé que l'île de Contadora, là où le shah d'Iran avait passé ses dernières semaines d'exil, fût si petite. De l'ombre du sentier longeant la piste d'atterrissage, il examina le minuscule aéroport. Le *runway* de six cents mètres environ prenait toute la largeur de l'île. Une petite tour de contrôle se dressait sur le côté, en face du parking des avions où stationnaient deux appareils. Tout était éteint et désert.

Dans sa plus grande longueur, l'île devait mesurer mille cinq cents mètres. Une colline verdoyante de jungle tropicale où se nichaient des dizaines de bungalows de week-end. En réalité, Contadora n'était qu'une partie d'un archipel comportant une multitude d'îlots minuscules et déserts. Bruce Gonzales avait dû en contourner plusieurs avant de trouver un ponton en face d'une grande villa inhabitée. Ignorant ce que Malko venait faire dans l'île, il s'était résolu à attendre que ce dernier vînt le rechercher. La mer était d'huile et un brillant clair de lune se reflétait sur la grande plage de sable de l'hôtel géré par le gouvernement et vide de clients. Malko était venu à pied, sans voir personne, jusqu'à la piste, située au centre de l'île. Il acheva de contourner l'extrémité de la piste, trouva le chemin qui montait et suivit les indications d'Angelina, débouchant sur un bungalow bâti à mi-pente, face à la mer, dominant une crique baignée de clair de lune.

– Malko !

Dans l'ombre, il n'avait pas vu Angelina. Elle se leva de son siège d'osier installé sous la véranda et courut vers Malko.

– Que se passe-t-il ?

– Tout va bien, assura-t-il. Tu es seule ici ?

– Oui.

Il consulta sa montre : un peu plus de huit heures. Angelina le regarda anxieusement. Ses seins débordaient de son maillot deux pièces. Elle était à peine maquillée et folle d'angoisse.

– Pourquoi es-tu venu ?

– Pour te sauver, dit Malko.

– Mais il doit venir me chercher.

– Justement. Pour t'emmener, mais je crois que ton voyage n'ira pas jusqu'à Cuba...

– Mon Dieu ! fit-elle. Qu'est-ce que je vais faire ?

– Je t'emmène, dit Malko, tu ne seras pas ici lorsqu'il arrivera.

– Oh oui, fit-elle, partons tout de suite !

– Non, dit-il, je suis obligé d'attendre son arrivée.

– Mais je te cacherai. Il doit venir vers neuf heures, non ?

Il leva la tête vers le ciel étoilé. Le silence était absolu. Le moment venu, on entendrait forcément un avion.

– Prends tes affaires, dit-il, tu ne reviendras plus ici.

Il resta sur la véranda. Lorsque Angelina ressortit, il entendit un très léger ronronnement dans le ciel.

– Vite ! fit-il.

Il la prit par la main et ils remontèrent jusqu'au sentier, puis coururent en direction du terrain, le contournant pour redescendre vers l'hôtel désert. Malko fonça vers le ponton où était amarré le Seaqueen 38. Bruce Gonzales l'appela.

– Gardez Angelina avec vous, fit Malko, poussant la jeune femme vers le ponton. Je reviens.

Sans leur laisser le temps de répliquer, il repartit en courant : le ronflement de l'avion augmentait... Il arriva au bord de la piste juste comme l'appareil prenait contact avec elle, six cents mètres plus loin. Dissimulé dans l'ombre, Malko le vit rouler vers lui. Le pouls à cent cinquante. Il avait calculé que le colonel serait seul, étant donné ce qu'il avait l'intention de faire... Mais il y avait encore une autre inconnue. Le Beechcraft tourna, face à lui et coupa ses moteurs. Puis une porte s'ouvrit. Un homme se glissa sur l'aile et sauta à terre. Il portait une lourde serviette à la main.

Malko jura intérieurement.

Si le colonel emportait sa serviette, c'était perdu !

Le colonel Santo Domingo fit le tour de l'appareil, regarda autour de lui, ne vit personne – la tour de contrôle était fermée – et s'arrêta sur le côté. Avec une émotion croissante, Malko le vit prendre une clef dans sa poche et faire basculer le panneau de la soute avant. Rapidement, il y enfourna la grosse serviette de cuir et referma. Malko observait l'immobilité de la pierre, comme si l'autre avait pu l'entendre respirer.

Santo Domingo s'éloigna, traversant la piste en diagonale et sauta la barrière, filant vers le bungalow.

Malko attendit qu'il eût disparu puis se précipita, les mains moites d'excitation. Il disposait de peu de temps.

Il enfonça la clef ronde remise par Osiris Cordero dans la serrure et tourna doucement. Cela accrochait... Il essaya encore, la gorge nouée. Cette fois, le loquet joua et le panneau bascula. Il n'eut qu'à tendre la main pour sortir la serviette de cuir, la poser à terre et l'ouvrir... Il plongea les mains dedans, fouilla avec soin, jusqu'à ce qu'il trouve un objet rectangulaire et plat : une petite calculatrice de poche.

Il souleva le couvercle avec l'ongle, découvrant un mécanisme de mise à feu à retard.

C'est là où la chance serait avec ou contre lui. Il ignorait combien de temps le colonel allait demeurer à Contadora. Après avoir découvert la disparition d'Angelina, il n'allait pas s'amuser à fouiller l'île dans l'obscurité... Donc, il fallait compter entre dix et quinze minutes au plus. Malko plaça le curseur sur vingt, appuya sur le déclencheur, referma, remit la calculatrice dans le sac et le tout dans la soute.

Trois minutes en tout... Il replongea dans l'ombre, à son poste d'observation. Les dés étaient jetés.

Sept minutes plus tard, exactement, le colonel réapparut, marchant d'un pas rapide. Il s'arrêta, avant de remonter dans le Beechcraft, regarda longuement autour de lui, eut un geste de rage et sauta sur l'aile. Malko sentit les battements de son cœur se calmer seulement au moment où la première hélice se mit à tourner. Fasciné, il suivit des yeux l'avion qui pivota, fit son point mort et se lança sur la piste. Alors seulement, il se mit à courir vers le ponton.

Les feux de position du Beechcraft HP 818 s'éloignaient vers le sud.

Les feux du Beechcraft s'étaient depuis longtemps perdus dans la nuit lorsque Malko atteignit le ponton.

– Nous attendons un peu, dit-il à Bruce Gonzales.

Angelina surgit du *speedboat*.

– Tu l'as vu ?

– Oui.

– Qu'as-tu fait ?

– Je te le dirai plus tard. Détends-toi. Viens.

Il l'entraîna sur la plage déserte, éclairée par le clair de lune, où les silhouettes des cocotiers se détachaient dans la nuit claire. Seul le bruissement du ressac troublait le silence. Spontanément, Angelina passa un bras autour de sa taille. Malko éprouvait une impression étrange. Un détachement total pour ce qui allait arriver et en même temps une excitation interne et presque pénible, comme lorsqu'on suit un match de tennis à son dernier stade et qu'on sent que son favori va gagner... Il regardait l'horizon sombre là où les feux du Beechcraft avaient disparu.

L'angoisse l'étreignit brutalement... Et si la technique le trahissait ? Angelina tremblait contre son bras, mais ce n'était pas de froid. Soudain, une boule de feu éclata dans le ciel, vers le sud, accompagnée d'un très lointain grondement, comme un orage.

Elle se transforma en une traînée brillante, une sorte d'étoile filante, qui se noya d'un coup dans l'océan Pacifique. L'obscurité retomba...

– Qu'est-ce que c'était ? demanda Angelina d'une voix angoissée.

– Ton mari est vengé, dit Malko.

Elle comprit d'un coup, eut un sursaut de tout son corps.

– C'était lui ! Mon Dieu...

Elle demeura figée et muette, fixant l'endroit où avait eu lieu l'explosion.

– Tu m'en veux ? demanda Malko. Tu étais toujours amoureuse de lui ?

– Non, non, fit-elle d'une voix absente.

Elle resta encore silencieuse quelques instants, puis brusquement, elle se jeta dans ses bras et l'embrassa avec violence.

– Je me sens enfin libre !

– Viens, dit Malko. Bruce nous attend.

Sans un mot, elle le retint et son ventre se colla au sien, exprimant parfaitement ce qu'elle voulait. Ils oscillèrent quelques instants et tombèrent dans le sable tiède. En un clin d'œil, Angelina se fut dépouillée de sa robe, exhibant ses seins magnifiques, se frottant contre Malko, le caressant, puis se penchant pour lui faire l'offrande de sa bouche.

Elle revint à lui, son corps épousant le sien, ouvrit les jambes, et le guida en elle, l'y faisant pénétrer d'un violent coup de reins. Le sable s'ouvrait sous leur poids et ils s'y enfonçaient peu à peu. Malko se mit à la prendre à grands coups de reins, savourant sa victoire. Angelina gémissait, les jambes nouées dans son dos. Puis, elle les laissa retomber et glissa sur le côté.

– Prends-moi comme ça, souffla-t-elle. Fort.

Agenouillé dans le sable, face à la lune brillante, il la prit aux hanches et, cette fois, s'enfonça sans difficulté dans l'ouverture de ses reins. Il fit durer son plaisir aussi longtemps qu'il le put avant de se déverser en elle en pensant à la mort. Le cri sauvage d'Angelina ne lui fit pas oublier que le colonel Santo Domingo n'était plus en ce moment qu'un pantin brûlé et désarticulé au fond du Pacifique.

Malko somnolait, Angelina pressée contre lui lorsque Bruce Gonzales se retourna.

– Nous arrivons, annonça-t-il.

Ils avaient mis à peine quarante-cinq minutes pour regagner Panama-City, avec une mer d'huile. Le Panaméen amena le *speedboat* le long du ponton et sauta à terre. Une silhouette jaillit de l'obscurité.

– Malko ! Enfin !

C'était Ines de Castro. Bruce se retourna :

– Je lui avais dit où nous allions...

Au même moment, elle aperçut Angelina dans le bateau. Malko n'eut rien le temps de dire. Avec une exclamation étouffée, la journaliste tourna les talons et courut vers sa voiture.

– Ines !

Il se précipita, mais elle avait déjà mis en route. Ses feux diminuèrent comme ceux du Beechcraft, un peu plus tôt. Malko se sentit très vide d'un coup. Dieu, que la vie était bête parfois. Angelina le regarda, quémandant un sourire, mais il n'avait plus qu'une envie : dormir après avoir mis au courant Herbert Lawn. Il se tourna vers Bruce.

– Ramenez chez elle Angelina, s'il vous plaît.

Malko sortit de l'ambassade US, les oreilles encore bourdonnantes des félicitations de la CIA et de la

DEA... Un traître et cinq cents kilos de cocaïne d'un coup, c'était un jour faste... Il avait quand même un goût amer. Ines de Castro avait disparu et il partait le soir même à Miami pour rejoindre un vol Air France sans escale sur Paris.

Officiellement, l'appareil du colonel Santo Domingo s'était abîmé en mer pour une raison inconnue. Herbert Lawn avait téléphoné au général Coiba pour lui présenter ses condoléances.

Patrick Stephens le rattrapa dans le parking, essoufflé. À son visage, Malko comprit immédiatement qu'il y avait une tuile.

– Le juge nommé dans l'affaire Cordero vient d'être viré par le District Attorney, annonça l'homme de la DEA. Le deal pour la visite d'Osiris tient encore, mais pour la suite, le petit risque sept ans...

Malko eut l'impression de recevoir le ciel sur la tête. Osiris Cordero devait venir à l'ambassade chercher sa récompense.

– Il n'y a rien à faire ?

– Rien, avoua le *special agent*. Mais je vais arranger le coup avec Cordero. Ne vous en faites pas...

– Et Rodolpho ?

– Il va le relâcher. Faites-moi confiance. Bonne route.

Les deux hommes se quittèrent sur une vigoureuse poignée de main. La joie de Malko était gâchée par ce contretemps. Il revoyait les yeux cruels de Cordero et se demanda comment Stephens arrangerait les choses. Il lui restait quelques heures à passer à Panama et il décida de rendre une ultime visite à Miranda, puisque Ines avait disparu.

À l'entrée de l'aéroport General Tojillo un gamin proposait la dernière édition de *La Prensa*, tout juste sortie des presses, agitant ses journaux dans la lueur des phares. Le regard de Malko fut attiré par un gros titre et il acheta le journal.

Il sentit le sang se retirer de son visage. Sur huit colonnes, la manchette annonçait :

*Macabre découverte devant l'ambassade de Cuba.*

«*Le corps d'un diplomate cubain, Rodolpho Sanchez, a été trouvé vers midi par le personnel de l'ambassade, dissimulé dans un sac en plastique. Il avait été découpé en plusieurs morceaux et on craint que cela n'ait été fait de son vivant...*»

Il reposa le journal, horrifié. Osiris Cordero avait tenu sa promesse. Partiellement. Comme Patrick Stephens.

# LE SAN-ANTONIO

# DE L'ESPIONNAGE

parution : mai juin 2008

# BRIGADE MONDAINE

PARU EN FÉVRIER 2009

**«TOUTE RESSEMBLANCE AVEC DES PERSONNES EXISTANTES...»**

**PRIX TTC : 6 €**

# POLICE DES MŒURS

PARU EN JANVIER 2009

**Gribovitch n'en dort plus...**

**PRIX TTC : 6 €**

Cet ouvrage a été imprimé en France par

CPI
Bussière

à Saint-Amand-Montrond (Cher)
en avril 2009

Mise en pages : Bussière

ÉDITIONS GÉRARD DE VILLIERS
14, rue Léonce Reynaud - 75116 Paris
Tél. : 01-40-70-95-57

— N° d'imp. : 90471. —
Dépôt légal : mai 2009.